Reimund Bender

Annette Biemer

Henner to go

- Roadnovel -

Reimund Bender

Annette Biemer

Henner to go

- Roadnovel -

Bibliographische Information der Deutschen Bibliothek:
Die Deutsche Nationalbibliothek verzeichnet diese Publikation in der Deutschen Nationalbibliografie; detaillierte bibliografische Daten sind im Internet über http://dnb.d-nb.de abrufbar.

Impressum
© 2022 Reimund Bender und Annette Biemer
1. Auflage
Herstellung und Verlag: BoD – Books on Demand, Norderstedt
Cover und Illustrationen: Joscha Bender
Covergestaltung: Hayo Henning
ISBN 978-3-7568-5594-0

Reimund Bender
ist im Hauptberuf Förster und lebt mit seiner Frau im mittelhessischen Hohenahr. Er leitet seit Jahren zwei kreative Schreibgruppen in Lich und Wetzlar, mit denen er immer wieder Lesungen zu bestimmten Anlässen und Themen durchführt. Im Mittelpunkt seiner Autorentätigkeit stehen Geschichten mit Humor, Spannung und Regionalbezug.

Annette Biemer
lebt mit ihrem Mann im mittelhessischen Wetzlar, wo sie auch die Text- und Kulturwerkstatt ausdrucksSTARK betreibt. Da sie nichts weniger mag als Routine, genießt sie es, mit Künstlern und anderen Kreativen zu arbeiten. Im Laufe der Jahre sind zahlreiche Bücher erschienen. Besonders am Herzen liegen ihr regionale Eigenheiten sowie charmante Charaktere.

Joscha Bender (Illustrationen)
ist Diplomkünstler und studierte als Meisterschüler Bildhauerei an der Kunstakademie Düsseldorf. Er arbeitet gegenständlich figurativ mit Materialien wie Stein, Bronze und Gips. Seine Arbeiten werden in unterschiedlichen Galerien deutschlandweit gezeigt, sind in Sammlungen vertreten und wurden mit Stipendien ausgezeichnet. Außerdem malt er gerne Illustrationen für seinen Volleyballverein, die nach jedem Sieg in den sozialen Medien veröffentlicht werden.

Die Personen im Roman sowie Henners Heimatdorf und einige Details aus den vorkommenden Orten sind frei erfunden. Jede Ähnlichkeit oder Namensgleichheit wäre rein zufällig und keinesfalls beabsichtigt.

Der gute Bub

Der Lattenzaun an der Straße musste ausgebessert werden. Also nahm Henner die Sache in Augenschein. Es half nichts. Eine Reise zum Baumarkt würde unvermeidbar sein. Doch nicht heute. Jetzt hatte er sich erst mal eine Tasse Kaffee verdient – die Tasse Kaffee, die seine Mutter schon zubereitet hatte. Das wusste er, denn wie gewöhnlich hatte sie ihm vor einer Weile aus dem Küchenfenster zugerufen: „Kaffee ist fertig." Henner freute sich schon auf das Zischen, das die Warmhaltekanne jedes Mal von sich gab, wenn seine Mutter ihm einschenkte.

Da das Procedere nichts Neues für Henner war, begab er sich gemächlich, den Einkaufszettel für den Baumarkt im Kopf notierend, durch den Hintereingang in die Küche und nahm auf der Eckbank Platz. Ja eine solche gab es noch im Hause Henschel. Noch. Nicht wieder. Denn es handelte sich hier nicht um eine dieser modernen lehnenlosen Exemplare für die junge Wohnung, sondern um ein echtes Teil aus den 70ern. Der Besonderheit dieses Möbelstücks war Henner sich allerdings nicht bewusst. Mutter Henschel wahrscheinlich auch nicht. Die beiden bildeten ein seltsames Paar – oder ein eingespieltes Team, je nachdem, wie man die Sache sehen wollte.

Henner, bereits Anfang vierzig, hatte den Sprung in die Selbständigkeit nie geschafft. Selbständigkeit hieß in seinem Falle nicht Selbständigkeit ins freie Unternehmertum, sondern Selbständigkeit an sich. Als erwachsener Mensch sozusagen. In seiner grundlegenden Bedeutung. Da Henners Vater starb, als der Junge noch klein war und es keine Geschwister gab, war Henners Mutter seine einzige Bezugsperson geworden. Und umgekehrt.

Mutter Henschel hatte nie ernsthaft Ausschau nach einem neuen Mann gehalten. Vielleicht war sie aber auch einfach clever gewesen und hatte im Dorf nur so getan. Fakt allerdings war, dass sie nie einen offiziellen neuen Partner mit nach Hause brachte. Einen Mann hatte sie also nicht an sich gebunden. Bei ihrem Sohn gelang es ihr umso effektiver, enge Bande zu knüpfen. So hatte sie es geschickt verstanden, jegliche Annäherung von Seiten Henners an ein Mädchen im Keim zu ersticken. Und früher oder später war der Punkt gekommen, an dem Henner es erst gar nicht mehr versuchte. Einerseits mag es die fehlende Übung gewesen sein, die ihn irgendwann jeglichen Mut und schließlich jede Illusion verlieren ließ. Andererseits, warum hätte er sich abmühen sollen? Mutter Henschel sorgte sich rundum um alles. Sie bekochte ihn mit Leibgerichten, machte den ganzen Haushalt, kaufte ihm seine Kleidung und hängte ihm morgens die von ihr ausgewählten Stücke raus. Wobei das nicht schwierig war, denn eigentlich trug Henner immer Blaumann. Die Ausnahmen konnte man an zehn Fingern abzählen. Das Bett machte Mutter ihm freilich auch. Sie weckte ihn, wenn es Zeit wurde aufzustehen, und nach einem kurzen oberflächlichen Aufenthalt im Bad, war der Frühstückstisch bereits für ihn gedeckt.

Henner seinerseits kümmerte sich, nach Anweisung, um Arbeiten in Garten und Hof. Aus Sicht seiner Mutter war Henner ein ‚guter Bub' und auch bei den anderen Leuten galt er als ein netter, harmloser Mensch, der sich nicht scheute, zu helfen, wenn man ihn darum bat.

Die muttergeprägten Jahre gingen freilich nicht spurlos an Henner vorüber. Er wurde leicht kauzig, was nicht nur die Damenwelt bemerkte. Vor einigen Jahren war er mit dem Auto seiner Mutter in einem unaufmerksamen Augenblick gegen einen Baum geprallt. Dabei hatte er sich eine komplizierte Rückenverletzung zugezogen, die ihn für längere Zeit außer Gefecht setzte. Ein Wendepunkt in seinem Leben. Auf Anraten seiner Mutter bemühte er sich schließlich um Frührente. Tatsächlich wurde seinem Antrag nach langem Procedere stattgegeben. Sehr zum Leidwesen seines Chefs, der eigentlich einen guten Mechaniker alter Schule dringend gebrauchen konnte. Dafür aber sehr zur Freude von Mutter Else, die gar keine Probleme damit hatte, den guten Henner so oft wie möglich zu beschäftigen. Manchmal entließ sie ihn aus seiner Pflicht, wenn er schwarz einen kleinen Job annehmen und jemandem einen Gefallen tun konnte.

Im Laufe der Zeit lernte Henner, sich mit seinem Rückenproblem zu arrangieren. An eine Rückkehr in seinen Beruf war allerdings nicht zu denken.

Was Henner den ganzen Tag wirklich so trieb, wusste eigentlich niemand im Dorf so richtig. Haustiere hatte er nicht. Die machten nur Dreck. Meinte die Mutter. Auch gehörte er keinem Verein an und ein Handy interessierte ihn nicht. Es hielt sich allerdings hartnäckig das Gerücht, dass der halbe Keller voller Metallschrott stand und er im Laufe der Jahre eine beachtliche Fertigkeit im Bau von Kunstwerken erworben hatte. Doch so wirklich dahinter kam niemand, und auch die Fragen, mit denen er regelmäßig gelöchert wurde, führten zu keiner besonderen Erkenntnis.

Engen Kontakt außerhalb des Hauses hatte Henner eigentlich nur mit seinem Freund Mo. Zu ihm fuhr er mit dem Roller und statt Bier gab es nur Alkoholfreies, meist Traubensaft. Henner hatte damals vor seinem Autounfall ein Bier zu viel getrunken. Das war zwar ganze drei Tage zuvor, aber seither war er der Meinung, dass ihm Alkohol und PKWs nur Unglück brachten. Der Roller und der alte Unimog waren schnell und bequem genug, alle Ziele in seinem doch recht eingeschränkten Bewegungsradius zu erreichen. Eines seiner Lieblingsessen war Leberwurstbrot, garniert mit einer kleinen eingelegten Gurke.

Ein ums andere Jahr wurde Henner immer seltsamer. So hatte er bald seinen Ruf als Unikum im Dorf weg. Wirres, blondes Haar bedeckte seinen Kopf und obwohl seine Mutter auf seinem samstäglichen Bad bestand, wirkte er ungepflegt. Wahrscheinlich aber gerade deshalb. Mittlerweile waren neben Ohrenhaaren auch noch Nasenhaare eine Herausforderung. Da die Folgen der gestutzten Ohrenhaare sich als unangenehm erwiesen, beschloss Henner, nicht den gleichen Fehler bei den Nasenhaaren zu machen. Seitdem er sich auf Anraten eines Bekannten nämlich die Ohrenhaare gestutzt hatte, pikten die Stoppel. Man sollte eben nicht immer auf die schlauen Empfehlungen anderer hören. Henner zupfte also. Es trieb ihm zwar die Tränen in die

Augen, aber Nasenhaare waren selbst Henner, der meilenweit von zeitgemäßem Körperstyling entfernt war, zu störend.

Henners Lieblingsoutfit war sein Blaumann, den er allerdings in der Latzhosenvariante trug. Er war quasi sein Markenzeichen. Was dem seligen Lagerfeld sein Pferdeschwanz-Schleifchen, das war dem Henner sein Blaumann.

Wie alles begann

Henner starrte seine leere Tasse an. Dann die Warmhaltekanne. Verstohlen tippte er auf den Knopf am Deckel, um den Druck entweichen zu lassen. Pfff machte es und Henner grinste. Dann fiel ihm auf, dass das obligatorische Stück Streuselkuchen fehlte.

„Mutter!", rief er daher. Und noch einmal: „Mutter!"

Vergebens. Sie musste irgendwo im Haus unterwegs sein. Normalerweise aber pflegte sie sich zu ihm zu setzen und ein Weilchen zu plaudern.

Henner blickte sich suchend um. Kein Kuchen in Sicht.

„Mutter!" Ein erneuter, vergeblicher Versuch.

Er stand also auf, um Else zu suchen. Die Küchentür führte hinaus in den kleinen, dunklen Flur. Er öffnete alle Türen im Erdgeschoss, eine nach der anderen. Nirgends war seine Mutter zu finden …

Henner kratzte sich, langsam ernsthaft besorgt, am Kopf. Dann seufzte er hilflos und pulte in seinem rechten Ohr. Durch den Hintereingang ging er schließlich hinaus in den Hof. Dabei scheuchte er eine Amsel mit einer Kirsche im Schnabel auf. Sie flog, empört schimpfend, in Richtung Geräteschuppen und setzte sich auf dessen offene Holztür. Henner stutzte. Warum stand die Tür offen? Er hatte doch dort erst vor einer Weile einen Zollstock und eine Wasserwaage geholt. Und die Tür ganz bestimmt geschlossen. Ob sie der Wind aufgerissen hatte?

„Mutter, bist du da drin?", rief er und ging mit einem seltsamen Gefühl im Bauch auf den Schuppen zu.

Auf halbem Wege schnurrte ihm die schwarzweiße Katze seiner Nachbarin, der Worre-Net-Mine, um die Beine. Jene hieß so, weil sie beinahe jeden Satz mit ‚worre-net‘, was so viel hieß wie ‚nicht wahr‘, beendete. Henner hörte das leise Klingeln des Glöckchens, das die Katze um den Hals trug. Du armseliges Geschöpf, dachte er. Nie wieder wirst du eine Maus fangen. Die verschrobene Nachbarin hatte die idiotische Idee, ihrem Haustier ein Halsbändchen mit Glöckchen umzubinden, damit es nicht verloren ging. Die Mäuse hielten sich die Bäuche vor Lachen. Einen Augenblick überlegte Henner, ob er nicht der Katze rasch das Halsband abstreifen sollte. Doch dann fiel ihm wieder ein, dass seine Mutter immer noch verschwunden war.

„Wart nur", rief er der plötzlich davon jagenden Katze hinterher. „Du kannst dich bald wieder anschleichen und nach Herzenslust Mäuse jagen und Vogelnester plündern. Heute ist nicht alle Tage, wir sehen uns wieder, keine Frage."

Vorsichtig näherte Henner sich der weit offenstehenden Tür. Er blieb einen Moment stehen, holte tief Luft und betrat den dunklen Schuppen. Das Erste, was er wahrnahm, war ein leises Rascheln in Augenhöhe, welches von einem groben Regalbrett her zu kommen schien. Er drehte den Kopf leicht nach rechts. Aus einem offenen Paket Rosendünger schaute ihm das Köpfchen einer Maus entgegen.

„Wart nur, morgen hat dein Todfeind kein Glöckchen mehr um. Dann beginnt der Countdown für dich", zischte er ihr zu.

Als hätte sie die Warnung begriffen, stürzte sie sich kopfüber in den Rosendünger.

Gerade als Henner nach dem Paket greifen wollte, um nachzusehen, ob sich die Maus tatsächlich erstickt hatte, stolperte er über einen im Weg stehenden Pflanzkübeluntersetzer. So einen mit Rollen dran. Wenn wieder einmal eine Zimmerpflanze zu üppig gewachsen und der Pflanzkübel zu schwer geworden war, dann brauchte man so einen Schwerlastuntersetzer. Zumindest dann, wenn zwei schweres Schleppen gewohnte Umzugsprofis nicht mehr in der Lage waren, ihn von A nach B zu tragen. Nun aber stand er hier, mitten im Weg.

Henner verlor zügig das Gleichgewicht. Er riss beim Fallen auf den Rasenmäher das Rosendüngerpaket und Mutters Rad mit in die metallischen Abgründe des geräumigen Geräteschuppens. Der ohrenbetäubende Lärm, den er dabei verursachte, ließ sämtliche Hühner in Worre-Net-Mines Hühnerstall gleichzeitig anfangen zu gackern. Der Hahn krähte vor lauter Aufregung zur völligen Unzeit aus Sympathie mit seinem Harem.

Immerhin hatte Henner der Maus das Leben gerettet. Fast hätte er vergessen, weswegen er in den Schuppen gegangen war. Verzweifelt versuchte er, sich aus den ineinander verkeilten Gerätschaften aufzurappeln. Für eine Sekunde dachte er, dass es vielleicht besser wäre, so zu tun als sei nichts geschehen. Noch nicht einmal seinen vermaledeiten Rücken spürte er. Er würde zurück ins Haus gehen, auf seinem Stuhl am Küchentisch Platz nehmen und auf seine Mutter warten. Die war bestimmt nur mal kurz rüber zu der Worre-Net-Mine auf ein Schwätzchen gegangen. Er würde sich einen Moment lang sammeln und dann noch mal ganz von vorne anfangen. Allein der Gedanke war genauso absurd, wie das Chaos, das er in dem mit allerlei unnützem Kram vollgestopften Bretterverschlag von Geräteschuppen angerichtet hatte.

Zu allem Ungemach war ihm bei seinem freien Fall auch noch sein rechter Gummiclog abhandengekommen. Er tastete halb blind vom Rosendüngerstaub nach ihm auf dem verstaubten Boden herum, als er plötzlich etwas Warmes, Fleischiges berührte. Entsetzt zog er seine Hand zurück.

„Mutter, bist du das? Was machst du denn hier? Suchst du was?", fragte Henner bestürzt und mit belegter Stimme in den dunklen Teil des Schuppens hinein. Dort, wo die ganzen Gartengeräte standen oder hingen. Er bekam keine Antwort. Hastig wischte er mit beiden Händen den Staub aus den Augen. Mit viel Mühe und noch größerem Gepolter gelang es ihm, auf die Beine zu kommen. An seinem rechten Fuß spürte er die Kälte des nackten Estrichbodens. Er humpelte zurück zum Eingang und tastete nach dem Lichtschalter. Das hätte er gleich tun sollen.

Oder besser nicht. Denn das Bild, welches er jetzt zu sehen bekam, würde ihm für den Rest seines Lebens im Gedächtnis haften bleiben. Mutter lag auf dem Bauch. Das linke Bein war angewinkelt, am rechten fehlte ihr Hausschuh. Ihre Kittelschürze, die sie praktisch rund um die Uhr über einem Stoffrock trug, war mitsamt Rock hochgerutscht, so dass man sehen konnte, dass sie

Nylonkniestrümpfe trug. Ein Teil des Rechenstiels lugte unter ihrem Körper hervor. Aus ihrem Rücken ragte die blutbeschmierte spitze Seite der Spitzhacke hervor.

Henner nahm fassungslos die rechte Hand vor den Mund und sprach hinein: „Mensch Mutter, was machst du denn für Sachen!"

Er blieb noch eine Weile wie angewurzelt stehen. Vermied aber den Anblick seiner gepfählten Mutter. Die ersten Selbstvorwürfe schlichen sich heran. War es seine Schuld, weil er wieder einmal vergessen hatte, endlich alles an seinen vorbestimmten Platz zu stellen oder zu hängen? Mutter erteilte ihm an manchen Tagen derart viele Einzelaufträge, dass er oft hinten und vorne nicht wusste, wo er anfangen sollte. Da konnte es schon mal vorkommen, dass am Ende eines arbeitsreichen Tages nicht alles ordentlich aufgeräumt war. Henner spürte, wie er sich innerlich versuchte rauszureden. Dass er die Spitzhacke längst hätte besser an der Holzwand befestigen müssen, wurde ihm klar, als sein Blick auf die beiden tief heruntergebogenen 100er Nägel fiel, an denen sie gehangen hatte. Er warf einen allerletzten Blick auf die Spitze in Mutters Rücken. Das Ganze hier war eindeutig zu viel für ihn. Ohne nachzuschauen, ob seine Mutter noch lebte, stolperte er Hals über Kopf aus dem Schuppen. Draußen im Hof schnippte er den übrig gebliebenen Clog von den Füßen. Am Hintereingang des Haues angelangt, stieg er in seine braunen Halbschuhe, die auf der Fußmatte standen. Mit ein paar raschen Schritten war er in der Scheune, wo sein Roller stand. Die Vespa sprang wie immer sofort an. Er rollte langsam aus dem Hof auf die Straße. Dort beschleunigte er und fuhr, so schnell er konnte, zu seinem Kumpel Mo. Der war der Einzige, der ihm in dieser vertrackten

Situation helfen konnte. Unterwegs beim Backhaus rief ihm der Alte Fritz, der gemütlich auf der von der Sparkasse gestifteten Holzbank an seiner Pfeife zog, nach: „Na Henner, hast es ja mächtig eilig heute. Musst noch schnell was für Mutter besorgen?"

Henner schoss an ihm vorbei, ohne zu antworten. Zum Glück, oder nein, eigentlich wie immer, war sonst keine Menschenseele zu sehen. Die Jungen waren Gott weiß wo, vielleicht in Wetzlar, Gießen oder Frankfurt. Die Alten hockten den ganzen Tag vor ihren Flachbildschirmen und schauten sich gebannt irgendwelche Endlosserien an.

Henner fuhr am Rathaus und gegenüber am noch geschlossenen Döner-Grill vorbei, weiter nach oben in die Mehlrichstraße. Nach ein paar hundert Metern bog er auf den gepflasterten Hof von Mos KfZ-Werkstatt der besonderen Art ein. Vor der Tür standen keine Autos. Beide großen Aluminiumrolltore waren geschlossen. Nur aus der ehemaligen Waschküche drangen Geräusche. Henner atmete tief durch. Mo war zu Hause und, so wie es aussah, auch keiner der üblichen Verdächtigen bei ihm. Als er den Motor der Vespa abstellte, merkte er, dass seine Hände zitterten. Mit wackligen Knien stieg er vom Roller und ging zur graublauen Eingangstür, deren obere Hälfte aus geriffeltem Glas bestand und mit einem Vorhang vor ungebetenen Blicken schützte.

Mo würde ihn nicht im Stich lassen. Er hatte ihm bislang immer geholfen, wenn es etwas zu reparieren gab. Egal, um was es gerade ging. Den Ausdruck ‚geht nicht' gab es in Mos Sprachgebrauch nicht. Egal, ob es um die kaputte Brotmaschine, die platten Reifen der beiden Schubkarren oder den in die Jahre gekommenen

16

Unimog, der immer mal wieder unerklärliche Macken hatte, ging. Zugegeben, das mit seiner Mutter war wahrscheinlich nicht mit einer normalen Reparatur getan. Aber eine ‚Inspektion' würde Mo auf jeden Fall vornehmen.

Henner betrat, ohne anzuklopfen, die Waschküche. Wie fast immer stolperte er in den völlig überhitzten Raum, weil er die Stufe vergaß zu nehmen. Die vertraute Heavy-Metal-Musik empfing ihn genauso, wie der unvermeidliche Zigarettenrauch, der gefährlich wabernd unter der niedrigen Decke hing.

„Mann Henner, wie siehst du denn aus? Ist euer Haus eingestürzt? Hast dich gerade noch aus den Trümmern befreien können?", begrüßte ihn Mo. Er saß wie immer auf einem Barhocker an einer Stehtheke aus dunklem Holz. Vor ihm stand die Flasche Licher neben einem leeren bauchigen Schnapsglas.

„Schlimmer", antwortete Henner und erst jetzt fiel ihm auf, dass Mo nicht alleine an der Theke saß. Er konnte sich nicht erinnern, dass er jemals eine Frau in Mos Küche gesehen hatte. Und noch dazu eine so hübsche.

„Hallo, ich heiße Milena", sagte sie mit einer freundlichen Stimme und hielt ihm eine erstaunlich kräftige Hand hin.

Henner ergriff sie so vorsichtig, als wäre sie aus Porzellan, das nicht auf den Boden fallen durfte. Er spürte ihren kräftigen Händedruck, während sie ihn scheinbar amüsiert anlächelte. Immer weiter hätte er ihre Hand schütteln können, wenn Mo nicht gerufen hätte: „So, jetzt ist mal gut hier mit dem Ringelpiez mit Anfassen!"

Mos raue Seite, die zu seinem kantigem Aussehen passte, kam zum Vorschein. Mo war wie Henner ein eingefleischter Blaumannträger. Seiner war allerdings grau, mit einem nicht leserlichen, verwaschenen Firmenzeichen auf der Brust. Er blickte im Wechsel aus seinen verstaubten, riesigen 80er-Jahre-Brillengläsern zu Henner und Milena.

„Äh, ich hab Milena davon abhalten können, allein nach Polen zu trampen. Da kommt sie nämlich her und da will sie wieder hin. Ich hab gerade eine Probefahrt mit einem Kangoo Richtung Gießen gemacht. Und ob du es glaubst oder nicht, da steht sie kurz nach dem Kreisel, vor der Autobahnauffahrt mit einem riesigen Koffer und trampt. Das macht doch heute kein Mensch mehr, hab ich ihr gesagt. Da hat sie ihren Koffer in den Kangoo gepackt und ist erst mal mit zu mir zur weiteren Beratung der Lage gekommen. Stimmt doch, oder?", fragte Mo Milena.

„Ja, stimmt so, ist kleines Problem, aber ich glaube, dein Freund hat großes Problem. Stimmt doch, oder?"

Sie kam hinter der Theke hervor, schüttelte ihre lockigen dunklen Haare, die ihr bis auf die Schultern fielen, nahm ein veröltes Handtuch von einem Haken neben dem Eingang und klopfte Henner damit den Rosendünger vom Blaumann.

Henner stand da, als wären seine Beine mit zwei langen Eisenstangen in den grün gestrichenen Estrichboden geschraubt worden.

„Ach so, stimmt ja, hätte ich fast vergessen", bemerkte Mo und kratzte an seinen Bartstoppeln herum. Er fischte eine Marlboro aus der Packung, die neben einer noch geschlossenen Dose mit Erdnüssen lag, und steckte sie mit einem Plastikfeuerzeug an. „Also, was hast du da eben mit ‚schlimmer' gemeint?"

Milena hatte ihre Säuberungsaktion mittlerweile beendet und saß mit übereinandergeschlagenen Beinen auf einem der Barhocker an der Theke.

„Äh, Mo, kannst du mal gleich nach meiner Mutter sehen? Ich glaube, der geht's nicht so gut", antwortete Henner, der immer noch mit der linken Hand krampfhaft den Türgriff festhielt.

„Wie meinst du das?"

„Ich glaube, sie ist in eine Spitzhacke gefallen." Henner blickte betreten unter sich.

„Was?", schrie Mo. „Und das sagst du mir erst jetzt? Wo liegt sie?"

„Im Schuppen."

„Du bleibst hier bei Milena, bis ich wieder da bin", befahl Mo.

Milena erhob sich von ihrem Barhocker, ging zu dem Regal über der Spüle, auf dem eine ganze Batterie Flaschen mit Schnaps stand, griff aber nach einer halbvollen Flasche Absinth.

„Ah, genau das Richtige jetzt für uns beide." Sie nahm zwei Schnapsgläser, die auf der Spüle standen, und goss sie randvoll mit der milchig-grünlichen Flüssigkeit. Sie nahm eines davon in die Hand: „Komm, ist gut gegen schlechte Gedanken."

Henner, der im Angesicht der Ausnahmesituation, in der er sich befand, für einen Augenblick in Versuchung geriet, hielt die Hand über das andere randvolle Schnapsglas, das Milena ihm nun entgegenhielt.

„Lass mal, für mich nicht, bitte", bat er. Er löste sich aus seiner Starre, ging zum Kühlschrank und holte eine

Flasche Traubensaft heraus. Den hielt Mo immer für ihn parat.

„Okay, dann auf dich und dein großes Problem", sagte Milena und stürzte den Absinth mit zurückgeworfenem Kopf hinunter.

Für einen Moment glaubte Henner, sie würde nach hinten umkippen. Er sah, wie sich ihre Haare auf den nackten Armen schlagartig aufstellten. Sie zog die Schulter hoch und schüttelte ihre Lockenmähne.

„Puh, ich glaube, ich kann nicht mehr sehen", lachte sie kehlig und hielt sich mit einer Hand an der Theke fest.

Henner grinste verhalten mit, während er einen Schluck aus der Flasche Traubensaft trank.

„Komm, setz dich zu mir. Erzähl mir, wenn du willst, was mit deiner Mama ist. Ich kann gut zuhören", sagte Milena und versuchte mit einem großen Schluck Bier, den teuflischen Geschmack aus ihrer Kehle zu spülen.

Henner sah ihr dabei zu.

„Ah, ich glaube, Hals brennt, muss kurz löschen", röchelte sie und gab ihm mit einer Hand ein Zeichen, dass er sich setzen sollte.

Er trank seine Flasche mit dem dunklen Saft leer, stellte sie auf die Spüle und setzte sich endlich auf den Barhocker, der auf der anderen Seite der Theke stand. Obwohl er die Frau, die in seinem Alter zu sein schien, erst seit ein paar Minuten kannte, fühlte er sich wohl in ihrer Gegenwart. Ihre zupackende, hilfsbereite Art gefiel ihm. Bevor er ihr berichtete, was mit seiner Mutter geschehen war, lächelte er sie das erste Mal schüchtern an. Sie lächelte mit leicht glasigem Blick in den Augen zurück.

Mo nimmt die Sache in die Hand

Mos Kangoo zum Probefahren machte seinem Namen alle Ehre. Er hüpfte. Da musste er wohl nochmal nachjustieren, ging es ihm durch den Kopf. Doch dann kamen seine Gedanken wieder zum Ziel seiner Fahrt zurück. 'Meiner Mutter geht es nicht so gut', hatte Henner gesagt. Und: 'Ich glaube, sie ist in die Spitzhacke gefallen.' Was sollte denn dieser Blödsinn nun schon wieder? Mo war einfach losgefahren vor lauter Schreck, aber nun, wo er im Auto saß, kam er zu dem Schluss, dass das Geschwätz seines Freundes eigentlich keinen Sinn ergeben konnte. Warum hatte Henner nicht die 112 gewählt, sondern war zu ihm gefahren? Hielt er ihn etwa für einen Mediziner? So nach dem Motto: Wer Autos reparieren kann, der kriegt auch kaputte Mütter wieder hin? Und warum war er nicht bei der Mutter geblieben, wenn sie verletzt war? So etwas wie unterlassene Hilfeleistung ging ihm durch den Sinn. Ach! Mo schüttelte den Kopf, in der Hoffnung, die Zweifel würden herausrieseln. Erst mal nachschauen, dann weiter überlegen.

Ein letzter Hopser des Kangoo und schon landete Mo zielsicher vor Henners Haus. Drinnen war Mo bislang nur selten gewesen, während die Sache umgekehrt ganz anders aussah. Henner seinerseits war regelmäßig bei ihm. Das lag daran, dass bei ihm in der Waschküche quasi ständig Highlife war. Die üblichen Verdächtigen des Dorfes trafen sich hier, um ihr Bier zu trinken und zu qualmen. Und wenn die nicht da waren, war irgendwas anderes los. Eigentlich konnte Mo nie weg. Seine Stammbesucher wären äußerst irritiert, würden sie vor verschlossener Tür stehen. Das ging gar nicht.

Was hatte Henner gesagt? ‚Sie liegt im Schuppen.‘ Mo fragte sich, was sie da wollte. Mit raschen Schritten näherte er sich dem Geräteschuppen. Er bemerkte, dass die Holztür offen stand und das Licht an war.

„Else", rief er, ohne jedoch eine Antwort zu erhalten.

Das war nicht gut. Gar nicht gut war das! Eigentlich sollte er sich beeilen, wenn jemand Hilfe brauchte, aber ganz plötzlich wurde Mo flau im Magen.

Daher rief er noch einmal: „Else", wieder ohne eine Antwort zu erhalten.

Also holte er tief Luft und machte einen entschlossenen Schritt in den Schuppen. Sein erster Blick fiel auf das Chaos am Boden. Ein Blumenuntersetzer mit Rollen, eingepudert in etwas, was wohl Dünger war, lag in der Ecke. Das mit dem Dünger schloss Mo daraus, dass die Verpackung ebenfalls auf dem Boden lag. Leider fiel bereits Mos zweiter Blick auf ein bestrumpftes Bein und sein dritter auf eine Kittelschürze, aus der eine metallische Spitze heraus lugte. Erschrocken stolperte Mo einen Schritt rückwärts und wäre beinahe ebenfalls dem Blumenuntersetzer zum Opfer gefallen. Er hielt sich die Hand vor den Mund. Dann zwinkerte er zweimal, in der Hoffnung, dass die schreckliche Szenerie, die sich ihm bot, verschwunden wäre, wenn er die Augen öffnete. Aber vergebens. Noch immer die Hand vor dem Mund, trat er einen Schritt nach vorn. Ganz vorsichtig, als hätte er Angst vor dem, was er gleich sehen würde, beugte er sich zu ihr hinunter. Ihr Kopf war leicht zur Seite gedreht, so dass er ihr Gesicht sehen konnte. Für einen Augenblick war er verblüfft. Ihr Gesichtsausdruck war völlig entspannt. War es in den alten Edgar-Wallace-Krimis nicht immer so, dass die Toten noch Stunden nach ihrem Ableben einen verzerrten, entsetzten Gesichtsausdruck hatten? Mo schüttelte sich und hätte sich am liebsten selbst einen Klaps auf den Hinterkopf gegeben. Über was dachte er hier eigentlich nach? Hatte er sie noch alle? Er musste etwas tun, nicht glotzen und sinnieren. Was tat man denn in einer solchen Situation? Erste Hilfe leisten? Sein letzter Kurs lag Ewigkeiten zurück. Für einen Moment fragte sich Mo, wie das mit der stabilen Seitenlage ging, aber mit Spitzhacke … Also als Erstes sollte er schauen, ob die Frau noch lebte.

„Else?" Er nuschelte es mehr, als dass er es rief.

Ganz vorsichtig trat er mit der Fußspitze gegen ihr Bein. Keine Reaktion. Er sollte ihren Puls fühlen, aber irgendwie traute er sich nicht, die Mutter seines Freundes anzufassen. Da fiel es ihm ein: Ein kleiner Taschenspiegel musste her. Aber natürlich besaß er so etwas nicht. Vielleicht war einer im Bad?

Endlich kam Bewegung in Mo. Er rannte Richtung Haus und riss die Hintertür auf, die nie abgeschlossen war. Ach nein, er durfte doch keine Zeit verlieren! Hektisch klopfte er seine Taschen ab. Das durfte doch nicht wahr sein! Er hatte sein Handy vergessen! Wie ein kopfloses Huhn rannte er Richtung Straße. Er musste Hilfe holen. Auf der Straße war niemand zu sehen. Aber drinnen im Haus musste doch ein Telefon sein! Wieder machte er kehrt und rannte zurück ins Haus, wo er sich erst mal hektisch in der Küche umsah. Nirgendwo stand ein Apparat und auch ein mobiles Teil lag nirgendwo herum. Er musste eben im Flur daran vorbei gelaufen sein. Gerade wollte er umkehren, da fiel ihm ein: Gab es etwa einen Grund, warum sein Freund nicht den Notarzt gerufen hatte? Für einen Moment stutzte er. Den aufkeimenden Verdacht verwarf er sofort wieder. Er schüttelte den Kopf. Nein. Und stutzte wieder. Trotzdem: Er musste erst nachfragen. Mist, wenn er jetzt wieder zurückfuhr, würde er Zeit verlieren. Und schlimmer noch: Was wäre, wenn ihn jemand beim Wegfahren beobachtete? Am Ende würde er in Verdacht geraten, mit dem Tod von Else etwas zu tun zu haben. Nein, das ging nicht. Er musste dieses blöde Telefon finden und Henner anrufen. Doch Henner hatte kein Handy. Wozu auch? Mo musste also bei sich zu Hause anrufen.

Die Ladestation stand tatsächlich im Flur, aber ohne Mobilteil. Endlich wurde Mo fündig und fand dieses auf der Toilette. Einen Moment stutze er, wollte sich dann aber lieber nicht vorstellen, wie Else auf der Toilette telefonierte. Vielleicht hatte sie es aber auch einfach beim Putzen in der Hand gehabt, hier abgelegt und vergessen. Oh nein, was für wirre Gedanken sich in seinem Kopf breitmachten! Er griff nach dem Telefon. Glücklicherweise war es aufgeladen. Dreimal vertippte er sich, bevor er endlich seine eigene Nummer richtig eingegeben hatte und es klingelte.

Mo seufzte. Er war ja gar nicht zu Hause. Wer also sollte jetzt eigentlich ran gehen? Henner wahrscheinlich nicht. Der ging noch nicht mal an sein eigenes Festnetztelefon! Mo ließ es klingeln. Zehn mal. Dann legte er auf und versuchte es erneut. Er musste es mit Telefonterror versuchen. Mo wusste, dass er sein Telefon in der Waschküche hatte liegen lassen, was bedeutete, dass Henner es hören musste. Er ließ es erneut durchklingeln. Wieder vergeblich. Nochmals wählte er. Irgendwann musste es seinem Freund doch dämmern ...

In der Tat. Es meldete sich jemand.

„Jaha hallo hallo", lallte eine Stimme. Eine weibliche Stimme. Milena. Auch das noch! Die hatte er ja ganz vergessen.

„Hier ist Mo."

„Mo ist nicht da. Ruf später wieder an." Klick. Aufgelegt.

Verdammt.

Ein weiterer Versuch. Diesmal überrumpelte er Milena, indem er schnell sagte: „Gib mir Henner."

„Henner?"

„Ja, der Henner, der gerade bei dir ist."

Es gab einen Knall. Scheinbar hatte sie das Telefon fallen gelassen.

„Hallo Milena, bist du noch da?"

Sie antwortete ihm nicht, aber er hörte sie im Hintergrund sagen: „Hennerchen. Das ist für dihihich. Aber ich weiß nicht, wer das ist. Spricht so undeutlich."

Was sollte das denn heißen? Es war doch wohl eher so, dass sie undeutlich hörte. Aber wenigstens ging das Gespräch in eine gute Richtung.

„Ja? Wer ist da?", hörte er die Stimme seines Freundes. Sie klang misstrauisch und ängstlich.

„Ich bin's. Mo. Komm her."

„Was ist?"

„Was ist?", brüllte Mo. „Das fragst du allen Ernstes? Warum hast du nicht den Notarzt gerufen?"

Einen Moment lang war Stille in der Leitung. Doch nicht lange, denn im Hintergrund hörte Mo Milena singen: „Im Wald da sind die Räuber. Hallo hallo, da sind die Räuber."

Gerade wollte er sagen: „Das heißt halli hallo die Räuber", konnte sich aber schnell wieder auf die Sache konzentrieren.

„Was ist denn mit Mutter?"

„Mensch Henner, die ist tot. Warum hast du den Notarzt nicht gerufen? Das mache ich jetzt. Hörst du? Ich rufe jetzt den Notarzt." Fast hätte er die Worte buchstabiert.

„Ist gut", meinte Henner nur.

„Komm her."

„Ist gut", sagte Henner erneut und legte auf.

Mo stöhnte. Dann fiel ihm etwas ein. Sofort griff er wieder nach dem Telefon. Hoffentlich würde Henner jetzt noch ran gehen. In der Tat musste er es wieder x-mal klingeln lassen, bevor er Erfolg hatte.

„Ja? Wer ist da?"

„Ich nochmal. Du musst mein Handy und Milena mitbringen."

Das würde gerade noch fehlen, dass die bei ihm zu Hause volltrunken vom Barhocker fiel und sich noch verletzte.

„Aber ich habe nur den Roller", wandte Henner ein.

„Pack sie hinten drauf oder ihr lauft. Mir egal. Hauptsache ihr kommt her. Und ich rufe in der Zwischenzeit den Notarzt."

Ohne eine Antwort abzuwarten, drückte Mo die rote Taste und wählte die 112.

„Das war Mo, er sagt, ich soll kommen und du auch", sagte Henner zu Milena.

„Warum ich auch? Ist gerade so schön hier", gluckste Milena zufrieden. Sie schwankte leicht, obwohl sie sich mit einer Hand an der Holztheke festhielt.

„Meine Mutter ist tot."

„Oh Gott!", schrie Milena entsetzt und bekreuzigte sich mehrfach: Ihre Bewegungen wirkten fahrig, eher so, als wollte sie eine lästige Stubenfliege verscheuchen.

Henner blickte betreten zu Boden. Er versuchte, sein Gedankenkarussell anzuhalten. Warum sollte Milena mitkommen? Was ging sie seine Mutter an? Vielleicht meinte Mo ja, dass eine Frau zu Hause nach dem Rechten sehen muss, bis alles mit Mutters immer noch unverständlichem Ableben geklärt war. Oder sollte sie vielleicht Mo helfen, Mutter ins Haus zu tragen, weil er glaubte, dass er es nicht alleine fertig brächte? Aber nein, er hatte doch gesagt, er wolle den Notarzt rufen. In Henners Kopf schwirrten die Gedanken umher. Dann wurde ihm schwarz vor Augen. Schnell ließ er sich auf einen Stuhl sinken. Eine ganze Weile starrte er vor sich hin.

Irgendwann griff Milena beherzt seine rechte Hand: „Komm, ich fahre mit dir. Gibt bestimmt viel Arbeit. Kenne mich aus mit toten alten Menschen. Ich mache Haushalt und Pflege und sonst alles, was Angehörige nicht gerne machen."

Sie zog ihn mit nach draußen. Henner ließ es willenlos geschehen. Ohne etwas zu sagen, setzte er sich auf seinen Roller und als wäre es das Selbstverständlichste der Welt, hockte sich Milena hinter ihn. Allerdings brauchte sie zwei Versuche, bis sie saß. Sie schlang ihre Arme um seine Hüften und wartete, dass er losfuhr. Henner, der es nicht gewohnt war, von einer Frau berührt zu werden, war heilfroh, dass Milena ihn momentan nicht sehen konnte. Sein Gesicht glühte vor Scham und Erregung gleichzeitig. Der Fahrtwind blies ihm stramm ins Gesicht, weil er vergessen hatte, den Helm aufzusetzen. Und für Milena hatte er sowieso keinen dabei. Es fiel Henner schwer, sich auf das Fahren zu konzentrieren. Den kräftigen Griff von Milenas Händen spürte er wie kleine Stromstöße in seiner Leistengegend. Gleichzeitig stellten sich seine Nackenhaare auf, wenn er voller Angst daran dachte, was ihn zu Hause erwartete. Die Hauptstraße war zum Glück immer noch genauso leer, wie vorhin, als er Mo um Hilfe gerufen hatte. Nur der Alte Fritz saß noch auf seiner Bank und staunte nicht schlecht, als ausgerechnet Henner mit weiblicher Begleitung an ihm vorbeirauschte.

Ein Rettungswagen und ein Notarzt waren bereits eingetroffen, als Henner auf den Hof bog. Mo kam ihm kopfschüttelnd entgegenlaufen.

„Mensch, wo bleibt ihr denn bloß?", rief er sichtlich geschockt Henner zu. Seine sonst graue Gesichtsfarbe hatte in eine Leichenblässe gewechselt. Er zog hektisch an seiner unvermeidlichen Marlboro und blickte skeptisch zu Milena. Er war nicht sicher, die richtige Entscheidung getroffen zu haben. Sie hatte ihren wüsten Lockenkopf gegen Henners Rücken gelehnt und schien zu schlafen.

„Komm, steigt mal ab und geht erst mal ins Haus. Hier steht ihr momentan nur im Weg herum. Vielleicht kann Milena einen starken Kaffee kochen. Den können wir bestimmt gebrauchen", meinte Mo und nahm die Hände vom Lenker der Vespa, den er ergriffen hatte.

Mit dem Wort Kaffee verband Henner unwillkürlich seinen Streuselkuchen, auf den er heute leider verzichten musste. Es würde nie wieder so sein wie früher. Nie wieder würde er mit seiner Mutter gemütlich am Küchentisch sitzen. Tränen schossen ihm in die Augen. Er wischte sie mit dem Handrücken weg und versuchte vorsichtig, vom Roller zu steigen. Milena schien die Veränderung in Henners Körperhaltung gespürt zu haben. Sie riss abrupt ihren Oberkörper nach hinten und wäre ums Haar vom Roller gefallen, wenn Mo sie nicht aufgefangen hätte. Er rollte die Augen, verkniff sich allerdings einen strafenden Kommentar. Als sie auf beiden Füßen stand, schüttelte sie kurz ihre Locken, blickte Henner an, der verstohlen in Richtung Schuppen schielte, und schaute dann fragend zu Mo.

„Kannst du Kaffee kochen? Henner braucht jemanden, der sich um ihn kümmert. Gerade heute ist es besonders wichtig, verstehst du das?", fragte er sie flüsternd in ihr linkes Ohr.

„Oh, verstehe, Henner braucht so was wie Ersatzmama", antwortete Milena leise.

Mo nickte fürs Erste zufrieden. „Schaff ihn ins Haus, lenk ihn irgendwie ab, egal mit was. Das wird noch schlimm genug für ihn werden, wenn hier gleich die ganze Maschinerie anläuft."

Henner hatte von dem kurzen Gespräch der beiden nichts mitbekommen. Er starrte immer noch auf den Notarztwagen, der neben dem Schuppen stand. Er fragte sich, was die da drinnen wohl mit Mutter gerade machten.

„Welche Maschine?", hörte er nun Milena fragen.

„Erkläre ich dir später, geht jetzt besser mal rein", sagte Mo schon leicht ungehalten.

„Henner, kommst du? Ich koche uns starken Kaffee. Können wir beide, glaube ich, gut brauchen jetzt", sagte Milena und nahm ihn schon wieder wie ein kleines Kind bei der Hand.

Henner musste daran denken, wie ihn Mutter früher in der ersten Zeit, als er zur Schule gehen musste, begleitet hatte. Damals hatte sie auch immer seine Hand gehalten. Er wusste, dass sie auf ihn aufpasste, nichts konnte ihm geschehen. Er fühlte sich geborgen und sicher. Henner schluckte heftig und kämpfte wieder gegen die Tränen an, die wie auf Knopfdruck bereitstanden, los zu kullern.

Bevor Henner endlich das Haus hinter Milena betrat, hörte er noch, wie mehrere Autos ankamen und auf der Straße vor dem Haus parkten.

Die Maschinerie läuft an

Die von Mo angekündigte Maschinerie lief an. Wie üblich bei ungeklärten Todesfällen, rückte zunächst die Polizei, kurz darauf die Kripo, die Staatsanwaltschaft und auch der kriminaltechnische Dienst zur möglichen Spurensicherung an, um ein etwaiges Fremdverschulden auszuschließen. Auf Henner würden noch einige unangenehme Fragen zukommen.

Mo versuchte, in dem ganzen Durcheinander den Überblick zu behalten. Mittlerweile hatten natürlich mehrere im Dorf mitbekommen, dass bei Henschels etwas passiert sein musste.

Zwei uniformierte Polizeibeamte sperrten den Hofeingang mit rotweißem Flatterband ab und stellten sich mit vor der Brust verschränkten Armen demonstrativ davor.

Henner fiel im Flur auf, dass er seine Halbschuhe nicht ausgezogen hatte. Obwohl es ihm schwerfiel, ließ er Milenas Hand los, ging zurück bis zum Hauseingang und streifte noch im Flur die ausgetretenen Schuhe aus braunem Lochleder von den Füßen. Mutter hätte es niemals geduldet, dass er mit staubigen Straßenschuhen die Küche betrat. Milena nickte zu seiner Überraschung bestätigend und wartete auf ihn. Er ging vor ihr in die Küche. Alles war so wie immer. Nur, dass aus seiner Kaffeetasse keine Dampfwölkchen mehr stiegen. Henner spürte, wie es schon wieder in seiner Nase anfing zu kribbeln. Wie sollte er bloß diesen Tag überstehen?

Milena hatte mit einem Blick die Situation erfasst. „Mein Vater hat immer zu mir gesagt, kalter Kaffee schmeckt wie eingeschlafener Fuß." Ohne Henner zu fragen, wo die Kaffeedose aufbewahrt wurde, öffnete sie mit zielsicherem Griff die Tür des Hängeschranks über der Spüle. Sie holte eine große Blechdose heraus, auf der in verschnörkelter Schrift ‚Kaffee' stand. Henner ließ sich erschöpft und gleichzeitig dankbar, dass er jetzt endlich seinen Kaffee bekommen würde, auf seinen Platz auf der Eckbank sinken. Er sah Milena aufmerksam zu, die trotz hohem Alkoholpegel so geschickt in Mutters ehemaliger Küche hantierte, als hätte sie jahrelang hier gelebt. Nach wenigen Minuten hörte er das vertraute, ächzende und blubbernde Geräusch der Kaffeemaschine. Der aromatische Geruch des aufgebrühten Kaffees stieg ihm angenehm in die

Nase. Er konnte nicht umhin, er musste einfach Milena ansehen. Wenn auch momentan nur von hinten. Alles an ihr war rund, aber nicht zu rund. Wohl proportioniert und augenscheinlich gut verteilt. Ein wohliger Schauer der Erregung, ein Gefühl, das ihm so fremd war wie die Wüste Negev in Israel, durchlief seinen Körper in mehreren schubartigen Wellen. So langsam fing er an zu begreifen, warum Mo wollte, dass Milena mit zu ihm nach Hause kommen sollte.

Milena nahm Henners kalt gewordene Tasse Kaffee vom Küchentisch, schüttete den Inhalt in die Spüle und stellte sie ab. Dann kam sie mit zwei dampfenden Tassen voll frischem, heißem Kaffee zurück und reichte eine davon Henner. Ihre eigene Tasse stellte sie kurz auf dem Tisch ab und setzte sich ihm gegenüber auf einen der beiden Küchenstühle.

„Alles gut in Ordnung hier. Glaube mir, ist nicht immer so. Ich weiß Bescheid, sehe viel Dreck und schmutziges Geschirr, sehr oft", versuchte Milena Henner zu beruhigen. „Trink, ist gut und stark. Herz macht vielleicht kleine Hupfer, aber ist nicht schlimm."

Henner gehorchte, das war er ja gewohnt von seiner Mutter. Der Kaffee war stark, viel stärker als der, den er jemals bei Mutter getrunken hatte, aber er schmeckte sehr gut, gar nicht bitter.

„Ich weiß nicht, ob es dir recht ist. Wenn du willst, bleibe ich hier bei dir, vielleicht für ein paar Tage, bis mit deiner Mama alles geklärt ist. Du musst sagen, wenn du nicht willst. Dann trink ich Kaffee fertig und gehe dann." Milena hickste nach so anstrengend langen Sätzen und Henner wunderte sich, dass sie überhaupt nach so viel Alkohol sprechen und arbeiten konnte.

„Und was ist mit Polen?", fragte Henner, der die heiße Tasse wie einen gerade geborgenen Schatz mit beiden Händen umklammerte.

„Kann warten, paar Tage vielleicht", antwortete Milena und lächelte schief.

Mo platzte in die ruhige Atmosphäre der Küche hinein.

„Henner, da wollen dich zwei Herren von der Kripo sprechen. Ich habe zwar alles bereits den beiden Polizisten versucht zu erklären, aber dann kamen die von der Kripo. Musste denen die ganze Leier noch mal von vorne berichten. Und jetzt bist du dran. Kriegst du das hin?"

Henner blickte zuerst Mo, dann Milena mit einem ratlosen Blick an.

„Mit mir haben sie schon gesprochen wegen meiner Fußabdrücke, die ich im Schuppen hinterlassen habe, als ich nach deiner Mutter geschaut habe. Komm Henner, das schaffst du. Die machen auch nur ihre Arbeit, so wie du den Lattenzaun streichst oder die Obstbäume schneidest", sagte Mo im ruhigen Tonfall.

Milena nickte Henner aufmunternd zu.

Der trank noch einen letzten Schluck Kaffee, stellte die Tasse mit zitternder Hand auf den Küchentisch und stand auf.

„Was ist mit Mutter?", wollte er wissen.

„Sie sind noch nicht fertig. Suchen noch nach anderen Spuren. Wollen nur sichergehen, dass ihr niemand was Böses angetan hat", antwortete Mo.

Henner verstand nicht recht. Meinte er etwa die Spitzhacke?

Polizei im Haus

Die beiden Kripobeamten saßen in Mutters guter Stube wie zwei Schuljungen auf dem braunen Ledersofa nebeneinander. Beide versuchten gleichzeitig aufzustehen, als Henner das Wohnzimmer betrat. Es war ungemütlich in dem Raum. Man spürte, dass er nur zu besonderen Anlässen betreten wurde. Ansonsten spielte sich das Leben in der Küche ab. Henner fragte sich, ob Mutters Tod wohl zu den besonderen Anlässen zählte. Der kleinere der beiden Kripoleute, ein stämmiger, kompakter Typ in Jeans und blauem Shirt, trat auf ihn zu. Die braune Lederjacke, die er trug, ließ ihn aussehen, wie einen etwas zu breit geratenen James Dean. Der zweite Beamte kämpfte immer noch damit, aus dem tiefen, weichen Sofa in die Senkrechte zu kommen. Er trug einen dunklen Anzug, ein weißes Hemd ohne Krawatte, besaß eine blank polierte Glatze und einen Dreitagebart.

„Guten Tag, mein Name ist Armanth Köhler und das ist mein Kollege Hilmar Brehmer, Kripo Gießen", sagte James Dean, zeigte mit der einen Hand auf den Glatzenträger und reichte die andere Hand Henner.

„Tag", antwortete Henner eingeschüchtert.

Mittlerweile hatte es Brehmer, der seinen Kollegen um mindestens eine Kopflänge überragte, geschafft aufzustehen.

„Herr Henschel, wollen Sie sich nicht setzen? Wir hätten da noch ein paar Fragen an Sie", übernahm Brehmer, der ungeduldig wirkte, so als würde ihm das alles zu lange dauern.

Henner blickte sich unschlüssig um. Da stand noch der alte Ohrensessel neben dem Kaminofen mit der kleinen Fußbank. Wenn er sich auf das uralte Teil setzen würde, sähe es aus, als würde er den beiden Kripoleuten eine Audienz gewähren. Schließlich entschied er sich, stehen zu bleiben. Vielleicht ging die Befragung dann schneller und er konnte wieder zurück zu Milena in die Küche.

Die beiden Beamten blieben ebenfalls stehen.

„Herr Henschel, wann haben Sie Ihre Mutter das letzte Mal lebend gesehen?", fragte Köhler.

„Als sie gerufen hat, dass der Kaffee fertig ist", antwortete Henner wie aus der Pistole geschossen.

„Wo war sie da?"

„Am Küchenfenster."

„Wann war das?", fragte Brehmer, der sich bereits leicht genervt über seine Glatze strich.

„So um halb vier oder kurz vor vier, glaube ich."

„Und wo waren Sie da?"

„Am Zaun. Der muss repariert werden."

„Und dann sind Sie gleich rein gegangen?"

„Nicht sofort. Aber bald. Mutter war aber nicht in der Küche."

„Und was geschah dann?", hakte Köhler nach.

„Nichts, ich bin sie suchen gegangen", antwortete Henner und knetete nervös seine Hände.

„Und dann?", fragte Brehmer, der das ‚dann', wie Kaugummi zog.

„Dann habe ich sie gefunden."

„Und wo? Mein Gott, Herr Henschel lassen Sie sich doch bitte nicht jedes Wort einzeln aus dem Mund ziehen. Wir haben noch zu tun. Verstehen Sie das?", sagte Brehmer gereizt.

„Im Schuppen", antwortete Henner leise.

„Und?", versuchte Köhler es mal auf die ruhige Tour.

„Tja, da bin ich über den Pflanzkübeluntersetzer gestolpert und in Mutters Fahrrad gefallen."

„Warum sind Sie gestolpert, wenn ich fragen darf?", schaltete sich wieder Brehmer ein.

„Weil ich vergessen hatte, das Licht anzuschalten", antwortete Henner wahrheitsgetreu. Das mit dem Rosendüngerpaket und der Maus verschwieg er.

„Oh Gott", stöhnte Brehmer und fing an, im Zimmer auf und ab zu gehen.

„Und dann? Was ist dann passiert Herr Henschel? Bitte versuchen Sie, sich zu konzentrieren. Ich weiß, dass es schwer für Sie ist", bat Köhler Henner in betont mitfühlendem Tonfall. Er steckte sein Handy in die Brusttasche seiner Lederjacke.

„Ich bin an ihr Bein gekommen. War noch warm. Dann habe ich das Licht angemacht", antwortete Henner kleinlaut. Er schielte auf das Bild mit dem röhrenden Hirsch, das an der Wand über dem Sofa hing.

„Und dann hatten Sie gerade nichts Besseres zu tun, als zu Ihrem merkwürdigen Freund da draußen zu fahren, um mit ihm ein Plauderstündchen zu halten?", beantwortete Brehmer seine Frage selbst. Er ging auf Henner zu, blieb direkt vor ihm stehen, so dass sich ihre Nasenspitzen fast berührten, und zischte dann: „Und das sollen wir Ihnen glauben, Herr Henschel?"

„Äh, mmh ... tja was soll ich sagen, so war es halt", antwortete Henner und trat einen Schritt zurück.

„Und das haben Sie und Ihr Kumpel da draußen sich nicht zufällig ausgedacht?", zischte Brehmer, der wieder den alten Abstand zwischen sich und Henner herstellte.

Henner schüttelte mehrmals den Kopf, bevor er antwortete. „Nein, da lag die Mutter und die Spitzhacke in ihrem Rücken und plötzlich war mir das alles zu viel. Und da bin ich zu Mo, damit der mir hilft und so."

„So, so und so war es und so soll es bleiben: Das wird mir jetzt echt zu blöd hier, Armanth", wandte sich Brehmer an seinen Kollegen.

„Herr Henschel, haben Sie gar nicht daran gedacht, dass Ihre Mutter vielleicht noch gelebt hat, als Sie sie gefunden haben? Wissen Sie, dass man sowas unterlassene Hilfeleistung nennt und dass Sie dafür bestraft werden können?", fragte Köhler, der nun auch nahe an Henner herangetreten war.

„Aber ich bin doch gleich zu Mo gefahren und habe den um Hilfe gebeten. Und der hat doch auch gleich nach Mutter geschaut und den Notarzt angerufen", versuchte Henner sich zu rechtfertigen, während er langsam Richtung Wohnzimmertür zurückwich.

„Und warum haben Sie nicht selbst die Rettung informiert, wenn ich höflich nachfragen darf?" Brehmer war restlos bedient.

„Hab kein Handy."

„Aber Telefon schon oder gebt ihr euch hier noch Rauchzeichen in dem Kaff, wenn ihr was Wichtiges mitzuteilen habt?"

„Bin ich nicht drauf gekommen. War der Schock. Musste weg", antwortete Henner und blickte rot vor Scham unter sich.

„Lass es gut sein, Hilmar. Das bringt so nichts", meinte Köhler und legte seinem Kollegen beruhigend eine Hand auf den Arm.

„Herr Henschel, Sie halten sich bitte in den nächsten Tagen zu unserer Verfügung, bis die Untersuchungen abgeschlossen sind. Haben Sie das verstanden?"

„Ja" antwortete Henner eingeschüchtert.

Köhler drückte sich umständlich an Henner vorbei, der vor dem Türrahmen des Wohnzimmers stand.

„Da kommt gleich noch ein Kollege von uns, der nimmt noch ein Protokoll auf, das Sie bitte unterschreiben", sagte Köhler.

Henner blickte ihn fragend an: „Und was ist jetzt mit Mutter?"

„Die nehmen wir erst mal mit in die Rechtsmedizin. Sie hören von uns", antwortete Brehmer und schob sich ebenfalls an Henner vorbei nach draußen. Bevor er im Flur verschwand, drehte er sich noch mal um und rief Henner zu: „Und übrigens, Ihrem Kumpel da draußen können Sie ausrichten, wenn er noch einmal die Polizeiarbeit versucht zu behindern, dann nehmen wir ihn fest, wegen Behinderung polizeilicher Ermittlungen."

Henner stand da wie vom Donner gerührt. Er hielt sich mit der rechten Hand am Türrahmen fest und spürte ein heftiges Ziehen in der Magengegend. Milenas ungewohnt starker Kaffee und die beiden Kripoleute, die glaubten, ausgerechnet er hätte seine eigene Mutter umgebracht, waren zu viel für ihn. Dass er zudem ungewollt seinen besten Freund Mo in die Sache mit reingezogen hatte, führte dazu, dass ihm plötzlich schlecht wurde. Er rannte, so schnell er konnte, aufs Klo und schloss sich ein. Der Raum war so klein, dass, wenn er ein Fenster gehabt und die Sonne rein geschienen hätte, es eng geworden wäre. Henner hielt seinen Kopf über die Kloschüssel und wartete darauf, dass er sich übergeben musste. Doch es kam nichts. Von draußen hörte er irgendwelche Stimmen, die er nicht zuordnen konnte.

Dann schrie jemand: „Pass doch auf, du Idiot, sonst fällt sie uns wieder von der Pritsche."

Henner erschrak. So geht man also mit einer Toten um, dachte er. Er schloss den Deckel und setzte sich. Am liebsten wäre er in dem kleinen Kabuff geblieben, bis der ganze Spuk hier vorbei war.

Ein paar Minuten später hörte er das Geräusch eines anfahrenden Autos, dann noch eines und noch eines. Schließlich rief jemand: „Machen Sie Platz hier. Gehen Sie nach Hause. Hier gibt's nichts mehr zu gaffen. Lassen Sie uns bitte durch oder wir nehmen Sie vorläufig fest wegen Behinderung dringender polizeilicher Arbeit."

Das hatte er schon einmal gehört. Henner erkannte sofort Brehmers scharfe Stimme. Danach kehrte Ruhe ein, bis auf das leise Gluckern des Wassers im Spülkasten. Kurz darauf klopfte es an der Klotür.

„Henner, bist du da drin?", hörte er Milena fragen. „Du musst rauskommen. Hier ist noch ein Polizist, wartet auf dich wegen Formular im Wohnzimmer. Mo und ich haben auch schon gesprochen mit Polizei."

Henner stöhnte und stand mühsam auf. Vom Sitzen knackten seine Kniegelenke, als er die Klotür aufschloss.

„Bin in Küche bei Mo", rief ihm Milena von draußen zu.

Henner ging mit hängenden Schulter rüber zum Wohnzimmer. Dort stand ein junger uniformierter Polizist am Fenster und blickte nach draußen.

„Äh, ich bin da", räusperte sich Henner.

„Ah, sehr gut. Mein Beileid. Ich stelle Ihnen ein paar Fragen, die Sie mir beantworten. Ich notiere alles, Sie unterschreiben das Protokoll und dann bin ich auch schon weg."

Der Polizist nahm auf dem Sofa Platz. Henner setzte sich neben ihn. Er beantwortete stoisch, fast schon abwesend, die Fragen, die ihm auch schon die beiden Kripobeamten gestellt hatten.

„Bitte hier noch unterschreiben", bat der Polizist Henner und reichte ihm einen Stift.

„Danke, das wäre es dann", sagte er, nachdem Henner seine Unterschrift gesetzt hatte, nahm den Stift wieder an sich, stand auf und verabschiedete sich.

Henner blieb noch einen Moment erschöpft sitzen. Dann stand er müde auf.

Im Flur lehnte Milenas großer Koffer an der Wand. Henner betrat die Küche. Mo saß am Küchentisch, eine Marlboro in der rechten Hand. Vor ihm auf dem Tisch stand eine halbvolle Flasche Licher.

Milena lehnte an der Spüle und lächelte ihm mit noch glasigen Augen an.

„Komm rein Henner, setz dich. Wir müssen reden", forderte Mo ihn auf.

Henner nickte und ging zu seinem Platz auf der Eckbank. Von dort aus konnte er nach draußen auf die Straße schauen. Er schob den Vorhang ein Stück zurück und sah die Worre-Net-Mine wild mit den Händen hin und her fuchteln, als würde sie gerade gegen einen unsichtbaren Gegner fechten. Schnell ließ er den Vorhang wieder zurückgleiten. Das mit seiner Mutter war bestimmt schon wie ein Lauffeuer durch das Dorf gefegt. Was würden sie sich die Mäuler zerreißen, nur um irgendein an den Haaren herbeigezogenes Gerücht in die Welt zu setzen! Allen voran die Münchhausen. Die Lügenbaronin, die ihrem Namen alle Ehre machte. Sie tat den ganzen Tag nichts anderes, als im Dorf herum zu schnüffeln und Falschmeldungen zu verbreiten. Henner graute es vor den nächsten Tagen.

„Henner, hörst du mir zu?", fragte Mo und zog hektisch an seiner Zigarette.

„Ja", antwortete er, legte beide Arme auf den Küchentisch und faltete die Hände wie zum Gebet.

Milena setzte sich neben ihn auf die Eckbank.

„Ich habe Milenas Sachen geholt. Es wird das Beste sein, wenn sie solange bei dir bleibt, bis der Spuk hier vorbei ist. Sie wird sich um dich kümmern. Glaube mir, sie kann das."

Henner suchte den Blick Milenas. In ihren glasigen Augen las er: ‚Das kriegen wir schon hin, wir zwei.'. Es beruhigte ihn zu wissen, dass er heute Nacht nicht allein im Haus schlafen musste.

Milena legte eine Hand auf seinen Arm und sagte: „Ich bleibe, solange du mich brauchst und willst bei dir."

„Danke."

„Das waren vielleicht zwei arrogante Arschlöcher! Wollten mir einfach nicht glauben, dass du deine Mutter nicht umgebracht haben kannst. Das sieht doch ein Blinder mit einem Krückstock, dass deine Mutter in die Spitzhacke gefallen ist und nicht damit erschlagen wurde. Sie lag ja schließlich auf dem Bauch. Die spitze Seite der Hacke ragte aus ihrem Rücken. Wie bitte soll jemand von vorne in dem Durcheinander im Schuppen Platz genug haben, auszuholen, um sie so zu erschlagen?", regte sich Mo auf. Er blies den Rauch seiner Zigarette über den Küchentisch. Sah ihm kurz nach, hustete, bevor er sich weiter aufregte: „Stellt euch vor, die haben doch glatt von mir verlangt, dass ich einen meiner Arbeitsschuhe ausziehe. Damit haben sie überprüft, ob der zu den Fußabdrücken in dem Düngerstaub passt."

Henner sagte nichts dazu. Hoffte nur, dass Mo nicht dadurch in Schwierigkeiten kommen würde.

„Ich geh mal davon aus, dass die Spezialisten von der Polizei schnell herausfinden werden, dass meine These stimmt. Dann werden sie deine Mutter alsbald zur Beisetzung freigeben. Morgen werde ich gleich bei einem Beerdigungsinstitut anrufen. Die schicken dann jemanden, der sich um alles kümmert. Dem Pfarrer sagen wir dann auch Bescheid." Mo sah seinen Freund mit einem aufmunternden Blick an, während er die halbvolle Flasche mit einem einzigen großen Schluck leerte. Den üblichen Rülpser verkniff er sich in Anwesenheit Milenas.

Henner nickte ihm niedergeschlagen zu.

„Lass den Kopf nicht hängen, Kumpel. Du haust dich erst mal am besten hin. War ein verdammt beschissener Tag heute", sagte Mo und stand auf. „Ich muss morgen den Kangoo fertig machen. Wenn was sein sollte, Milena hat meine Handynummer. Ich melde mich aber eh zwischendurch. Am besten ist, ihr bleibt erst mal im Haus. Sobald ich morgen fertig bin, komme ich vorbei und bringe uns was zu essen mit."

Bevor er die Küche verließ, drehte er sich noch einmal um und sagte zu Milena: „Versprichst du mir, auf ihn aufzupassen, damit er keine Dummheiten macht?"

„Klar Chef, in Ordnung", antwortete Milena und grinste ihn an.

Alles ist anders

Henner hatte überraschend gut geschlafen. Es musste die Erschöpfung gewesen sein, die ihn davor bewahrte, keine Ruhe nach der Aufregung des Tages zu finden.

Unten in der Küche hörte er Milena mit Töpfen und Tellern rumhantieren. Im ganzen Haus roch es nach gebratenem Speck. Er freute sich, sie wiederzusehen. Als er nach einer kurzen Morgentoilette auf der Holztreppe nach unten ging, musste er an seine Mutter denken. Das vertraute ‚Guten Morgen Henner, Frühstück ist fertig' würde er vermissen. Wahrscheinlich noch viel mehr, aber darüber mochte er jetzt nicht nachdenken. Milena hatte sich eine Kittelschürze von Mutter um ihre schlanke Taille gebunden. Das Haar trug sie hochgesteckt. Sie sang leise ein Lied in einer Sprache, die Henner nicht kannte. Wahrscheinlich Polnisch. Sie stand mit dem Rücken am Herd und rührte in einer Pfanne herum.

„Guten Morgen", sagte Henner zaghaft, als wollte er sie nicht stören.

„Guten Morgen, hast du schlafen können?", fragte Milena mit einem Lächeln auf den Lippen. Sie selbst hatte darauf bestanden, sich für die Nacht im Wohnzimmer einzurichten.

Henner nickte. Er ging zu seinem Platz. Der Tisch war bereits gedeckt. Auf einem Teller lag sein geliebtes Leberwurstbrot mit einer kleinen Gurke drauf. Henner fragte sich, woher Milena wusste, was er am liebsten zum Frühstück aß.

Milena kam mit der Kaffeekanne zu ihm und schüttete die Tasse voll. Der Kaffee dampfte und verströmte einen angenehmen Geruch.

„Eier mit Speck ist gleich fertig. Ist wichtig, morgens viel zu essen. Dann Tag wird gut", erklärte Milena.

Henner konnte sich nicht erinnern, jemals Eier mit Speck zum Frühstück gegessen zu haben. Es roch verführerisch gut. Er blickte kurz nach draußen auf die Straße. Es regnete in Strömen. Kein Mensch zu sehen. Es war ihm recht.

Milena kam mit einer schweren gusseisernen Pfanne, die sie auf einen Holzuntersetzer stellte. Sie schöpfte ihm eine große Portion auf einen Teller und schob ihm den Salzstreuer hin. Sie selbst nahm sich eine noch größere Portion. In einem Bastkorb lag frisch aufgeschnittenes Bauernbrot. Milena bestrich eine Scheibe mit guter Butter, die in einem Glasgefäß daneben stand. Henner sah ihr erstaunt zu, wie sie herzhaft zulangte.

„Ist gut gegen schweren Kopf von gestern", erklärte sie und salzte ihre Eier mit Speck kräftig nach.

Henner aß die Eier mit einer Gabel zu seinem dick bestrichenen Leberwurstbrot. Es schmeckte ihm.

Sie aßen eine Weile schweigend. In der Küche war es mollig warm und ruhig.

Plötzlich fragte Milena Henner, ob er Verwandtschaft habe, die er vielleicht anrufen sollte, wegen des Todes seiner Mutter.

Henner antwortete ihr, dass Mutter noch eine Schwester hatte, die in den 1970er Jahren nach Kanada ausgewandert war. „Sie ist deutlich älter als Mutter. Schickt zu Weihnachten immer eine selbstgemalte Karte. Vater ist schon lange tot, Geschwister habe ich keine. Und nun bin ich ganz allein." Henner seufzte und spürte wieder das Kribbeln in der Nase.

„Na, na, du hast doch Mo. Ist bestimmt guter Freund, oder?"

„Ja." Henner schaute traurig auf die regennasse Straße. Wie sollte es jetzt weitergehen ohne Mutter? Sie hatte sich doch immer um alles gekümmert! Er spürte einen beinahe körperlichen Schmerz, so sehr fehlte sie ihm.

Milena schien seine trüben Gedanken erraten zu haben, als sie sagte: „Ist schlimm für dich ohne Mama. War bestimmt gute Frau. Hat dir immer viel geholfen, oder?"

„Das kann man wohl sagen", antwortete Henner niedergeschlagen.

„Komm, lass nicht Kopf hängen, auch wenn es schwer ist am Anfang, Leben muss weitergehen." Sie legte kurz ihre warme Hand auf seinen Arm, bevor sie aufstand und anfing, den Tisch abzuräumen.

Diese sanfte Berührung riss Henner für einen Augenblick aus seinen traurigen Gedanken. Er stand ebenfalls auf und tat etwas, was er zu Lebzeiten seiner Mutter noch nie getan hatte: Er half Milena beim Abwaschen des Geschirrs. Milena reichte ihm wortlos ein Abtrockentuch, mit dem er die Teller und Tassen vorsichtig trocken trieb. Die einfache Arbeit tat ihm gut.

Als sie fertig waren, bat Milena Henner, wieder am Tisch Platz zu nehmen. Sie müsse ihm etwas sagen. Henner tat, wie ihm geheißen. Sein Herz fing an, schneller zu schlagen. Milena wischte noch den Tisch feucht ab, bevor auch sie sich setzte und ihn ansah.

„Okay", seufzte sie. „Ich glaube, ich muss dir erzählen, was mit mir los ist."

Henner sah sie mit banger Miene fragend an.

„Ich habe Schnauze voll von Arbeit im Haus von alten Menschen. Mache das jetzt eine ganze Weile in Deutschland. Schwere Arbeit, wenig Geld, immer nur Probleme mit den Alten und Jungen." Sie stand auf und schüttete sich noch eine Tasse Kaffee aus der Maschine ein, trank einen Schluck im Stehen und sprach weiter: „Mein letzter Job war nicht sehr weit weg von hier. Bei ganz bösem alten Mann, der war oben in Kopf nicht ganz richtig. Oft vergisst er alles. Er glaubt immer, er kann noch alles machen. Dabei kann er gar nichts mehr, außer in Hose pinkeln, weil vergessen. Hat gehauen mich mit Gehstock, weil ich ihn nicht gehen lassen wollte allein auf das Klo. Hat oft geschrien, dass ich dumm bin und zu nichts zu gebrauchen. Und manchmal hat er gegriffen nach meiner Wäsche. Geiler alter Bock war das."

Henner hörte ihr aufmerksam zu. Ihm fiel es schwer zu glauben, dass es Menschen gab, die zu so etwas Niederträchtigem in der Lage waren. Auch wenn sie alt und verwirrt waren.

Milena hatte sich mittlerweile wieder ihm gegenüber auf den Stuhl gesetzt und schaute in ihre Kaffeetasse.

Eine Weile sprachen sie nichts.

Henner nahm sich ein Herz und fragte: „Hast du nicht mal mit den Angehörigen sprechen können?"

„Habe ich versucht. Aber Tochter vom Alten war genauso schlimmer Mensch. Hat zu mir gesagt, dass ich Sachen von altem Mann geklaut habe. Stimmt aber nicht. Habe ich noch nie gemacht. Bin doch nicht blöd. Dann ist gleich Arbeit futsch. Die böse Frau sagt immer, ich schaue nicht genug nach ihrem Papa. Stimmt auch nicht. Ist selbst zu schade, dem Papa die vollgeschissenen Windeln zu wechseln, macht sich nicht die Hand dreckig. Schimpft aber immer wegen Geld. Alles zu teuer. Und dem Alten kann ich nichts recht machen. Zu wenig Essen oder zu viel, Windel zu stramm, Bett zu weich oder hart. Ganzer Tag bis in Nacht hackt nur auf mir rum. Und dann vor zwei Tagen putze ich im Bad seine Pinkel auf. Ich höre nicht, wie er in Bad hereinkommt. Plötzlich greift er mir an den Po. Ich drehe mich rum, sehe, wie ihm läuft Spucke aus dem Mund. Ich kann mich befreien und ich stoße ihn weg. Habe nur noch Ekel vor ihm. Dann sage ich Tochter, dass ich sofort gehe, packe ich meine Sachen und haue ab." Milena stöhnte auf und stützte mit beiden Händen ihren Kopf.

Henner sah sie, noch ganz benommen von ihrem Bericht, an. Nun wäre es an ihm gewesen, sie zu trösten. Aber er wusste nicht, wie man so was machte. Dabei hatte Milena ihm gezeigt, wie es ging. Doch er war viel zu schüchtern, besaß zu wenig Selbstvertrauen im Umgang mit einer Frau. Stattdessen fiel ihm nichts Besseres ein, als zu fragen: „Ist der Alte wenigstens auf die Schnauze gefallen?"

Milena lachte auf. „Nein, nicht wirklich. Sonst hätte ich jetzt noch mehr Ärger."

Kurz überlegte sie, ob sie Henner ihr Geheimnis anvertrauen sollte, ließ es vorerst aber bleiben. Sie hatte nämlich, ordentlich wie sie war, beim Putzen nach und nach heimliche Verstecke gefunden, die der Alte angelegt hatte. Sie war sich sicher, dass seine Tochter davon nichts wissen sollte. Sein Erspartes hatte er unter anderem in einer wasserfesten Tüte im Klospülkasten, in der Bibel, die neben anderen Büchern im Regal stand, und in einer Tüte in einem Einmachglas versteckt. Milena verschwieg Henner vorerst, dass sie das Ersparte sozusagen als Entschädigung für die Tyrannei und ständige Demütigung des Alten an sich genommen hatte.

Es klingelte an der Haustür. Henner fragte sich, wer so früh etwas von ihm wollte. Also sah er nach. Vor der Tür stand die tief gebeugte Worre-Net-Mine mit zerzaustem Haar.

„Ei mein armer Bub, das ist ja schrecklich mit deiner Mutter, worre-net. Mein aufrichtiges Beileid. Was für ein Unglück! Wenn ich dir irgendwie helfen kann, du kannst jederzeit rüberkommen, ich bin immer für dich da, worre-net", krächzte sie.

Henner wusste nicht, was er sagen sollte. Er blieb einfach stehen.

„Ei, sag mal, wie ist denn das passiert? Die gute Else, dass unser lieber Herrgott sie auf so brutale Weise zu sich genommen hat, das hat sie net verdient, worre-net."

Henner fragte sich, woher die Nachbarin wusste, dass seine Mutter nicht friedlich für immer eingeschlafen war. Dann fiel ihm ein, dass er die Worre-Net-Mine, die ja nebenan wohnte, bei dem ganzen Auflauf vor dem Haus gesehen hatte. Natürlich hatte sie das Drama mitbekommen.

„Seid mir nicht böse. Ich muss jetzt wieder reingehen. Gibt so viel zu tun jetzt", versuchte Henner, die neugierige Nachbarin abzuwimmeln. Wie üblich redete er sie mit ‚Ihr' an. Dabei wusste er im Moment überhaupt nicht, was er tun oder lassen sollte.

„Wer ist denn die hübsche Frau, die bei dir gestern auf deinem Roller saß? Die hab ich hier noch nie gesehen. Die ist net von hier, worre-net?", kam die Worre-Net-Mine zum wahren Grund ihres Besuchs.

„Die heißt Milena, kommt aus Polen und ist auf der Durchreise", antwortete Henner kryptisch und zog an dem Türgriff. Der Worre-Net-Mine schien die Kinnlade heruntergefallen zu sein über diese verwirrende Information. Das würde sich in Windeseile im Dorf verbreiten. Leider kam die Frau nicht mehr dazu, noch mehr bahnbrechende Neuigkeiten aus dem Hause Henschel aufzuschnappen, weil Henner ihr kurzerhand die Tür vor der Nase zumachte.

Als er nachdenklich zurück in die Küche zu Milena ging, fiel ihm ein, dass es wohl das Beste sei, ein Schild an die Tür zu hängen, auf dem stand: ‚Bitte keine Besuche momentan. Bitte.'

Milena saß am Küchentisch. Vor ihr stand ein Mensch-ärgere-Dich-nicht-Spiel. Wo hatte sie das denn her?

„Komm, lass uns spielen, das ist gut gegen zu viele traurige Gedanken im Kopf", lud sie ihn ein.

Henner erklärte ihr, dass er noch schnell ein Schild an die Tür hängen wollte, um seine Ruhe vor den Leuten aus dem Dorf zu haben. Er kramte aus einer Schublade der kleinen Anrichte, die neben der Eckbank stand, Mutters Haushaltsbuch und einen Bleistift. Kurzerhand riss er eine unbeschriebene Seite aus dem Buch. Schrieb mit großen Druckbuchstaben seinen Text darauf und fingerte vier Reißbrettstiftchen aus einem mit Korken verschlossenen Glas, das er in der anderen Schublade fand.

„Bin gleich wieder da", murmelte er und verschwand in den Flur. Unterwegs blieb er kurz stehen, drückte das Blatt in Augenhöhe an die Raufasertapete und schrieb noch hinter das Wort ‚Bitte' ‚Danke'. Wegen des unebenen Untergrundes wurde es leicht krakelig. Er befestigte das Blatt Papier an der Haustür und ging zurück in die Küche.

Milena würfelte bereits, als sie ihn eintreten sah. Henner hätte später nicht mehr sagen können, wie das Spiel verlaufen war. Nur, dass ihm sein Gefühl sagte, dass sich Milena im Haus bewegte und verhielt, als wäre es das Selbstverständlichste der Welt. Und das gefiel ihm.

Elses letzter Wille

Mittags schmierte Milena für Henner wieder zwei große Scheiben Brot mit Leberwurst und Gürkchen. Sie selbst entschied sich für ein Honigbrot.

Henner machte danach, wie gewohnt, seinen Mittagsschlaf. Sowohl draußen als auch im Haus blieb es ruhig.

Am Nachmittag ging Henner ins Wohnzimmer und holte aus dem massiven Schrank einen von Mutters Ordnern heraus. So kannte Henner seine Mutter. Die Dinge in ihrem Leben besaßen Struktur und Ordnung. Wie von ihr nicht anders zu erwarten, hatte sie für den Fall der Fälle sämtliche wichtigen Unterlagen in alphabetischer Reihenfolge geordnet. Angefangen von ihrer Geburtsurkunde über das Stammbuch und den Konfirmationsspruch bis hin zur Heiratsurkunde war alles an seinem Platz. Es hätte nur noch gefehlt, dass auch schon die Sterbeurkunde abgeheftet gewesen wäre. Sein Blick blieb bei ‚Rechtssachen' hängen. Henner blätterte und fand schließlich ein handgeschriebenes Blatt Papier, das in einer Klarsichthülle lag. Es war Mutters Testament. Aufmerksam und mit leicht klopfendem Herzen las er es durch:

Mein letzter Wille

Mein lieber Henner,

wenn Du das hier liest, bin ich nicht mehr auf dieser Welt. Da man in meinem Alter praktisch jeden Tag damit rechnen muss, dass der Herrgott einen zu sich nimmt, habe ich hoffentlich rechtzeitig versucht, meine letzten Angelegenheiten zu regeln.

Alle irdischen Güter, das Haus, der Garten, der Schuppen, mein Schmuck (liegt im Bad oben rechts im blauen Kästchen im Alibertschrank) sowie meine Ersparnisse in Form von Geld, Münzen und zwei Goldbarren (liegen in einem Schließfach auf der Volksbank – Schlüssel findest Du in der Schublade des Sekretärs), vermache ich Dir. Alle notwendigen Vollmachten sind bei dem Notar Weinfeld, den Du ja kennst, hinterlegt. Es ist genügend Geld vorhanden für meine Beisetzung und die Trauerfeier. Ich bitte Dich, dass Du veranlasst, dass meine sterblichen Überreste verbrannt werden. Ich will nicht in der kalten nassen Erde liegen. Den Platz für meine Urne habe ich mir bereits ausgesucht. Er wird Dir gefallen. Ich komme in die Wand. Pfarrer Schultheiß weiß schon Bescheid. Für die Trauerfeier wünsche ich mir, dass Ihr das Lied 'So nimm denn meine Hände' singt und danach in aller Stille auseinandergeht. Die Beisetzung der Urne soll bitte im kleinsten Kreis abgehalten werden. Auch wenn ich nicht mehr bei Dir sein kann, um mich um Dich zu kümmern, so bin ich doch irgendwo im Himmel und passe auf Dich auf. Wenn Du Hilfe oder einen guten Rat brauchst, wende Dich bitte an die Frauen aus der Frauenhilfe. Sie werden Dir mit Rat und Tat zur Seite stehen. Es stehen noch Dosen mit Deiner geliebten Leberwurst und eingemachte Gurken im Keller.

Auch wenn es Dir vielleicht am Anfang schwerfallen mag, such Dir eine liebe Frau, damit Du nicht alleine bleibst. Du schaffst

das schon, Du bist doch mein großer Bub.
Vergiss mich nicht!
Deine Dich immer liebende Mutter
Else Henschel
PS: Eine Kopie dieses Schreibens verwahrt der Notar Weinfeld.

Als Henner die Unterschrift seiner Mutter neben dem Datum sah, schossen ihm die Tränen in die Augen. Ein heftiger Weinkrampf schüttelte ihn. Er saß da wie ein Häufchen Elend in dem Ohrensessel, einsam und verwirrt und versuchte, Ordnung in sein Gefühlschaos zu bringen. Er brauchte lange, bis er sich wieder unter Kontrolle hatte. Mit seinem Sacktuch aus weißem Stoff, das er immer in seiner rechten Tasche des Blaumanns trug, wischte er erst die Augen trocken und putzte sich dann kräftig die Nase.

Nach einer Weile musste er plötzlich an die letzten Zeilen in Mutters Testament denken. Dass er sich eine Frau suchen sollte, bereitete ihm Kopfzerbrechen. Über Jahre hinweg hatte er ein beschauliches, ruhiges und zufriedenes Leben ohne besondere Höhepunkte oder Niederlagen an der Seite seiner Mutter geführt. Dann starb sie plötzlich und unerwartet. Kaum war sie tot, stand Milena in der Küche. Ob das wirklich ein Zufall war, dass sie ausgerechnet jetzt bei ihm hier auftauchte? Egal! Wenn der Gedanke auch noch so abwegig sein mochte, sie hatte der Herrgott im Himmel geschickt. Und vielleicht Mutter dort getroffen? Henner konnte sich einen kurzen Lacher nicht verkneifen. Was für Hirngespinste ihm da gerade durch den Kopf spukten!

Er erhob sich schwerfällig aus dem Sessel, heftete das Testament wieder in den Ordner zu den Rechtssachen, stellte ihn an seinen Platz und verschloss die Schranktür.

Aus den Schlafzimmern oben hörte er ein Geräusch. Henner überlegte, ob er zu Milena gehen sollte. Für einen Moment blieb er unschlüssig im Flur stehen.

Plötzlich klingelte das Telefon. Dran war sein Freund Mo, der ihm mitteilte, dass er in einer halben Stunde vorbeikommen und drei Döner mit Allem zum Essen mitbringen wollte. Henner freute sich darauf. Er hatte erst ein einziges Mal einen Döner gegessen. An dem Tag, als die Frauen aus der Frauenhilfe Mutter eines Morgens überredeten, spontan zu einem Tagesausflug nach Kassel mitzukommen. Er hatte ihm ausgesprochen gut geschmeckt, obwohl er hinterher das Gefühl hatte, sich duschen zu müssen.

Das Geheimnis im Keller

Henner nutzte die Zeit, um mal schnell in seinem Hobbykeller zu verschwinden. Sein Reich, das sogar seine selige Mutter so gut wie nie betreten hatte. Er knipste das Licht in dem fensterlosen Raum an. Es roch nach Staub, verrostetem Eisen und leicht nach Schimmel. Auf einem groben Tisch, der aus zwei starken Eichenbohlen bestand, die auf jeweils zwei übereinandergestapelten Hohlblocksteinen lagen, stand sein letztes bizarres Meisterwerk. Es hatte die Größe eines kleinen Kindes und bestand aus altem, gebogenem Eisen, das für den jeweiligen Betrachter wie eine Mischung aus einer futuristischen Figur und wild ineinander geflochtenem Gestänge aussah.

Henner schaltete einen Strahler an, dessen Fuß er mit einer Schraubzwinge an einer Holzbohle befestigt hatte. Sofort wirkte das eigenartige Gebilde, als wäre es von einem Heiligenschein umstrahlt. Silberfarbenes, blankpoliertes Eisen ging übergangslos in sanfte rostfarbene Brauntöne über. Ein Kunstwerk aus altem Schrott, in mühevoller, stundenlanger Arbeit geformt, gebogen und gerichtet. Henner strich leicht über die polierten Teile. Er liebte es, wenn seine Hände das glatte, kalte Material berührten. Die Figur stand auf einer hölzernen Drehscheibe, die er eigens dafür gebaut hatte. Mit einer kurzen Bewegung setzte er die Scheibe in Bewegung. Sein Werk begann sich langsam zu drehen. Im Lichtschein des Strahlers sah es aus, als würde die Figur tanzen. Henner konnte sich nicht sattsehen an diesem Zauber, den er mit seinen eigenen Händen geschaffen hatte. Langsam hörte die Scheibe auf zu rotieren.

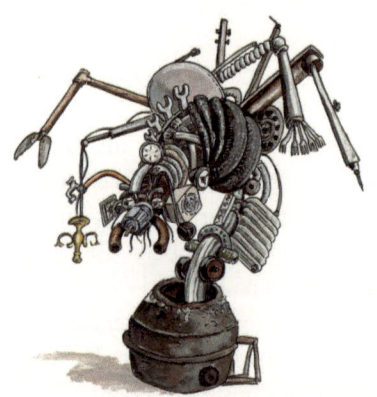

Mit einem Seufzer der Zufriedenheit schaltete Henner den Strahler genau in dem Moment aus, als die Scheibe stehen blieb. Henner blickte sich mit einem sehnsüchtigen Blick in seiner Werkstatt um. Auf Holzregalen, welche eine Seite des Raumes einnahmen, standen oder lagen mehrere fertige Kunstwerke in unterschiedlichen Größen und Formen. An der anderen Wand lag bergeweise mehr oder weniger verrosteter Eisenschrott in einem scheinbar unentwirrbaren Knäuel auf einem großen Haufen. An den Seiten rechts und links der Tür hingen etliche Zangen. Zwei große Bolzenschneider, Meisel, Hammer und Fäustel hingen ohne erkennbares System entweder zwischen zwei Nägeln oder an in die Wand gedübelten Eisenhaken. Henner knipste das Licht aus. Er ging mit der Gewissheit nach oben, dass zumindest hier unten, in seinem Refugium, die Welt noch in Ordnung geblieben war.

Als er die Küche betrat, stellte Mo gerade die Plastiktüte mit den Dönern, zwei Flaschen Licher und einer Flasche Traubensaft auf den Küchentisch. Milena holte Besteck, Teller, ein Glas und Servietten aus dem Küchenschrank.

„Und, Henner, geht's so einigermaßen?", fragte Mo.

„Ja, muss ja irgendwie", antwortete Henner und ging zu seinem Platz an der Eckbank. Milena packte vorsichtig die in Alufolie eingewickelten Döner aus und verteilte sie auf die drei Teller.

„Na, dann lasst es euch mal schmecken", sagte Mo und öffnete mit einem Plastikfeuerzeug die Kronkorken der beiden Bierflaschen. Eine davon stellte er neben Milenas Teller. Der Traubensaft hatte einen Drehverschluss. Henner öffnete die Flasche und schüttete sein Glas mit der dunklen Flüssigkeit halbvoll.

Eine Weile kämpfte jeder auf seine Weise mit den großen, randvoll belegten Fladenbroten. Mo und Milena prosteten sich zwischendurch mit den Flaschen zu. Henner spülte das klein geschnittene Lammfleisch mit seinem Saft hinunter.

Milena ergriff schließlich als Erste das Wort. Sie wischte weiträumig die Joghurtsauce aus ihrem Gesicht, bevor sie sprach: „Mann, war das gut und viel zu viel." Sie deutete mit ihrem rechten Zeigefinger auf Henners Nase und musste dabei lachen.

Er sah aus, als hätte er eine dicke Schicht Niveacreme aufgetragen und vergessen, sie zu verteilen. Henner nahm den linken Handrücken und verteilte damit die Sauce über die ganze rechte Gesichtshälfte. Jetzt prustete auch Mo los, dem selbst noch ein Rest vom Krautsalat in seinen Bartstoppeln hing. Milena beugte sich weit über den Tisch und wischte mit Henners Serviette sein verschmiertes Gesicht sauber. Henner ließ es wie ein kleines Kind über sich ergehen.

Mo strich sich mit seiner rechten Hand über die Bartstoppeln und die Nase. Das faserige Stückchen Krautsalat fiel auf den Tisch. Er hob es mit spitzen Fingern auf und legte es auf den mit Soße verschmierten Teller. Dann steckte er sich eine Zigarette an und nahm einen tiefen, genussvollen Zug. „Ich habe mir heute Mittag ein paar Angebote von Bestattungsinstituten im Internet angeschaut. Das Geschwafel von absoluter Diskretion und einfühlsamer Trauerbegleitung ist mir bei allen, bis auf einen, gewaltig auf die Nerven gegangen. In Gießen habe ich nach langem Hin und Her schließlich den Bestatter Flachgräber gefunden. Der hat auf seiner Website stehen: Wir helfen schnell und effizient in allen Lebens- und Sterbenslagen. Der Spruch hat mir gefallen. Hab dort angerufen. Die stehen Gewehr bei Fuß, sobald es so weit ist mit deiner Mutter." Mo legte kommentarlos einen kleinen ölverschmierten Zettel mit einer Telefonnummer auf den Tisch. Nach einem weiteren Schluck Bier meinte er in einem scherzhaften Tonfall: „Mensch Henner, hast ja einen Superspruch an die Tür geklebt. Wollen wir mal hoffen, dass die lieben Nachbarn und die anderen Tratschweiber vom Ort sich auch alle dran halten werden."

Milena war bereits dabei, den Tisch abzudecken.

Henner saß regungslos auf seinem Platz. Draußen hatte es aufgehört zu regnen. Die Straße glänzte feucht.

„Ich geh mal davon aus, dass sich spätestens morgen oder übermorgen unsere Freunde und Helfer von der Polizei melden werden. Bin mal gespannt, zu welchen abstrusen, oberschlauen Erkenntnissen die gekommen sind. Wenn die in der Rechtsmedizin deine Mutter zur Bestattung freigeben, kannst du die Nummer da anrufen und anschließend den Pfarrer Schultheiß kommen lassen. Ich habe ihn schon vorgewarnt. Milena schmiert dann halt ein paar Leberwurstbrote mehr. Du weißt ja, dass unser Hochwürden kein Kostverächter ist. Alles Weitere nimmt dann seinen Gang." Mo trank die Flasche Bier leer, schaute auf seine Armbanduhr und stand abrupt auf. „Seid mir nicht böse, ihr zwei, ich muss los. Da will noch jemand ein Radio in seine Karre eingebaut haben", erklärte er und klopfte, bevor er zur Tür ging, Henner aufmunternd auf die Schulter.

„Danke für Essen", sagte Milena.

„Danke Mo", ergänzte Henner.

„Keine Ursache, wir sehen uns."

Als Mo gegangen war, fragte Milena, ob Henner noch Lust hätte, was zu spielen. Er sagte nicht nein, obwohl er am liebsten noch mal in seinem geliebten Hobbyraum verschwunden wäre. Doch in seiner derzeitigen Gemütslage war es wohl besser, nicht alleine zu sein. Die Trauer machte ihn empfänglich für den Umgang mit einer Frau, die ihn beinah umsorgte, wie seine selige Mutter.

Die beiden spielten eine zweite Runde Mensch-ärgere-Dich-nicht. Sie redeten nicht viel dabei. Henner war es recht. Milena hatte noch eine Kanne Kräutertee aufgebrüht. Sie saß Henner entspannt gegenüber. Ihre Locken fielen ihr über die Schulter. Ab und zu streckte sie sich, indem sie beide Arme nach oben nahm. Der harte Küchenstuhl bereitete ihr, je länger sie darauf hockte, Probleme.

Henner ertappte sich dabei, dass er immer dann vom Spiel aufsah, wenn sie ihre wohlgeformten Brüste nach vorne streckte.

Milena gönnte ihm diese kleinen Momente. Sie fragte sich, ob Henner schon mal eine Frau gehabt hatte. Er tat ihr ein wenig leid, da sie es sich, so wie sie ihn bisher erlebte, beim besten Willen nicht vorstellen konnte. Aber er war ein Mann, gut gebaut, ein paar Jahre älter als sie, wenn auch etwas altmodisch gekleidet und irgendwie seltsam.

Als Henner das dritte Spiel gewann, nachdem er die ersten beiden Partien verloren hatte, gähnten Milena und er fast gleichzeitig. Es war an der Zeit, schlafen zu gehen. Sie wünschten sich beide eine gute Nacht. Henner überlegte kurz, ob er sich wieder bei Milena bedanken sollte, ließ es dann aber sein.

Mo gibt Kommandos

Am nächsten Morgen, als Henner und Milena gerade frühstückten, klingelte das Telefon. Henner ging in den Flur und nahm ab. Es war Kriminalhauptkommissar

Köhler, der ihm kurz und knapp mitteilte, dass die kriminaltechnischen Untersuchungen zum Tode seiner Mutter abgeschlossen wären. Es sei eindeutig ein Unfall gewesen. Zum Schluss teilte er Henner emotionslos mit, dass seine Mutter ab sofort zur Bestattung freigegeben sei. Henner bedankte sich höflich und legte nachdenklich den Hörer zurück.

Ihm fiel ein, dass er ja noch Mutters Schwester Ruth in Vancouver anrufen musste. Er überlegte, wie das mit der Zeitverschiebung zwischen Deutschland und Kanada sein mochte. Er wusste es nicht. Heute Abend würde er Mo fragen müssen.

Milena kam Henner im Flur entgegen, mit einem Berg voll Wäsche auf dem Arm. „Kann ich ein paar Sachen von mir waschen? Wo ist Waschmaschine?"

„Steht im Keller", antwortete Henner.

Milena drückte sich an ihm vorbei und stieg die Kellertreppe hinab.

Henner hasste es zu telefonieren. Da musste er immer so aufpassen, dass er alles mitbekam. Manche Leute redeten so fürchterlich schnell. Er seufzte schwer, bevor er das Telefon wieder in die Hand nahm. Unschlüssig, wen er in welcher Reihenfolge anrufen musste, stand er da und dachte nach. Zuerst Mo, auf jeden Fall. Er wählte dessen Nummer. Es dauerte wie immer lange, bis er abnahm.

„Tag, was liegt an", meldete sich Mo, wie üblich nicht mit seinem Namen.

Jeder im Ort kannte ihn. Es ging fast immer um irgendwelche Reparaturen, die Mo in seiner Kfz-Werkstatt vornehmen sollte. Früher hatte er in einer großen Werkstatt in Gießen gearbeitet. Da er mit dem Juniorchef nicht klar kam, schmiss er hin und machte sich selbständig. Der Laden brummte.

„Ich bin's, Henner", sprach der fast im Flüsterton in den Hörer.

„Mann, kannst du mal ein paar Umdrehungen lauter sprechen? Ich verstehe dich so schlecht."

Henner hörte im Hintergrund ein blechernes Geschepper.

„Äh, ich wollte dir nur kurz sagen, dass Mutter zur Bestattung freigegeben wurde", sprach Henner etwas lauter in den Hörer.

„Das ist gut. Alles andere hätte mich schwer gewundert."

Henner hörte, wie Mo den Rauch seiner unvermeidlichen Marlboro ausblies.

„Warte mal einen Moment. Muss mal schnell die eine Radschraube festziehen, sonst vergesse ich das womöglich noch."

Henner hörte ein kurzes, ratschendes Geräusch.

„So, erledigt. Wo waren wir gerade stehen geblieben?", fragte Mo. Er schien, wie üblich, schwer im Stress zu sein.

„Bei meiner Mutter."

„Ja, sorry, hab momentan viel um die Ohren. Entschuldige bitte. Also, du rufst doch als Erstes den feisten Schultheiß an. Der soll kommen. Dem machst du Druck im Kessel, dass die Trauerfeier deiner Mutter so schnell wie möglich stattfindet. Ist echt ätzend, wenn sich das so lange hinzieht. Als Nächstes rufst du beim Bestattungsinstitut Flachgräber an. Die Nummer hab ich dir ja dagelassen. Mit denen machst du einen Termin für heute Abend um 18.00 Uhr bei dir aus. Bis dahin müsste ich fertig sein. Muss heute noch bei einem ausgelutschten Espace die Stoßdämpfer und die Vorderachse wechseln. Dem Besitzer ist eine Wildsau ins Auto gelaufen. Ich will da heute Abend dabei sein, damit dich der Typ, der da kommt, nicht über den Tisch zieht. Sieh mal zu, dass du die Dokumente parat hast. So wie ich deine Mutter kannte, wird das alles in Reih und Glied irgendwo sauber und ordentlich abgeheftet rumstehen."

Henner notierte sich im Kopf alles mit. Ob er es sich behielt, stand noch auf einem anderen Blatt. Er hörte das klackende Geräusch von Mos Benzinfeuerzeug: Eine neue Marlboro war fällig.

„So, und bevor ich es vergesse, ruf noch die werten Damen von Mutters Frauenhilfe an. Sonst sind die nachher noch beleidigt, wenn sie nicht sofort Bescheid bekommen."

Henner hörte, wie Mos Handy sehr laut klingelte.

„Ich werde noch wahnsinnig heute", stöhnte er hörbar geladen. „Mach alles so, wie ich es dir gesagt habe. Wir sehen uns dann um sechs."

Bevor Henner noch etwas erwidern konnte, hatte Mo bereits aufgelegt.

Henner wollte gerade das Adressbuch von Mutter, in dem alle wichtigen Telefonnummern standen, in die Hand nehmen, als ihm einfiel, dass er Mo vergessen hatte, nach der Zeitverschiebung nach Kanada zu fragen. Da er sich nicht getraute, ihn noch mal zu belästigen, entschied er, dass seine Tante Ruth noch bis heute Abend oder morgen früh warten musste.

Henner muss sich kümmern

Pfarrer Schultheiß, der kurzatmig wie immer an das klingelnde Telefon ging, versprach, nachdem er Henner kondoliert hatte, wenn es recht wäre, um die Mittagszeit vorbei zu kommen. Als Henner das Gespräch beendete, musste er kurz darüber schmunzeln, dass sich Schultheiß quasi selbst zum Mittagessen einlud. Das machte er bestimmt immer so, wenn er zu seinen Gemeindemitgliedern ging, um ihnen Trost zu spenden. Kein Wunder, dass er kaum noch aus den Augen schauen konnte.

Beim Bestattungsinstitut wiederum meldete sich eine überraschend junge, weibliche Stimme. „Guten Morgen, was kann ich für Sie tun?", fragte die junge Frau freundlich.

„Äh, ich wollte fragen, ob heute Abend um 18.00 Uhr jemand von Ihrer Firma bei mir vorbei kommen kann. Es geht um meine Mutter. Die ist nämlich gestorben."

Am anderen Ende des Apparates blieb es einen Moment still. Dann hörte Henner, wie sich die Frau kurz räusperte.

„Oh, mein Beileid. Moment bitte, ich schaue kurz nach. Mein Vater ist gerade am Einsargen und ist erst wieder gegen Mittag zurück. Aber 18.00 Uhr müsste gehen. Geben Sie mir doch bitte Ihre Adresse."

Henner nannte ihr seine Anschrift und verabschiedete sich höflich. Dann wählte er mit klopfendem Herzen die Nummer von Gertraud Klemmrock, der Vorsitzenden der Frauenhilfe. Sie war sofort am anderen Ende des Telefons.

„Hallo, äh, hier spricht der Henner", sagte er in stockendem Tonfall.

„Oh, mein Gott, Henner, was für ein schreckliches Unglück. Die gute Else, was für eine Seele von einer Frau, das hat sie ganz bestimmt nicht verdient", ereiferte sich Frau Klemmrock.

Sie weiß also Bescheid, dachte Henner und überlegte, wie er so schnell wie möglich das unangenehme Gespräch beenden konnte.

„Wenn ich, oder besser wir, irgendwas für dich tun können, dann sag mir bitte sofort Bescheid. Weißt du denn schon, wann die Beerdigung ist?"

„Nein, noch nicht", antwortete Henner.

„Wer kümmert sich denn jetzt um dich?"

Sie wusste sicher längst, dass sich da eine fremde Frau bei ihm im Haus aufhielt. Die Gerüchte liefen schneller durch den Ort, als eine Katze hinter einer Maus her jagen konnte.

„Da ist jemand kurzfristig zu Besuch gekommen", versuchte Henner der Frage auszuweichen.

Einen Moment herrschte Stille. Gertraud Klemmrock überlegte wahrscheinlich fieberhaft, ob es vielleicht doch noch irgendeine entfernte Verwandte im Hause Henschel gab.

„Und wer ist das, wenn ich fragen darf?", ging die neugierige Klemmrock in die Offensive.

„Tja, äh, das ist, äh Milena, die ist quasi auf der Durchreise nach Polen und macht ein paar Tage Urlaub hier bei uns, äh, bei mir", antwortete Henner. Er ärgerte sich bereits, dass er so viele Informationen preisgegeben hatte. Er hoffte inständig, dass sich die Klemmrock damit zufriedengeben würde.

„Ah, so, das ist ja interessant. Und diese Milena oder wie die heißt, die ist nicht mit dir verwandt?", bohrte sie nach.

Sie kannte Henners Mutter schon seit Jahren. Diese war ein treues Mitglied in der Frauenhilfe gewesen. Keine ihrer regelmäßigen Treffen im Gemeindehaus hatte sie ausgelassen. Dass ausgerechnet Henner, von dem Else immer wieder erzählt hatte, was für ein braver Bub er sei, so plötzlich nach Elses tragischem Ableben eine Frau bei sich zu Hause hatte ... Da stimmte was nicht.

Henner konnte die Klemmrock förmlich hören, wie es in ihrem Oberstübchen anfing zu rattern, als wenn ihre Gedanken ein Zug wären, der gerade über die Gleise polterte.

Von unten aus dem Keller hörte er Milena nach ihm rufen.

„Entschuldigung, ich muss mal aufhören jetzt, da will jemand was von mir", versuchte Henner das Gespräch endlich abzuwürgen.

„Und du meinst, du kommst wirklich zurecht? Soll ich vielleicht später mal vorbeikommen? Dann können wir alles in Ruhe besprechen", redete die Klemmrock im Stakkatotonfall weiter.

„Henner, kommst du mal, schnell", hörte er erneut Milena rufen.

„Nicht nötig, danke, ich muss jetzt aber wirklich", sagte Henner und legte hastig das Telefon auf die Ladestation. Seine Finger waren schweißnass. So schnell er konnte, lief er die steile Holztreppe nach unten.

Im Kellerflur hockte Milena vor der Waschmaschine und zerrte an irgendetwas, was Henner noch nicht erkennen konnte.

„Geht nicht raus, das Scheißding", hörte er Milena fluchen.

Mutter hatte kurz vor ihrem Tod noch eine Fuhre Wäsche in der Maschine laufen. Zwischen Trommel und Schlauch hatte sich ein Stück Draht verhakt. Henner runzelte die Stirn. Das hatte er in der Tasche seines Blaumanns vergessen. Eigenartig, dass das sperrige Ding seiner Mutter nicht aufgefallen war, als sie den Blaumann in die Maschine gesteckt hatte. Henner ging neben Milena in die Hocke. Sie roch leicht nach Schweiß und nach einem dezenten Parfüm, das den Duft von Orangen verströmte.

„Lass mich mal sehen", bat Henner.

Sie rückte ein wenig zur Seite.

Er sah mit einem Blick, dass der Draht nicht mit bloßen Händen aus der Trommel zu befreien war.

„Moment mal, ich bin gleich wieder da", sagte er, stand mühsam auf und steuerte auf sein heiliges Reich zu. Ein paar Sekunden später kam er mit einer Zange wieder, deren Ende vorne gebogen war.

„Damit müsste es funktionieren." Gleich beim ersten Versuch bekam er den Draht an der richtigen Stelle zu fassen. Er drehte ihn ein paarmal hin und her, bis er sich mit einem Ruck löste. „Da haben wir ja das gute Stück."

„Zum Glück ist die Maschine nicht kaputt." Milena richtete sich auf, wischte kurz über ihre feuchte Stirn und lächelte Henner an.

Henner hielt das Stück Draht mit der Zange wie ein Bratwürstchen, das er gerade vom Grill genommen hatte. Dann fragte er: „Heute Mittag kommt der Pfarrer Schultheiß. Der will mit mir über Mutters Trauerfeier sprechen. Er isst sehr viel und gerne. Kannst du vielleicht etwas mehr zu essen machen?"

„Ah, kenn ich noch von Polen. Hochwürden kommt zum Schmarotzen. Heißt doch so, oder? Ist evangelischer oder katholischer Pfarrer?"

„Evangelisch", antwortete Henner. Er hielt immer noch die Zange in der Hand.

„Soll ich ihn verwöhnen oder nur was geben für kleinen Hunger?", fragte Milena schelmisch grinsend.

„Das überlasse ich dir", grinste Henner zurück.

„Ich muss schauen, was deine Mama noch in Vorratskammer und Gefriertruhe hat."

„Ist bestimmt noch genug da. Zur Not schmierst du einfach ein paar Leberwurstbrote mehr", bat Henner.

Milena war bereits auf dem Weg nach oben, als sie sich noch einmal auf der Treppe umdrehte. „Ich glaube, ich koche heute mal gesund." Mit diesen Worten verschwand sie im Flur.

Henner trug seine Zange zurück an seinen Platz. Das Stück Draht warf er im hohen Bogen auf den Haufen Eisenschrott. Sorgsam verschloss er den Raum und ging auch nach oben. Er fühlte sich erschöpft von den Telefonaten, musste mal an die frische Luft. Am Hintereingang zog er seine Halbschuhe an und trat in den Hof hinaus. Draußen schien die Sonne, es war angenehm warm. In ein paar letzten Pfützen auf der Straße spiegelte sich das helle Tageslicht. Henner vermied den Blick zum Schuppen, steuerte zunächst die Scheune an. Er öffnete die Tür im großen Scheunentor und trat ein. Hier war es deutlich kühler. Es roch nach altem Stroh und Diesel vom Unimog. Sanft strich er über die Motorhaube des Gefährts. Auf das gute Stück, das schon sein Vater gefahren hatte, war Verlass. Dass das so blieb, dafür sorgte Mo, der ihn regelmäßig wartete. Weiter hinten im ehemaligen Kuhstall stand der

Wohnwagen mit der Achse aufgebockt auf zwei Hohlblocksteinen. Henner öffnete die schmale Tür des Wohnwagens. Ein leicht muffiger Geruch schlug ihm entgegen. Müsste mal gelüftet werden, beschloss er, als er die Tür wieder zumachte. Er dachte an seine letzte Ausfahrt, die er mit dem Unimog und dem Wohnanhänger im vorigen Sommer unternommen hatte. Bis zum Edersee war er gekommen. Abgesehen von ein paar Litern Diesel war der Kurztrip, dank Mutters Rundumversorgung mit genügend Leberwurstbroten und Traubensaft, unter die Kategorie ‚so gut wie geschenkt' gefallen. Vielleicht könnte er ja, wenn das alles hier vorbei war, Milena mal fragen, ob sie nicht Lust hätte, einen kleinen Ausflug mit ihm zu unternehmen. Aber er wusste, dass er sich bestimmt nicht trauen würde, sie zu fragen. Und außerdem wollte sie ja wieder nach Polen zurück. Aber immerhin war sie schon mal mit ihm Roller gefahren. Mit wehmütigem Blick verließ Henner die Scheune und ging in den Obstgarten. Dort setzte er sich auf die grobe Eichenholzbank, die vor den neugierigen Blicken der Worre-Net-Mine geschützt hinter einer mannshohen Thujahecke stand. Er liebte es, auf ihr zu sitzen. Es beruhigte ihn, wenn er auf die Reihe der Apfelbäume schaute. Fast an jedem Baum waren schon kleine, grüne Äpfelchen zu sehen. Es versprach, dieses Jahr eine gute Ernte zu geben. Henner saß auf der Bank, mit gefalteten Händen, und genoss das sanfte Rauschen der Blätter im Wind. Er schloss für eine Weile die Augen, versuchte, so lange wie möglich an nichts zu denken. Leider kehrten die Gedanken nur allzu schnell wieder zurück. Mitsamt der Trauer, die ihm für kurze Zeit eine Verschnaufpause gegönnt hatte. Er blickte auf seine

Armbanduhr. Es war kurz vor zwölf. Gleich würde der dicke Schultheiß kommen.

Henner fragte sich, was Milena mit ‚gesund' gemeint hatte … Er war gerade unterwegs zu ihr in die Küche, da klingelte es schon an der Haustür. Henner öffnete sie. Vor ihm stand Pfarrer Schultheiß mit hochrotem Kopf und Schweißperlen auf dem fast kahlen Kopf. Sein schwarzes Hemd hing wegen der mächtigen Leibesfülle aus den sackartigen Stoffhosen.

„Mein aufrichtiges Beileid, mein lieber Henner. Die Wege des Herren sind unergründlich", grüßte er in keuchendem Tonfall. „Darf ich eintreten?" Er hatte Mühe, die zwei Stufen der Treppe zu nehmen.

Henner hielt ihm die Tür auf und trat in den Flur.

Schultheiß wischte sich mit einem Taschentuch den Schweiß von der Stirn, als er das Haus betrat.

„Kommen Sie bitte. Wir gehen am besten in die Küche", bat Henner und ging voraus.

Pfarrer Schultheiß war sichtbar überrascht, als er Milena in Mutters Kittelschürze am Herd stehen sah.

„Oh Entschuldigung. Das ist Milena, die geht mir momentan ein wenig zur Hand", versuchte sich Henner verlegen zu erklären.

Schultheiß ging auf Milena zu und wollte ihr die Hand reichen. Doch Milena hielt in ihrer Linken einen Schaber, während sie mit der rechten Hand ein Ei in die Pfanne schlug. Sie lächelte ihn freundlich an.

Schultheiß wusste nicht so recht, wohin mit seiner schweißnassen Hand. Da Milena keine Anstalten machte, sie zu schütteln, zog er sie nach einer Weile zurück. Ohne zu fragen, ließ er sich erschöpft auf einen der beiden Küchenstühle fallen. Der knarrte bedenklich unter dem schweren Gewicht.

„Wir wollten gerade einen Happen essen", fing Henner an zu reden, um von der verunglückten Begrüßung abzulenken.

„Oh, ich wollte Sie nicht stören. Wenn Sie wollen, komme ich gerne später noch mal wieder", sprach er kurzatmig und warf einen verstohlenen Blick auf die Töpfe, die auf dem Herd standen.

„Aber nein, Herr Pfarrer, Sie stören überhaupt nicht. Sie essen selbstverständlich mit uns, oder?", fragte Henner auffordernd.

„Bitte machen Sie sich wegen mir keine besonderen Umstände", bat Schultheiß.

„Wollen Sie was trinken?", erkundigte sich Milena höflich.

„Sehr gerne, aber bitte nur ein Glas Wasser. Ist ja schon wieder so warm heute", antwortete er und fächelte als Beweis dafür mit seinem Taschentuch vor seinem kugelrunden Gesicht hin und her.

Milena brachte ihm ein großes Glas Sprudelwasser. „Essen ist gleich fertig."

„Dass es mit Ihrer guten Mutter so ein tragisches Ende genommen hat! Die Wege des Herren sind für uns Menschenkinder oft nicht zu verstehen. Es bleibt uns nur, unser Dasein voller Vertrauen in die Hände unseres lieben Gottes zu legen." Pfarrer Schultheiß seufzte schwer über seine salbungsvollen Worthülsen.

Henner blickte betreten unter sich auf seinem Platz auf der Eckbank.

Bevor Schultheiß mit seinen wohl üblichen Floskeln für solche Fälle weiter reden konnte, trug Milena rasch das Essen auf den Tisch. Sie hatte die Teller bereits am Herd gefüllt und stellte sie nun wie eine geübte Kellnerin ab. Das Besteck reichte sie jeweils in einer

Serviette eingepackt zunächst dem Pfarrer und dann Henner.

„Ich wünsche guten Appetit", sagte sie und zwinkerte Henner zu, als auch sie am Tisch Platz nahm.

Schultheiß versuchte, sich nicht anmerken zu lassen, wie enttäuscht er war, als er sah, was ihm da aufgetischt wurde. Ein Klecks Spinat, vier winzige Kartoffeln und ein Spiegelei lagen auf dem viel zu großen Teller. Er rang sich ein gequältes „Gesegnete Mahlzeit" ab. Als er scheinbar lustlos mit der Gabel in dem dampfenden Spinat herumstocherte, blickten sich Henner und Milena beide mit einem breiten Grinsen an. Der Schabernack, den sie mit dem verfressenen Schultheiß trieben, schaffte eine beinahe kindliche Atmosphäre der Vertrautheit zwischen ihnen.

„Schmeckt richtig gut, Milena", setzte Henner noch eins oben drauf.

Milena bedankte sich und fragte Schultheiß höflich, ob alles recht sei.

„Tja, danke, ich esse mittags normalerweise immer etwas kräftiger", versuchte er es noch einmal auf eine andere Art. Obwohl er wusste, dass er mit knurrendem Magen den Tisch verlassen würde.

„Oh, das tut mir leid. Wenn ich gewusst hätte, dann hätte ich Kotelett mit Soße und Knödeln gemacht. Aber ich habe gedacht, da kommt der Pfarrer, du musst gesund kochen. Gerade wenn im Haus jemand gestorben ist, ist besser vielleicht", entschuldigte sich Milena mit gespieltem Bedauern.

Henner musste rasch nach draußen auf die Straße schauen, um sich abzulenken. Der Alte Fritz zog gerade im Schneckentempo und mit Gehstock in der Rechten einen Bollerwagen hinter sich her. Henner wusste, dass er damit die Zeitungen transportierte, die er im Unterdorf ausfuhr. Fritz hielt kurz inne und grüßte Henner, indem er eine Hand an seinen speckigen Hut hielt. Henner grüßte mit der schrägen rechten Hand am Ohr zurück.

„Danke, es tut mir gut, wenn ich mal einen Tag auf Diät gehe", hörte er Schultheiß sagen. Er drehte sich um und sah, wie der Pfarrer mit zwei schnellen großen Happen den Teller leer putzte, als wäre es eine kleine Vorspeise für ihn.

Henner und Milena dagegen aßen bewusst langsam. Taten so, als würden sie ihr Essen in vollen Zügen genießen.

Schultheiß trank mit einem Schluck das Glas Wasser leer. Dann wartete er noch einen Moment, bevor er auf seine Armbanduhr schaute. „Ich will nicht unhöflich erscheinen, aber ich habe leider nicht mehr so viel Zeit. Wenn ich Sie daher beim Essen stören dürfte", fragte er bereits etwas ungehalten.

„Aber Sie stören nicht, ganz und gar nicht", antwortete Henner.

„Gut, dann sollten wir vielleicht kurz das Nötigste besprechen."

„Wie Sie meinen, Herr Pfarrer."

„Heute ist Dienstag. Wäre Ihnen der Freitag, sagen wir um 14.00 Uhr, recht für die Trauerfeier Ihrer Mutter?" Schultheiß rutschte ungeduldig mit seinem schweren Körper auf dem Stuhl hin und her, bevor er ergänzte: „Den Termin für die spätere Urnenbeisetzung können Sie in aller Ruhe selbst festlegen. Da besteht keine Eile. Ihre Mutter wünschte einen Platz in der Urnenwand." Er fühlte sich unwohl, musste dringend etwas ganz anderes zu sich nehmen, als den vegetarischen Kinderteller, den sein voluminöser Magen wahrscheinlich noch nicht mal als verdaubare Nahrung wahrgenommen hatte.

„Geht es auch schon früher?", fragte Henner nach.

„Ich müsste das mit dem Organisten, dem Küster und dem Presbyterium abklären, aber ich sehe da eigentlich keine Chance, dass es vor dem Freitag klappen könnte. Sie haben doch bestimmt auch noch eine Menge vorher zu klären, oder?", fragte Schultheiß und sah Henner mit festem Blick in die Augen.

„Weiß nicht, wenn es halt nicht anders geht", antwortete der, enttäuscht darüber, dass er sich wieder mal nicht durchsetzen konnte. Wenn doch bloß Mo hier gewesen wäre! Der hätte dem Walross, das ihm gegenüber saß, den Hintern heiß gemacht.

Schultheiß räusperte sich kurz, dann fragte er: „Sie wollen doch bestimmt eine Todesanzeige in die Zeitung setzen?"

„Tja, schon, heute Abend kommt das Bestattungsinstitut Flachgräber. Die wollen sich um alles Weitere kümmern."

„Gut, dann lassen wir es dabei. Ich kannte Ihre Mutter gut von der Frauenhilfe, bei deren Treffen ich hin und wieder zugegen bin. Den Konfirmationsspruch Ihrer Mutter kenne ich auch. Haben Sie vielleicht noch einen Wunsch oder hat Ihre selige Mutter Ihnen sonst noch etwas aufgetragen oder hinterlassen, wie sie gerne ihre letzte Feier gestaltet haben wollte?"

„Ja, hat sie. Sie hat sich gewünscht, dass das Lied ‚So nimm denn meine Hände' gesungen wird und dass die Trauergesellschaft nach der Zeremonie in aller Stille auseinandergeht."

„Danke, die Wünsche werden wir natürlich erfüllen."
Mit diesen Worten erhob er sich schwerfällig vom Stuhl, versuchte vergeblich, sein verrutschtes Hemd glatt zu streichen, bevor er sich verabschiedete. Ihm stand die erneute Enttäuschung darüber, dass er auch um den Leichenschmaus kommen würde, ins feiste Gesicht geschrieben.

„Moment, ich komme mit zur Tür", sagte Henner und stand ebenfalls auf.

„Bleiben Sie sitzen, danke, ich finde den Weg alleine raus."

Als der unzufriedene Pfarrer lauter als nötig die Haustür schloss, prusteten Henner und Milena gleichzeitig los vor Lachen.

„Der holt bestimmt drei Döner jetzt", lachte Milena mit einem Anflug von Schadenfreude.

„Auf jeden Fall sind wir ihn schnell losgeworden", meinte Henner und versuchte, sich wieder unter Kontrolle zu bekommen.

Kein gutes Geschäft für den Flachgräber

Henner hielt an seinen Ritualen fest. Nach den vormittäglichen Turbulenzen brauchte er den Mittagsschlaf umso mehr. Milena setzte, ohne dass es jemand von ihr verlangt hätte, zum Generalputz an. Nachmittags bekam Henner, wie zu Mutters Zeiten, seinen geliebten Streuselkuchen, den sie eigens im Dorfcafé geholt hatte, mitsamt dem starken Kaffee von ihr serviert. Es war fast wie immer, nur dass jetzt eine deutlich jüngere Frau Henner gegenüber am Tisch saß und ihn anlächelte. Wenn er es sich genau überlegte, war es ihm im Nachhinein sogar recht, dass die Trauerfeier für seine Mutter erst am Freitag stattfand. Jeden Tag, den er länger mit Milena zusammen sein durfte, empfand er als ein Geschenk.

Pünktlich um 18.00 Uhr klingelte es an der Haustür. Henner fragte sich langsam, für was er das Schild an die Tür gehängt hatte. Bestatter Flachgräber persönlich stand wie aus dem Ei gepellt vor ihm. Stimmt, der hatte ja einen Termin. Aber Mo war noch nicht da.

Flachgräber hätte glatt als ein hochrangiger Diplomat durchgehen können. Henner konnte sich nicht erinnern, jemals einen Menschen gesehen zu haben, der derart elegant gekleidet war. Herr Flachgräber trug einen schwarzen Anzug, ein weißes Hemd mit schwarzer Krawatte und schwarze Lackschuhe, in denen man sein eigenes Gesicht erkennen konnte, so glänzten sie.

„Guten Abend Herr Henschel, mein tief empfundenes Mitgefühl", sagte er und reichte Henner eine gepflegte Hand. Flachgräber war ein paar Jahre älter als Henner, hatte einen modernen Kurzhaarschnitt und eine randlose Brille, die perfekt zu seinem glatt rasierten Gesicht passte.

„Kommen Sie doch rein, bitte", bat Henner ihn.

Wie bei allen Gästen vorher, geleitete er Flachgräber in die Küche zu Milena. Ihm fiel schon nicht mehr auf, dass sie immer anwesend war, egal, wer sich die Ehre im Hause Henschel gab.

Kaum dass Flachgräber, der einen schwarzen Lederkoffer mit Schnappverschlüssen bei sich trug, die Küche betreten hatte, kam Mo in seinem deutlich weniger eleganten Outfit hinter ihm her. Flachgräber reichte, ganz Gentleman, zunächst Milena, die sichtbar beeindruckt schien von diesem gepflegten Mannsbild, und dann Mo die Hand.

Mo hatte heute nichts zu essen mitgebracht. Nur einen Sechserzug Licher, den er mitten auf den Küchentisch stellte.

Flachgräber blickte etwas ratlos umher.

Henner bat ihn, auf der Eckbank Platz zu nehmen.

„Möchten Sie etwas trinken?", fragte Milena routiniert.

„Nein, danke", antwortete Flachgräber, bevor er sich etwas ungelenk auf die Eckbank zwängte und seinen Koffer neben sich abstellte.

Mo köpfte derweil die erste Flasche Licher. Er warf Milena einen fragenden Blick zu. Sie nickte kurz. Mo wiederholte die Prozedur. Flachgräber schaute interessiert zu. Milena stellte noch einen Aschenbecher für Mo auf den Tisch und nahm dann auch Platz.

Neben Flachgräber kam Henner sich etwas schäbig gekleidet vor. Er konnte sich aber nicht vorstellen, dass er mal so durch die Gegend laufen würde, wie der Mann, der neben ihm saß.

Flachgräber hatte bereits seinen Koffer geöffnet und einen Stapel Formulare auf den Tisch gelegt. „Haben Sie schon einen Termin für die Trauerfeier Ihrer Mutter?", fragte er Henner.

„Ja, am Freitag."

Mo blickte ihn genervt an. Sagte aber nichts. Steckte sich stattdessen die erste Marlboro an.

„Tja, leider vergisst der Tod niemanden. Manchmal kann das Schicksal unerklärlich grausam sein. Auch wenn es kein Trost für Sie sein mag, oft genug trifft es die lieben Menschen. Ich spreche aus jahrzehntelanger Erfahrung", dozierte Flachgräber in einem getragenen

Tonfall, der Pfarrer Schultheiß Konkurrenz gemacht hätte. Er blickte, während er sprach, abwechselnd zu Milena, Mo und Henner. Da er noch nicht genau die familiären Verhältnisse kannte, gebot es die Höflichkeit.

„Entschuldigen Sie, reden Sie immer so geschwillt?", fragte Milena ihn leicht schnippisch. Flachgräbers Gerede beeindruckte sie weit weniger als sein Outfit.

„Geschwollen", korrigierte Mo, dem das Geschwafel ebenfalls jetzt schon anfing, auf den Keks zu gehen.

Flachgräber errötete leicht. Er raschelte nervös mit seinen Formularen, bevor er antwortete: „Oh, ich äh, ich wollte Ihnen nicht zu nahe treten. Das war keine Absicht. Ich denke, wir sollten zu den Formalitäten übergehen."

„Mutters letzter Wunsch war, in der Urnenwand beigesetzt zu werden", begann Henner das leider notwendige Gespräch.

Flachgräbers Miene verriet keine Enttäuschung darüber, dass der Auftrag eher bescheidener ausfallen würde. Er schob ein paar der Formulare und einen Katalog mit teuren Särgen unter die anderen Papiere.

Mo blies den Rauch seiner unvermeidlichen Marlboro quer über den Tisch.

Flachgräber hüstelte leicht und fragte dann: „Sollen wir uns um die Überführung ins Krematorium kümmern, Herr Henschel?"

Henner nickte und erklärte die traurigen Umstände.

„Auch um alle sonstigen Formalitäten mit den Behörden?"

Als Henner ihn fragend ansah, erklärte Flachgräber ihm, was er alles von ihm brauchte. Er bat ihn, nachdem er alle nötigen Unterlagen gefunden hatte, um eine Unterschrift zur Vollmacht bei den Behördengängen.

Henner seufzte erschöpft.

„Wie steht es mit der Todesanzeige? Haben Sie da an etwas Bestimmtes gedacht?", hakte Flachgräber nach pietätvoller Pause weiter seine üblichen Fragen ab.

„Nein, bis jetzt noch nicht", antwortete Henner mit leichtem Unbehagen.

„Wenn es Ihnen recht ist, können Sie sich verschiedene Musterbeispiele anschauen." Flachgräber holte, für solche Fälle bestens vorbereitet, einen Stapel durch Klarsichtfolien geschützte Blätter aus seinem Koffer und legte sie vor Henner auf den Tisch. „Schauen Sie sich die möglichen Anzeigen an. Vielleicht sagt Ihnen ja etwas zu. Ansonsten können Sie gerne auch einen eigenen Text aufsetzen", bat Flachgräber Henner.

„Das wird doch bestimmt nach Zeilen berechnet", warf Mo ein.

„Nach der Größe, korrekt", antwortete Flachgräber beflissen.

Henner überflog oberflächlich die Anzeigen der ersten Seiten. Es hörte sich, je mehr er davon las, alles ziemlich gleich an.

Milena fragte Flachgräber derweil, ob er nicht doch etwas trinken wollte.

Der bat, nur wenn es keine Umstände machte, um ein Glas Wasser.

Henner schüttelte enttäuscht von dem, was er gelesen hatte, den Kopf. „Das gefällt mir nicht. Ich gehe mal für ein paar Minuten rüber ins Wohnzimmer und versuche, selbst was aufzusetzen. Bin gleich wieder da." Er quetschte sich an Flachgräber vorbei und verließ die Küche.

Flachgräber wusste nicht so recht, ob er die Fragen, die noch zu klären waren, derweil mit Mo und Milena, welche sich gerade zuprosteten, besprechen durfte. Da ihm nichts Besseres einfiel, fragte er Milena, ob sie wisse, wie es Herr Henschel mit dem Blumenschmuck halten wolle.

Milena zuckte kurz mit den Schultern. „Das müssen Sie Henner fragen, ich weiß nicht, welche Blumen Henners Mama mochte."

Mo fragte unterdessen, was denn der ganze Spaß kosten würde. Ob Flachgräber mal ein paar Zahlen nennen könnte. Die Leute, die von ihm ihre Autos repariert haben wollten, fragten auch immer als Erstes, was sie zu berappen hätten.

„Nun ja, das ist nicht mit einem Satz beantwortet", versuchte Flachgräber auszuweichen.

„Dann sagen Sie es halt in zwei Sätzen", forderte Mo ihn auf.

„Das kommt ganz darauf an, welche Dienstleistungen Herr Henschel von uns in Anspruch nehmen möchte."

„So teuer kann es ja nicht sein, wenn Sie nur den billigsten Sarg fürs Verbrennen loswerden", brachte Mo es auf den Punkt.

„Bei den Urnen gibt es selbstverständlich auch deutliche Preisunterschiede", erklärte Flachgräber, der erkannt hatte, dass der Typ in dem ölverschmierten Blaumann wohl Prokura besaß, zu entscheiden, was er heute Abend verdienen würde. „Das fängt mit achtzig Euro für eine einfache Urne an. Hochwertige Materialien oder Designerurnen können aber auch mehrere hundert Euro kosten. Nageln Sie mich da bitte nicht fest."

„Zeigen Sie mal Ihr Sortiment her", forderte Mo ihn unwirsch auf. Er war mittlerweile bereits bei der zweiten Flasche Licher angelangt.

Flachgräber legte ihm rasch ein Portfolio mit einer überschaubaren Auswahl von Urnen vor.

„Sie können sich, solange Henner noch an der Todesanzeige für seine geliebte Mutter bastelt, Gedanken um eine mögliche Endsumme machen. Wenn ich das richtig mitbekommen habe, geht es um die Überführung von der Gießener Rechtsmedizin zum Krematorium im billigsten Sarg, den Sie auf Lager haben, die Bereitstellung einer Urne, die ich jetzt gleich für Henner auswähle, den Papierkram und das Aufstellen des Sarges in der Aussegnungshalle. Ist doch überschaubar oder?", fragte Mo und blätterte die Bilder mit den Urnen durch.

Flachgräber nickte etwas verwirrt darüber, in welche Richtung das Gespräch zu laufen schien.

„So'n Ding könnte ich selbst zusammenschustern, wenn ich ein bisschen mehr Zeit hätte", schüttelte Mo beim Anblick der merkwürdigen Gefäße den Kopf. „Um den Blumenschmuck kümmert sich die Gärtnerei

Bartoschek aus dem Dorf. Das klären wir gleich morgen früh selbst. Und das mit der Anzeige regele ich heute Abend noch selbst online, wenn Henner so weit ist", versuchte Mo die leidige Angelegenheit zu beenden.

Milena verschwand für eine Weile aus der Küche. Wahrscheinlich wollte sie nachsehen, was Henner so lange im Wohnzimmer trieb.

Als Mo und Flachgräber alleine in der Küche zurückblieben, erklärte Mo: „Henner nimmt gleich die erste da", und deutete auf die billigste Urne.

Flachgräber verzog leicht das Gesicht.

„Für dieses Modell kann ich Ihnen allerdings keine schriftliche Garantie geben, dass sie zwanzig oder dreißig Jahren hält", erklärte Flachgräber, in der verzweifelten Hoffnung, dass Mo es sich vielleicht noch anders überlegen würde.

„Wer weiß, was in dreißig Jahren ist? Wen soll das dann noch interessieren? Vielleicht hat sich dann die Erde schon zu einem großen Haufen Asche im Weltall pulverisiert", orakelte Mo selbstzufrieden über seine philosophischen Zukunftsvisionen.

„Sollten wir nicht vielleicht noch warten, was Herr Henschel dazu meint?", versuchte Flachgräber ein letztes Mal, wenigstens ein halbwegs rentables Geschäft abzuschließen. Dass der Abend so enttäuschend verlaufen würde, damit hatte er, gerade hier auf dem Land, überhaupt nicht gerechnet. Normalerweise waren die Angehörigen der Verstorbenen dermaßen mit ihrer Trauer beschäftigt, dass sie gar nicht zuhörten, was er ihnen alles andrehte. Sie unterschrieben oft genug ein Angebot, das sie vor lauter Tränen, die sie vergossen, gar nicht lesen konnten. Doch heute Abend hatte er es leider mit einem knallharten Geschäftsmann zu tun, der sich betrank, ihm den ekligen Rauch seiner Zigaretten ins Gesicht blies und diktierte, was Sache war.

„Brauchen wir nicht, und jetzt tun Sie mal Butter bei die Fische", forderte Mo ihn unmissverständlich auf. Diese gelackten Typen, diese schmierigen Anzugträger, die glaubten etwas Seriöses darzustellen, nur weil sie sich in Schale warfen, waren ihm von jeher schon zuwider gewesen. Die wenigen Vertretertypen, die es wagten, seinen Hof zu betreten, waren noch nicht mal bis in die Höhe der Mülltonnen gekommen, die gleich neben dem Hoftor standen.

Flachgräber kritzelte hastig ein paar Zahlen auf die Rückseite eines Formulars, das er nicht mehr brauchte, und schob es zu Mo rüber.

Der warf einen kurzen Blick drauf und stöhnte laut: „Allmächtiger, das ist doch nicht Ihr Ernst! Sie nehmen es ja von den Lebenden!"

„Das sind die üblichen Sätze und Gebühren, auf die wir zum größten Teil leider überhaupt keinen Einfluss haben", versuchte Flachgräber sich herauszureden.

„Ich glaube, da muss ich mir doch noch ein paar Vergleichsangebote mailen lassen", sagte Mo und stand abrupt auf.

„Jetzt warten Sie doch mal. Vielleicht kann ich bei den Überführungskosten noch was machen", versuchte Flachgräber noch etwas zu retten. Er beugte sich über das handschriftliche Blatt Papier und tat so, als würde er angestrengt nachrechnen.

Mo schaute ungeduldig auf seine Armbanduhr.

Einen Augenblick später schob Flachgräber ein zweites Mal das Blatt Papier über den Tisch in Mos Richtung.

Der beugte sich tief nach unten und nickte zufrieden.

„Na geht doch, warum denn nicht gleich?", funkelte er Flachgräber böse an.

Flachgräber war sichtlich zerknirscht, verkniff sich aber jeglichen Kommentar.

Henner und Milena kamen zurück in die Küche.

„Ich habe da mal was aufgesetzt", sagte Henner zurückhaltend mit dem Blatt Papier in der Hand.

„Darf ich es mal sehen?", fragte Flachgräber, obwohl er an der Anzeige nichts verdienen würde. Er wollte nur noch, dass Henner den lächerlichen Auftrag unterschrieb, damit er diese merkwürdigen Leute mit ihrer viel beschworenen Bauernschläue endlich verlassen durfte.

„Lies es uns doch einfach mal vor", bat ihn Mo und köpfte noch ein Licher.

„Also, ich äh, lese dann mal." Henner stand da wie in der siebten Klasse der Gesamtschule im Deutschunterricht, als er vor versammelter Mannschaft sein erstes selbstgeschriebenes Gedicht vortragen musste:

Liebe Mutter,
ich denke sehr oft an dich und vermisse dich jetzt schon sehr.
Draußen scheint die Sonne und in meinem Herzen da regnet es.
Leider kann ich dich auf deiner Reise nicht begleiten. Ich habe
noch ein paar Dinge zu erledigen. Aber ich komme bestimmt
irgendwann nach. Ich hoffe, du kannst so lange auf mich warten.
Ganz liebe Grüße von deinem Bub Henner
PS: Grüße auch von Mo und Milena
PS2: Auf deinen Wunsch hin gibt es nach der Trauerfeier keinen
Kaffee und keinen Kuchen.

Henner ließ mit hängenden Schultern das Blatt Papier sinken.

Für einen Moment blieb es ruhig in der Küche. Mos Zigarettenqualm waberte gefährlich dicht unter der Küchendecke.

„Mensch Henner, du bist ja ein richtiger Poet", prustete Mo plötzlich los. Kurz drauf konnte Milena nicht mehr an sich halten.

Selbst Flachgräber, der weiß Gott schon die seltsamsten Todesanzeigen gelesen hatte, konnte sich ein amüsiertes Grinsen nicht verkneifen. Er räusperte sich, indem er kurz in seine rechte Hand hustete: „Herr Henschel, bitte nehmen Sie es mir nicht übel. Aber ich glaube sagen zu dürfen, dass das so nicht geht, mit dem, was Sie da geschrieben haben."

„Warum?", fiel ihm Mo ins Wort.

„Mit Verlaub, das hört sich an, als hätte Herr Henschel seiner Mutter eine Postkarte aus dem Urlaub geschickt", antwortete Flachgräber. So absurd sich die ganze Angelegenheit hier entwickelte, er stand kurz vor einem völlig unprofessionellen Lachanfall.

„Das bleibt so. Das ist ein letzter Gruß von Henner an seine Mutter ins Jenseits, wo immer das auch sein mag", entschied Mo. „Ich tippe das jetzt gleich daheim in den Laptop und schicke es an die Zeitung. Wollen wir doch mal sehen, ob die das drucken oder nicht. Wenn nicht, haben sie morgen die Abo-Kündigung von ihrem Witzblatt. Steht eh die meiste Zeit nichts Vernünftiges drin. Was interessiert mich, ob in Lahnau der Karnickelzuchtverein Jahreshauptversammlung hat." Mo fing an, sich in Rage zu reden.

„Gut, dann lassen Sie es halt so, wie es ist. Wenn Sie mir das hier bitte noch unterschreiben würden", bat Flachgräber Henner resigniert.

Henner tat, wie ihm geheißen, da Mo ihm aufmunternd zunickte.

Flachgräber räumte seine Papiere in den Lederkoffer, verschloss ihn sorgfältig und mühte sich hinter der Eckbank hervor. Seine Augen waren leicht gerötet von dem vielen Rauch, den sie ertragen mussten. Er wirkte erschöpft. Sein Anzug war auf der Rückseite zerknautscht. Er hatte wie er selbst an Spannkraft verloren. Blieb nur zu hoffen, dass diese eigenartigen Leute nicht überall herum erzählten, dass sie seine Kunden waren. Sonst würden die Leute noch glauben, der Anzeigentext wäre auf seinem Mist gewachsen. Nicht auszudenken!

Henner sagte erneut seinen Spruch auf: „Warten Sie, ich begleite Sie noch nach draußen."

Und hörte wieder: „Danke, ich finde schon alleine raus."

Kaum war Flachgräber weg, ließ sich Mo über den geschniegelten Anzugträger aus: „Das sind doch alles Halsabschneider, die Brüder! Glauben, sie können selbst mit dem Tod und der Trauer der Menschen noch ein lukratives Geschäft machen. Dem habe ich die Nägel geschnitten, das sage ich euch." Er blies wütend den Rauch seiner Marlboro Richtung Zimmerdecke.

„Mo, kannst du, wenn du am Computer bist, mal kurz nachschauen, wie die Zeitverschiebung nach Kanada ist?", bat Henner ihn.

„Warum das denn? Willst du auswandern?", wunderte sich Mo.

„Nein, Mutters Schwester Ruth wohnt doch da. Die muss ich anrufen", erklärte Henner.

„Wusste ich gar nicht. Okay, ich gucke nach. Ruf du morgen früh beim Bartoschek an, wegen der Blumen und lass dich nicht überrennen mit Beileidsbesuchen. Das sollte unbedingt noch mit in die Anzeige. Die wollen doch alle wissen, was für eine hübsche Frau bei dir Einzug gehalten hat." Mo zwinkerte Milena zu, die mit übereinandergeschlagenen Beinen am Küchentisch saß.

„Wenn du meinst", sagte Henner, der einsah, dass Mo recht hatte. Er musste an das Telefonat mit der Klemmrock denken.

Die drei saßen noch eine Weile zusammen, bis Mo anfing zu gähnen.

„So ihr Leut, war ein langer Tag heute. Für mich wird es Zeit, dass ich in die Waagrechte komme: Ich melde mich wegen deiner Tante Ruth. Ansonsten sehen wir uns morgen Abend", sagte er, stand auf und verließ die Küche.

Milena räumte noch ein wenig auf. Lüftete mal kräftig durch, damit der Rauch von Mos unzähligen Zigaretten endlich abziehen konnte.

Henner fragte, ob er ihr noch etwas helfen könne, was sie verneinte. Er wünschte ihr eine gute Nacht und ging nach oben ins Bad.

Die Zeit geht dahin

Den nächsten Tag verbrachte Henner die meiste Zeit in seinem Hobbykeller. Mittlerweile hatte er ihn Milena gezeigt. Sie war beeindruckt von Henners künstlerischen Fähigkeiten und ließ ihn gewähren. Sie rief ihn nur zum Essen hoch.

Bevor er am Tisch Platz nahm, rief er noch schnell Frau Bartoschek an und bat sie, für seine Mutter ein schönes Blumengesteck aus roten Rosen, ihren Lieblingsblumen, zu binden und am Freitag in die Aussegnungshalle zu bringen. Während des Mittagessens überflog er die täglich eintreffenden Trauerbriefe. Das oft beiliegende Geld verstaute er sorgfältig in einer kleinen Geldkassette, in der Mutter immer ihr Haushaltsgeld aufbewahrte. Je mehr er von den Kondolenzkarten las, desto öfter wiederholten sich die Sätze der Anteilnahme. Einer davon beeindruckte ihn allerdings sehr: ‚Trösten ist eine Kunst des Herzens. Sie besteht oft nur darin, liebevoll zu schweigen und schweigend mitzuleiden.'

Tante Ruth erreichte er später auch in ihrem Haus in Vancouver. Mo hatte ihm das mit der Zeitverschiebung erklärt, so gut es ging. Henner verstand nur die Hälfte von dem, was Ruth ihm, von heftigen Schluchzern unterbrochen, halb auf Englisch, halb auf Deutsch mitzuteilen versuchte. Immerhin bekam Henner mit, dass sie leider nicht mehr die Kraft besäße, eine so lange Flugreise anzutreten. Er solle doch bitte einen großen Kranz mit roten Rosen und der Aufschrift ‚ein letzter Gruß von deiner Schwester Ruth' besorgen. Sie würde selbstverständlich für die Kosten aufkommen. Die nächsten Tage wollte sie einen Brief mit einem Scheck schicken. Henner musste ihr mehr als einmal versprechen, ihren Wunsch zu erfüllen. Unter heftigen Weinkrämpfen und kaum noch verständlichen Worten beendete Ruth schließlich das Gespräch.

Milena nutzte das warme Sommerwetter zu ausgiebigen Sonnenbädern im Obstgarten. Sie genoss es, wenn sie gerade nicht kochte oder Leberwurstbrote schmierte, im Bikini, der ihre schlanke Figur vorteilhaft zur Geltung brachte, auf einer Klappliege die Seele baumeln zu lassen.

Henner hatte sie nur einmal, ohne ihr Wissen, für einen Augenblick beobachtet. Der Anblick von Milenas fast nacktem Körper erregte ihn derart heftig, dass er kopflos nach unten in seinen Keller flüchtete, wo er lange Zeit brauchte, bis er wieder klar denken konnte.

Abends schaute Mo wie versprochen vorbei und brachte drei Pizzen mit. Am nächsten Abend halbe Hähnchen mit Pommes, da donnerstags immer der Hähnchenmann beim Edeka stand. Sie besprachen die letzten Vorbereitungen für die anstehende Trauerfeier. Mo trank sein Licher und rauchte wie ein Schlot. Henner wirkte, je näher der schwere Tag rückte, zunehmend nervöser. Milena versuchte, ihn so gut sie konnte abzulenken: Sie bat ihn, die Badvorleger draußen abzuklopfen. Danach könnte er, wenn er wollte, das Holzregal im Vorratsraum leer räumen und vorziehen. Sie meinte, dass dahinter mal Staub gewischt und geputzt gehörte. Henner half gern, zum einen, weil es ihn tatsächlich von seiner Trauer um Mutter ablenkte, aber hauptsächlich, weil er so in der Nähe von Milena sein konnte.

Die Trauelfeiel

Am Freitag, dem Tag der Trauerfeier, bügelte Milena Henners einzigen dunklen Anzug auf. Morgens beim Frühstück fragte er sie, ob sie ihn zur Trauerfeier begleiten könne. Er wisse nicht, ob er das alleine durchstünde. Lange hatte er mit der Frage gezögert, weil er nicht wusste, ob er damit nicht zu viel von Milena verlangte. Schließlich hatte sie seine Mutter ja gar nicht gekannt.

Doch Milena legte mal wieder ihre Hand auf seinen Arm und teilte ihm mit, dass er keine Angst zu haben bräuchte, sie würde ihn nicht alleine lassen. Für Henner war der Tag gerettet.

Kurz bevor sie aufbrachen, fragte Milena: „Hast du keine Gedanken, was Leute aus dem Dorf sagen, wenn ich an deiner Seite sitze?"

Diesmal war es Henner, der die Hand auf Milenas Arm legte, bevor er ihr antwortete: „Nein, ist mir auch egal. Sollen sie sich halt die Mäuler zerreißen." Er blickte sie entschlossen an.

Sie trug einen engen schwarzen Rock, eine graue Bluse und einen dunklen Blazer. Die Haare hatte sie dem Anlass entsprechend züchtig nach oben gesteckt.

„Okay, dann bringen wir es hinter uns", sagte Milena und ergriff Henners Hand.

Sie waren spät dran, weil Henner meinte, zu Fuß den Kilometer bis zum Friedhof gehen zu wollen.

Die Einsegnungshalle des Friedhofs stand am Ortsrand, umgeben von einem Birkenhain, auf einer Anhöhe. Alles wirkte sehr gepflegt. Die Grabsteine in mehreren Reihen hintereinander, der Rasen ordentlich gemäht und die Pfade zu den Grabreihen mit hellem Kies ausgestreut. Eine Handvoll schwarz gekleideter Männer und Frauen drückte sich mit gesenkten Köpfen vor der Halle herum.

Mo lehnte an einer der beiden tragenden Betonsäulen am Eingang, rollte die Augen und deutete mit dem Zeigefinger auf seine Uhr. Er trug eine schwarze

Lederjacke mit Fransen aus den 80er Jahren über einer dunklen Cordhose. Sogar sein sonst so ungepflegter Bart war verschwunden.

Henner spürte, wie sein Herz schneller zu schlagen begann. Was werden die Leute denken, wenn sie uns zwei sehen, fragte er sich nun doch besorgt. Er spürte, wie Milena seine rechte Hand ergriff. Mit dieser Aktion würde er sich endgültig zum Gespött der Leute, zum Dorfgespräch machen. Genau wie er es befürchtete, gerieten sie in ein unausweichliches Dickicht von verstohlenen und abschätzigen Blicken. Henner wusste es, bevor sie noch in die Nähe ihrer für Angehörige frei gehaltenen Plätze, drinnen in der ersten Reihe rechts gelangten: Im Dorf war er bei den Älteren unten durch.

Milena tat so, als scherte sie das heimliche Mustern und das vereinzelte demonstrative Kopfschütteln nicht.

Die Frauen und Männer traten mit ihren aufgesetzten Trauermienen zur Seite. Sie bildeten ein Spalier. Henner kam sich vor wie der verspätete Ehrengast, ohne den die Zeremonie nicht anfangen konnte.

In der offenen Aussegnungshalle stand in der Mitte, zwischen zwei großen weißen Kerzen, der billige Fichtensarg, umrankt von einem Bukett aus Rosen. Rechts und links lagen zwei, ebenfalls mit Rosen bestückte Kränze.

Beim Anblick dieser Vorboten des endgültigen Abschieds änderte sich Henners Stimmung schlagartig. Sie wurde feierlich, respektvoll durch die spürbare Nähe des Todes. Er blieb einen Moment lang neben Milena, mit gefalteten Händen und gesenktem Kopf, vor dem Sarg stehen. Dann gingen beide zu ihren Plätzen und setzen sich. Henner hörte, wie sich hinter ihm die Aussegnungshalle füllte. Der Orgelspieler kam durch eine Seitentür herein. Er nahm vor einer kleinen Orgel links neben dem Sarg auf einem Drehschemel Platz. Der Küster kam wenig später durch die gleiche Tür, blieb kurz vor dem Sarg stehen und setzte sich dann auf einen noch freien Platz in der linken, ersten Reihe. Die Glocken fingen an zu läuten. Wer noch fehlte, war Pfarrer Schultheiß. Henner blickte zu dem großen, in die Wand eingelassenen Kreuz, welches in Glas eingefasst war. Die Sonne brach sich darin und warf einen Strahl direkt über den Sarg. Bis auf vereinzeltes Räuspern und Husten blieb es angenehm ruhig. Henner fragte sich, wo Schultheiß blieb, während er das Gesangbuch fest umschlossen hielt. Gerade als die Glocken ihre letzten Töne von sich gaben, kam, zur Überraschung aller anwesenden Trauergäste, nicht Pfarrer Schultheiß, sondern ein asiatisch aussehender Pfarrer durch den Haupteingang gestürmt.

Er bekreuzigte sich kurz vor dem Sarg und ging dann rasch hinter ein Stehpult, das in der rechten Ecke stand. Henner spürte, wie sich ein leichter Unmut im Raum breitmachte.

Der Asiate wirkte nervös, als er sein in schwarzes Leder gebundenes Notizbuch auf das Pult legte. Er wartete, bis die Eingangsmusik des Orgelspielers verstummte, bog das Mikrofon etwas näher zu sich heran und begann zu sprechen: „Ich bitte Sie vielmals um Entschuldigung. Pfaller Schultheiß ist leidel kulzflistig elklankt. El bat mich, die Tlauelfeiel fül ihn zu übelnehmen. Meine lieben Angehöligen, sehl velehte

Tlauelgäste, wil haben heute hiel zusammengefunden, um Abschied von Else Henschel zu nehmen."

Ein kollektives Räuspern, Hüsteln und von ganz hinten, für alle, die es selbst nicht wagten, deutlich zu hören, ein unterdrücktes Kichern.

Milena drückte Henners Hand, die sie immer noch hielt, einen Tick fester. Jene kleine, liebevolle Geste der Verbundenheit verhinderte im letzten Moment, dass Henner losgelacht hätte.

Der asiatische Pfarrer, der nur die Hälfte an körperlichem Umfang besaß wie sein deutscher Amtskollege, umriss indes unbeirrt mit ein paar Sätzen Else Henschels Lebensweg.

Henner versuchte, sich wieder zu konzentrieren. Schließlich war es ja seine Mutter, von der hier die Rede war. Henner lachte still in sich hinein. Er drehte sich um und sah, wie Mo mit hochrotem Kopf die Aussegnungshalle verließ.

Der Aushilfspfarrer bat die Trauergemeinde, gemeinsam das Lied Nr. 635 im Gesangbuch aufzuschlagen. Mutters Lied ‚So nimm denn meine Hände' sorgte ein paar Minuten lang wieder für eine angemessene Traueratmosphäre.

Als der Asiate danach ihren Konfirmationsspruch aufsagte: ‚Del Hell ist mein Hilte, mil wild es an nichts mangeln', war es um die meisten Trauergäste geschehen. In kurzen Abständen scherten immer wieder einzelne Trauergäste aus den Stuhlreihen aus und verließen rasch die Trauerhalle. Wahrscheinlich hingen sie irgendwo über einen Grabstein gebeugt und explodierten vor Lachen. Ausgerechnet hier, wo die Menschen in fast jedes Wort ein rollendes R hineinzwängten, kam ein Asiate daher und konnte kein „R" aussprechen.

Milena hielt während der ganzen Zeremonie Henners Hand. Jeden Moment war damit zu rechnen, dass die noch anwesenden Trauergäste nicht mehr an sich halten konnten und endlich losbrüllen würden. Noch vor einer halben Stunde hatte er sich Selbstvorwürfe gemacht, dass er nicht die gebührende Traurigkeit, die ihn so eisern die letzten Tage umklammerte, empfinden konnte. Jetzt, wo er sozusagen in der ersten Reihe vor Mutters sterblichen Überresten saß, empfand er, so grotesk es klingen mochte, eine unbändige Lust, lauthals zu lachen. Warum sollte er nicht einfach seinem ehrlichen Gefühl freien Lauf lassen?

Der Pfarrer beendete endlich vor einer Handvoll überwiegend älterer, schwerhöriger Trauergäste seine ungewollt amüsante Ansprache. Als er nach einer kurzen Pause zum abschließenden ‚Vatel unsel, geheiligt welde Dein Name' ansetzte, verlor auch Henner endgültig die Contenance. Was im ersten Moment noch als ein überlautes Husten durchgegangen wäre, ging rasch in ein schallendes Gelächter über. Milena fiel lautstark mit ein. Für Henner war es dermaßen befreiend, dass er am liebsten an Mutters Sarg geklopft hätte, um sie aufzufordern mitzulachen.

Der asiatische Pfarrer packte seine Notizen zusammen, wartete einen Augenblick geduldig, bis Henners Lachanfall abebbte. Er kondolierte zuerst ihm und dann Milena mit einer tiefen Verbeugung. Dann verließ er mit raschen Schritten die Halle.

Diese denkwürdige Trauerfeier würde vielen der anwesenden Trauergäste lange im Gedächtnis haften bleiben.

Wie sich später herausstellen sollte, hatte die Haushälterin Pfarrer Schultheiß am Morgen in der Küche des Pfarrhauses liegend gefunden. Er schnappte stoßweise japsend nach Luft. Gerade noch rechtzeitig wurde er mit Verdacht auf Herzinfarkt in die Gießener Uni-Klinik eingeliefert. Die Haushälterin rief nach der ersten Aufregung, pflichtbewusst, wie sie war, den Presbyter Kramer an. Der überredete schließlich den jungen Pfarrer, die Trauerfeier von Else Henschel abzuhalten. Er machte gerade ein Auslandspraktikum im Pfarramt. Auf die Schnelle war kein sonstiger Ersatz zu bekommen gewesen.

Henner und Milena blieben noch eine Weile im stillen Gedenken vor dem Sarg stehen. Als sie schließlich die Trauerhalle verließen, reichte der Küster Henner einen Stapel Kondolenzbriefe, die er zuvor aus einem grün gestrichenen Kasten, der neben dem Eingang stand, herausgeholt hatte. Das Kondolenzbuch lag offen daneben auf einem Stehpult.

Mo trat rauchend hinter der Halle hervor. Sein Gesicht war immer noch von roten Flecken übersät. Er wartete, bis die letzten Trauergäste gegangen waren. Dann sagte er zu Henner und Milena, die noch etwas unschlüssig herumstanden: „Wollen wir bei Henschels einen Kaffee trinken und Streuselkuchen essen? Hab ihn vorhin beim Edeka geholt."

„Ja, sehr gerne", antwortete Henner mit noch tränennassem Blick.

„Kommt, ich nehme euch mit", sagte Mo und verließ das Friedhofsgelände.

Unterwegs zu Henners Haus klopfte er sich ein paarmal auf die Oberschenkel. „Mann, war das vielleicht eine saukomische Veranstaltung!" Nach einer kurzen Pause, in der er sich am Zigarettenanzünder seines Opel Astra Kombis eine neue Marlboro anzündete, fuhr er fort: „Den sollten alle Angehörigen, die ihre Nächsten beerdigen müssen, buchen. Dann ertragen sie vielleicht eher, mit einem ungewollten Gelächter, für einen Moment den qualvollen Abschied."

Henner, der neben Mo auf dem Beifahrersitz saß, hielt die Trauerkarten in den Händen und nickte stumm. Er ließ es sich nicht anmerken, dass er sich auf Milenas starken Kaffee und auf ein großes Stück Streuselkuchen freute.

Mo blieb bis kurz nach dem Abendessen. Der Tag war seiner Meinung nach ohnehin verhunzt.

Milena briet drei Koteletts, die sie am Vorabend aus der gut gefüllten Gefriertruhe zum Auftauen entnommen hatte. Dazu reichte sie Kartoffeln und eine sämige, dunkle Soße. Alle drei langten kräftig zu. Nach dem dritten Licher verabschiedete sich Mo müde.

Henner half Milena beim Abwasch und ging danach noch eine Stunde in seinen Hobbykeller. Milena sagte er, er müsse mal eine Weile alleine sein. Auf dem Arbeitstisch machte er ein wenig Platz. Er nahm das Geld aus den Trauerkarten, ohne sie zu lesen. Er zählte es zusammen mit dem Geld, das er bereits in Mutters Geldkassette deponiert hatte. Die Summe lag gar nicht mehr so weit entfernt von dem, was Flachgräber von ihm bekam.

Als er schließlich müde zurück nach oben in die Küche ging, brannte kein Licht mehr. Milena war schon schlafen gegangen. Henner schloss nachdenklich die Küchentür. Ihm war ein wenig bange zumute, wie es nun mit seinem Leben ohne Mutter und bestimmt bald auch ohne Milena weitergehen sollte. Bevor er sein Schlafzimmer betrat, keimte ein Gedanke in ihm, wie eine zarte Pflanze, die kurz davor stand, das Licht der Welt zu erblicken. Vielleicht sollte er es wagen, jetzt, wo Mutter tot war, endlich einmal sein Leben selbst in die Hand zu nehmen. Was sprach eigentlich dagegen, Milena zu fragen, ob er sie auf ihrer Heimreise nach Polen begleiten dürfte? Mit seinen Gefährten, die draußen in der Scheune darauf warteten, bewegt zu werden. Wenn sie es denn wollte.

Die Ruhe vor dem Sturm

Am nächsten Morgen wurde Henner von dem infernalischen Kreischen einer Kreissäge geweckt. Irgendwo in der Nachbarschaft schnitt jemand sein Brennholz für den Winter. So nach dem Motto: Früher Vogel fängt den Wurm. An Schlaf war nicht mehr zu denken. Er lauschte. Aus dem Bad konnte er trotz des Krachs leise Geräusche vernehmen. Scheinbar hatte der Lärm Milena bereits aus den Federn getrieben. Mit verschränkten Armen hinter dem Kopf ließ er eine Weile das Gejaule der Kreissäge über sich ergehen. War schon laut, das musste er zugeben. Und morgens um halb acht eindeutig zu früh. Er überlegte kurz, von wo der Krach kam. Im Grunde genommen kam eigentlich jeder der Nachbarn in Frage. Sie heizten fast alle mit Holz. Sollte er sich rasch anziehen, nachschauen, um wen es sich handelte, und dem Übeltäter den Stecker seiner Höllenmaschine ziehen? Das wäre eine Aktion, die bei Milena bestimmt Eindruck hinterließ. Er musste kurz über sich selber lachen. Nein, das würde er sich niemals trauen! Schließlich sorgte er selbst, zu allen möglichen Unzeiten, für Lärm.

Das schrille Kreischen der Säge verstummte plötzlich. Von unten hörte er, wie jemand schrie: „Wie kann man nur so saublöd sein! Das ist mir in meinem ganzen Leben noch nicht passiert. Da kannst du von Glück sagen, dass das Gerät eine automatische Abschaltung hat, sonst wärst du jetzt im Jenseits. Ich glaub es einfach nicht, schneidet der das Starkstromkabel durch! Geh mir ganz schnell aus dem Gesichtskreis. Sonst schlage ich dir mit dem Holzscheit hier deinen dämlichen Schädel ein."

Henner hatte die Stimme sofort erkannt. Es bestand kein Zweifel: Das war Motze, der seinen Sohn, der nur sporadisch bei ihm übernachtete, gerade zusammenfaltete. Immerhin, das mit dem Stecker ziehen hatte sich damit wohl erledigt.

Nach dem Frühstück, es gab sein geliebtes Leberwurstbrot, fand Henner, dass er mal draußen nach dem Rechten sehen musste, bevor er möglicherweise mit Milena nach Polen fuhr. Er teilte ihr kurz mit, dass er sich erst mal um die Gerechtigkeit kümmern müsste.

Sie schaute ihn mit einem verwirrten Blick an, während sie das Frühstücksgeschirr abräumte.

„Was meinst du mit Gerechtigkeit? Willst du vielleicht deinem Nachbarn die Meinung sagen, dass es ungerecht ist, viel zu früh mit der ‚Kreisch-Säge' zu arbeiten?"

Fast hätte Henner wieder angefangen zu lachen. Doch er besann sich und antwortete: „Ich kehre den Hof und die Straße an unserem Grundstück."

„Aha, jetzt weiß ich Bescheid. Und wenn du mit deiner Gerechtigkeit fertig bist, was machst du dann?" Milena wischte mit einem Abwaschtuch über den Tisch.

„Weiß noch nicht genau. Hier gibt es immer was zu tun. Das lenkt mich ab." Henner stand noch etwas unschlüssig im Türrahmen der Küche herum.

„Und du?", fragte er nach einer Weile.

„Weiß noch nicht genau. Wie du sagst: Hier gibt es immer zu tun." Sie lächelte ihn schelmisch an.

„Tja, dann, äh ... bis später irgendwann."

Beim Kehren der Straße beeilte er sich. Er wollte vermeiden, dass ihm die Worre-Net-Mine begegnete. Die war wahrscheinlich schon so früh einkaufen beim Edeka. Drüben bei Motze blieb es erstaunlich ruhig. Das war so gar nicht seine Art. Henner konnte es nur recht sein. Er leerte den Eimer mit Dreck in die Biotonne, die neben dem Schuppen stand, und ging rasch nach hinten in den Garten. Mit einem Blick sah er, dass der Rasen gemäht werden musste. Das war eine Arbeit, die er gerne machte. Da sah man wenigstens einen Arbeitsfortschritt. Der Rasenmäher, der für das riesige Grundstück unterdimensioniert war, stand im

Schuppen. Henner musste sich einen Ruck geben, um hinein zu gehen. Aber es half ja nichts, sagte er sich. Er überprüfte den Benzintank, der zum Glück noch voll war. Der gute alte Sabo-Mäher sprang beim ersten Ziehen am Starterseil an. Henner würde die nächsten zwei Stunden auch nicht gerade leise arbeiten. Für das Mähgut hatte er eigens in der hintersten Ecke des Gartens einen Komposthaufen gebaut. Das Gras war an manchen Stellen noch etwas feucht. Doch es war besser, jetzt gleich zu mähen, als am Nachmittag, wenn es zu warm war. Zwischendurch fiel ihm ein, dass er Milena gar nicht gefragt hatte, ob es ihr überhaupt recht war, dass er nun für den morgendlichen Krach verantwortlich war. So, wie er sie bislang kannte, hätte sie ihn allerdings schon längst darauf aufmerksam gemacht, würde es ihr nicht passen. Er fragte sich, was sie heute Vormittag so trieb. Ob er mal nachsehen sollte? Er ließ es bleiben und mähte, nach seinem eigenen spiralförmigen System, das riesige Gartengrundstück.

Milena widmete sich derweil einer intensiven Körperpflege. Das war sie ihrem Körper von Zeit zu Zeit schuldig. Von draußen hörte sie das mal lauter, mal leiser werdende Geräusch des Rasenmähers. Im Vergleich zur Kreissäge war der Lärm fast schon angenehm. Das Bad mit der freistehenden Badewanne fand sie irgendwie gemütlich. Es war zwar alles alt, aber sauber und funktionsfähig. Das war die Hauptsache.

Am späten Vormittag verließ Milena wie runderneuert den Wellnessbereich der Familie Henschel. Der Rasenmäher war mittlerweile verstummt. Sie ging nach unten, um nach Henner zu sehen. Draußen war es bereits angenehm warm. Ein Teil des Gartens lag noch im Schatten der Scheune. Sie erblickte Henner, wie er in gebückter Haltung, mit einer Art flachen Schere, die Grasränder rund um die Apfelbäume abschnitt. An seinem T-Shirt unter dem Blaumann schimmerten bereits erste Schweißflecken durch.

Milena schlich sich langsam von hinten an. Henner kniete vor einem Apfelbaum, dessen Äste sich nach unten bogen.

„Das machst du aber sehr ordentlich."

Henner erschrak. Fast hätte er sich mit der Schere in die Finger geschnitten. „Oh, du bist es! Ich, äh, na ja, es gibt, wie gesagt, immer was zu tun." Henner stand schwerfällig auf und blickte stolz auf seine getane Arbeit.

Milena fing plötzlich an zu lachen. „Nicht, dass du auch hörst Gras wachsen."

„Hören nicht, aber sehen", antwortete Henner leicht verärgert.

„War nur Spaß. Gibt es hier bei euch ein Schwimmbad oder See im Dorf? Wird bestimmt heute noch warm. Da ist Abkühlung gut. Was meinst du?"

Henner drückste, unschlüssig was er darauf antworten sollte, herum. Nach einer Weile sagte er: „Ich weiß nicht, ob das so eine gute Idee ist. Mutter ist gerade mal eine knappe Woche tot und ich gehe mit einer fremden Frau schwimmen."

„Oh, verstehe, du hast Angst, dass Leute aus dem Dorf schlecht reden, wenn sie uns zusammen sehen und wir schwimmen. Das verstehe ich."

Henner war erleichtert, dass sich Milenas Idee so schnell aus der Welt schaffen ließ.

Den Rest des Tages arbeiteten die beiden vor sich hin. Im Garten gab es für Henner immer etwas zu tun. Nur an den Zaun, mit dem er, kurz bevor er seine tote Mutter gefunden hatte, beschäftigt war, mochte er gar nicht denken. Was Milena so trieb, war ihm nicht ganz klar. Sie wuselte geschäftig herum, ehe sie sich zum Tagesausklang auf die Gartenbank setzte.

Henner nimmt sein Leben selbst in die Hand – und scheitert an den Unterhosen

Henner schreckte hoch. Ein vorwitziger Sonnenstrahl erhellte die Stelle auf seinem Kissen, auf der gerade noch sein Kopf gelegen hatte. Hatte er etwa verschlafen? Wie viel Uhr war es eigentlich? Henner besaß keinen Wecker. Wofür auch? Fürs Wecken war Mutter Else zuständig gewesen.

Er hörte Geräusche von unten. Milena bereitete sicherlich das Frühstück vor. Ob er ihr helfen sollte, fragte er sich. Besser nicht, entschied er. Schließlich wusste er selbst nicht, was sich hinter all den Schranktüren in der Küche versteckte. Lediglich den Kühlschrank hatte er früher ein paarmal eigenständig geöffnet. Nur, um gleich darauf seine Mutter fragen zu hören: „Was suchst du denn, mein Bub? Sag, was du willst, und mach mir net alles durcheinander."

Henner blinzelte in die Sonne. Da war er doch am Vorabend schon wieder ins Bett gegangen, ohne den Rollladen herunter zu lassen. Ob er es jemals lernen würde, selbst daran zu denken? Schließlich hatte Mutter immer am Abend sein Schlafzimmer für die Nacht vorbereitet. Sie ließ den Rollladen herab und räumte die gesteppte Tagesdecke weg. Dass beides in den letzten Tagen nicht geschehen war, fiel Henner jetzt auf. Ein Zeichen dafür, wie unendlich verwirrt er gewesen sein musste. Wäre es bitterkalter Winter gewesen, wäre ihm dies alles wohl nicht entgangen. Denn dann hätte er die Wärmflasche vermisst, die abends immer in seinem Bett lag.

Mit einem tiefen Seufzer schlug Henner die Bettdecke zur Seite und schwang die Beine nach draußen. Er streifte seinen hellblauen Jerseyschlafanzug mit V-Ausschnitt ab und griff nach seinem Blaumann, der auf dem Stuhl vor dem Bett lag. Die Unterhosen hatte er, wie immer, in der Nacht angelassen. Sonst wurden ja die Schlafanzugshosen zu schnell schmutzig, hatte Mutter ihm erklärt.

Er zog den Blaumann über und ging, bevor er ihn zuknöpfte, ins Bad. Als er die Klospülung betätigte, blitzte ein Gedanke durch seinen Kopf: Heute war Sonntag. Und wenn heute Sonntag war, dann war gestern Samstag gewesen. Er hätte am Abend baden müssen! Mist, daran hatte er eigenständig nicht gedacht. Ein Blick zum Badewannenrand zeigte ihm, dass dort keine frischen Unterhosen lagen. Baden vergessen und keine Unterhosen: Schlagartig verlor er den Überblick und fühlte sich heillos überfordert. Das mit dem Baden war jetzt zu spät. Hektisch lief er zurück in sein Schlafzimmer, blickte sich unsicher um und riss dann seinen Schrank auf. Er konnte sich nicht erinnern, wann er dies zuletzt getan hatte. Und ob überhaupt. Ein Blick und Henner erkannte, dass hier keine Unterhosen zu finden waren. Sein Blick fiel auf das Nachtschränkchen. Er riss die Schublade auf und fand: Socken. Ach ja, neue Socken waren für sonntags auch angesagt. Dann war er mit seinem Latein am Ende.

Und da zu allem Unglück ja Sonntag war, erwartete man von ihm, dass er in die Kirche ging. Jetzt, wo er gerade seine Mutter verloren hatte. Die Worre-Net-Mine hatte ihn darauf hingewiesen. Wenn auch nicht direkt. In ihrer ganz eigenen Art betonte sie mehrfach, dass man ihn ja dann am Sonntag in der Kirche sehen würde. Also war es vielleicht wieder Zeit für seinen Anzug. Doch so weit war er ja noch gar nicht. Erst stand die ungelöste Unterhosenfrage noch drängend im Raum. Henner musste Milena fragen. Ob es ihm peinlich war oder nicht. Oder doch besser Mo anrufen? Nein, das ging gar nicht. Mo war zwar sein Freund und er vertraute ihm, aber der würde ihn auslachen. Ganz sicher. Henner konnte sich genau vorstellen, wie Mo am anderen Ende der Leitung in schallendes Gelächter ausbrach, wenn er hörte: „Ich finde meine Unterhosen nicht."

Also ging er die Treppe hinab in die Küche, wo Milena gerade den Tisch deckte. Als er die Tür öffnete, drehte sie sich zu ihm um.

„Guten Morgen. Ausgeschlafen?"

„Ja. Ich brauche neue Unterhosen."

Milena starrte ihn an.

Henner lief rot an und schob schnell ein „Guten Morgen" hinterher.

Oh weh. Was sollte sie nur von ihm denken? Gerade war sie einem alten Lustgreis entkommen, da fragte er sie nach Unterhosen. Blöder ging es ja nicht mehr. Wie peinlich! Henners Gesichtsfarbe legte eine Nuance Rot nach.

Milena schaute langsam an ihm herunter. Plötzlich verfärbte auch ihr Gesicht sich rot. Doch aus einem anderen Grund. Sie begann, schallend zu lachen.

Henners Gesichtsfarbe war mittlerweile dunkellila.

Milena japste und rieb sich die Tränen aus den Augen.

Als sie eine kleine Pause mache und Luft holte, fügte Henner erklärend hinzu: „Also keine neuen eigentlich. Frisch gewaschene meinte ich."

Erneut fing Milena an zu lachen.

Weil Henner nicht wusste, wie er sich verhalten sollte, brabbelte er „Entschuldigung", drehte sich um und verließ hastig die Küche. Sowas von peinlich! Dann würde er halt die Unterhosen ein bisschen länger tragen.

„Warte, ich helfe dir", rief Milena ihm nach, doch er war noch immer so rot im Gesicht, dass er seine Unterhosenproblematik jetzt einfach ad acta legen wollte. Gleich am Montag würde er in den Edeka gehen.

Die hatten bestimmt welche. Oder doch nicht? Verkauften die nur Lebensmittel und Haushaltskram? Er hatte noch nie darauf geachtet, wenn er Mutters Einkaufszettel abgearbeitet hatte. Unterhosen hatten nie drauf gestanden, da war er sich sicher. Das Leben war aber auch schwierig!

„Ich schaue in Waschküche nach", hörte er Milena sagen.

Er ging zurück ins Bad, obwohl er eigentlich gar nicht wusste, was er dort wollte. Ein paar Minuten lang schaute er in den Spiegel.

„Henner, ich habe Unterhose gefunden. Hing auf der Leine. Ist trocken", meldete sich Milena.

Henner seufzte erleichtert.

„Ich lege sie dir aufs Bett. Habe nur diese eine gefunden. Du musst noch mehr irgendwo haben."

„Danke", rief Henner aus dem Bad heraus.

Er seufzte erleichtert, als Milena hinzufügte: „Ich suche dir auch was für die Kirche."

Das Unheil naht

Henner und Milena schafften es tatsächlich, den Kirchenbesuch zu überstehen. Die neugierigen Blicke, nicht nur der Worre-Net-Mine, ignorierten sie mit Pokerface.

Wieder zu Hause, prüfte Henner gerade, ob ein Taschentuch im Blaumann war, als es unten an der Haustür klingelte. Henner befürchtete, dass es wieder die langsam lästig werdende Worre-Net-Mine war. Für einen Moment überlegte er, ob er überhaupt runtergehen sollte. In Mutters Zimmer hörte er kurz

Milena auf Polnisch fluchen. Da das Klingeln nicht aufhörte, entschloss er sich, doch mal nachzuschauen, wer ihn da so dringend sprechen wollte.

Henner öffnete die Haustür. Vor ihm stand eine kräftig gebaute Frau im Alter von Milena, deren entschlossener Gesichtsausdruck nichts Gutes erahnen ließ. Henner kannte die Frau, welche einen ausgeleierten grauen Jogginganzug mit rosa Seitenstreifen trug, nicht. Ihr Haar wirkte ungepflegt, strähnig, das runde Gesicht schwammig, der Blick grimmig. Sie hatte beide Hände, als Zeichen von Kampfbereitschaft, in die ausladenden Hüften gestemmt.

Henner wich erschrocken einen Schritt zurück vor der Furcht einflößenden Gestalt, die, zur perfekten Abrundung ihres hässlichen Äußeren, einen Damenbart trug.

„Moment mal. Bleiben Sie stehen!", forderte die Frau, die sofort erkannt hatte, mit wem sie es zu tun hatte, den eingeschüchterten Henner auf.

„Äh, Entschuldigung, darf ich fragen, was Sie wollen?", fragte Henner zaghaft. Mit einer Hand hielt er den Griff fest, um die Tür, falls es ernst werden würde, sofort schließen zu können.

„Mir ist zu Ohren gekommen, dass hier die Polenschlampe untergetaucht ist. Stimmt das?" Die unförmige Frau riss energisch ihre Hände von den speckigen Hüften und schob ruckartig, wie eine Schildkröte, ihren Kopf hervor.

Henner trat noch einen weiteren Schritt zurück in den Flur. „Nein", log er hastig. In der vagen Hoffnung, damit das Problem, dass ihm ein weiblicher Teufel auf die Pelle zu rücken drohte, loszuwerden.

„Lügen Sie mich nicht an. Ich weiß genau, dass sie hier ist", schrie die Furie. Ihr Gesicht nahm eine ungesund rote Farbe an. Im Mundwinkel hing ein Rest Spucke.

„Da müssen Sie was durcheinanderbringen. Hier ist nur vorübergehend meine Cousine Monika. Die hilft mir momentan ein wenig, bis es wieder geht", log Henner weiter. Er wunderte sich, wie selbstverständlich ihm die Worte über die Lippen kamen.

„Mann, verarschen Sie mich nicht! Holen Sie Milena sofort her, bevor ich mich vergesse", zischte die Frau sehr böse. Sie machte ernsthafte Anstalten, gewaltsam ins Haus einzudringen.

Henner stemmte sich mit aller Kraft von innen gegen die Haustür. Bis auf einen kleinen Spalt schaffte er es, sie zu schließen. Als er nach unten schaute, sah er einen ausgelatschten hellen Turnschuh im Spalt stehen.

„Meine Cousine ist momentan nicht da. Die musste nach Hause zu ihren Kindern. Kommt erst morgen wieder", rief Henner durch den Türspalt.

„Ich weiß, dass du da drin bist!", schrie die Frau Speichel versprühend durch den Türschlitz.

Henner zuckte mit dem Kopf zurück.

„Ich weiß auch, dass du meinen Vater beklaut hast. Hab ich gleich gewusst. Jetzt ist er tot, gestern Nacht im Krankenhaus gestorben. Herzinfarkt, weil er sich wieder über irgendwas aufgeregt hat! Hab beim Unterlagensuchen einen Zettel gefunden, wo er notiert hat, wo seine Geldverstecke sind. Und was glaubst du, was ich gefunden habe? Nichts, Nada. Du hast ihn beklaut."

Henner überlegte fieberhaft, wie er die grauenvolle Szene, die zu eskalieren drohte, beenden konnte.

Wahrscheinlich war schon die halbe Nachbarschaft von dem Geschrei der widerwärtigen Frau auf der Straße zusammengelaufen. Bevor er darüber nachdachte, wieso er gerade jetzt versuchte, auf die Worre-Net-Mine und Co. Rücksicht zu nehmen, trat er, so fest er konnte, auf den dreckigen Turnschuh.

Es folgte ein markerschütterndes Stöhnen, gefolgt von einem fürchterlichen Aufschrei. Im wahrsten Sinne des Wortes auf dem Fuße. Der eklige Turnschuh verschwand.

Henner drückte mit dem ganzen Gewicht seines Oberkörpers die Tür zu und drehte den Haustürschlüssel zweimal rund. Ihm standen Schweißperlen auf der Stirn. Sein Kopf schien vor Anstrengung zu glühen.

Von draußen hörte er erst ein paarmal: „Au, au, aua, Mann, au, so eine verdammte Scheiße! Au, oh, hüh!", dann ein Beben von einem Ausatmen.

Henner spürte förmlich, dass er sich im Auge des Orkans befand. Zum Glück diente ihm die massive Tür als Schutz.

„Das werden Sie noch bereuen! Das sage ich Ihnen! Das hat ein Nachspiel! Oh, au Mann! Richten Sie der Schlampe aus, dass ich morgen wiederkomme. Und zwar mit Verstärkung. Und wenn ich dann nicht mein Geld bekomme, dann wird es verdammt unangenehm werden. Haben Sie mich verstanden, Sie Dorftrottel?", schrie die vor besinnungsloser Wut Gift und Galle sprühende Frau die Tür an. Als Beweis für die Ernsthaftigkeit ihrer Drohung hämmerte sie unerträglich lang mit beiden Fäusten gegen die Tür.

Dann endlich Stille. Henner hörte noch eine Autotür zuknallen und kurz darauf, wie das Fahrzeug sich mit quietschenden Reifen entfernte.

Er stand da wie vom Blitz getroffen. Sein Herz schlug Purzelbäume vor Aufregung und er zitterte am ganzen Körper. Gerade, als er versuchte zu begreifen, welchem Inferno in Menschengestalt er mit knapper Not entkommen war, spürte er, wie sich eine Hand auf seine linke Schulter legte. Unwillkürlich zuckte er zusammen. Es gab einen bösen Stich in seinem seit dem Unfall empfindlichen Rücken.

„Ist ja gut. Keine Angst, ich bin es, Milena. Habe alles gehört, was böse Frau gesagt hat. Der Alte ist also tot."

Henner drehte sich langsam zu Milena um. Ihr Blick ging unruhig hin und her. So kannte Henner sie bislang noch nicht. Sie machte einen nervösen, beinahe hektischen Eindruck auf ihn.

„Was ist los, Milena?", fragte Henner ernsthaft besorgt.

„Ich muss weg, noch heute. Muss packen", sagte sie und wollte nach oben in Mutters Schlafzimmer gehen, wo sie sich mittlerweile notdürftig eingerichtet hatte. Nur das Bett benutzte sie nicht, zog das Sofa im Wohnzimmer vor.

„Warte, warum musst du weg?"

„Wenn ich bleibe, gibt es viel Streit mit böser Frau wegen Geld, was eigentlich nicht ihr gehört."

„Wem gehört es denn dann?", fragte Henner nach.

Milena überlegte einen Moment, was sie antworten sollte. „Ich glaube, es gehört mir. Das ist gerechter Lohn für mich, für viel Ärger mit sehr bösem altem Mann. Ich habe dir davon erzählt", antwortete sie dann entschlossen.

Henner wollte noch etwas sagen, doch Milena ging bereits mit raschen Schritten die Treppe hoch. Er spürte, wie sein Puls, der gerade erst in ruhigeres Fahrwasser gelangt war, erneut in einen Sturm geriet. Was sollte er jetzt tun? Dass Milena ihn so überhastet verlassen würde, stürzte ihn in ein Gedankenchaos. Für einen kurzen Moment sehnte Henner wieder sein ruhiges, von Mutter geregeltes Leben herbei. Ein geordneter Tagesablauf ohne ständige unangenehme Überraschungen und Besuche von teils fremden Menschen. Kaum war Mutter tot, überschlugen sich die Ereignisse. Henner spürte, wie sich sein Magen zu einem festen Klumpen verkrampfte. Er konnte doch Milena nicht einfach so gehen lassen! Gerade jetzt, wo er sie so sehr brauchte! Verzweifelt ging er im Hausflur auf und ab. Von oben hörte er, wie Milena die Badezimmertür hinter sich schloss. Ob er rasch Mo um Rat bitten sollte, fragte er sich, als er an dem kleinen Holzschränkchen vorbei kam, auf dem das Telefon stand. Nein, wenn Milena das hörte! Was sollte sie von ihm denken? Henner kam sich vor wie ein hysterisches Huhn, das nicht mehr in der Lage war, einen klaren Gedanken zu fassen.

Beim Blick auf Mutters Lieblingsbild, das den Lago Maggiore zeigte und neben einem Foto von ihrer Schwester Ruth hing, fiel plötzlich der Groschen: Er würde Milena begleiten, egal, wem das Geld angeblich gehörte oder nicht.

Milena wuchtete ihren schweren, schwarzen Koffer die Treppe hinunter. Ihr Gesicht war fleckig rot vor Anspannung. Sie trug enge Jeans, eine beige Bluse, ihr Haar war zum Zopf gebunden.

Henner hätte fast die Hand gehoben, wie ein Schuljunge, der sich meldete.

„So, ich glaube, ich habe alles gefunden wieder. Weißt du, wann geht nächste Bus in die Stadt?", fragte sie ihn und blies sich eine Haarsträhne aus dem Gesicht.

„Bus, am Sonntag? Geht keiner mehr heute. Das kannst du vergessen", antwortete Henner, froh darüber, noch etwas Zeit gewonnen zu haben.

„Und jetzt? Wie komme ich hier weg?"

Henner nahm seinen ganzen Mut zusammen, bevor er antwortete: „Mit mir."

„Wie? Mit was? Mit Roller?", fragte sie und fing an zu lachen.

„Nein, mit Unimog und Wohnwagen. Hat mehr Platz, ist bequemer", antwortete Henner in einem bestimmenden Ton, der ihn selbst überraschte.

„Ist nicht dein Ernst, oder?"

„Doch. Glaubst du, ich lasse dich alleine fahren? Du brauchst doch jemand, der auf dich aufpasst. Der dich beschützt vor deiner bösen Frau, die zu allem fähig zu sein scheint." Henner hatte, wie zum Beweis seiner Entschlossenheit, die Arme vor der Brust verschränkt.

Milena starrte ihn eine Weile fassungslos an. Er wirkte auf sie wie ein Türsteher einer Disco, der darüber entschied, wen er rein ließ oder nicht.

Henner spürte, wie seine Ohren anfingen, heiß zu werden. Er hielt Milenas Blick stand, obwohl er am liebsten nach draußen gelaufen wäre, um sich in der Scheune zu verstecken. Er sah, wie sich ihr Blick von fassungslos zu ratlos, zu etwas Ähnlichem wie zustimmend veränderte. Ihre Mundwinkel dehnten sich zu einem breiten Grinsen nach außen.

„Okay, wann ist Abfahrt?", übernahm Milena wieder das Kommando. Sie schenkte ihm ihr gewohntes Lächeln und setzte sich reisefertig auf ihren Koffer.

„Äh, ich weiß nicht genau. Sind noch ein paar Dinge zu erledigen. Muss Mo noch kurz Bescheid sagen, dass er aufs Haus aufpasst, wenn wir weg sind", antwortete Henner, ohne das ganze Ausmaß an notwendigen Erledigungen zu überschauen.

„Gut. Du kannst Unimog und Wohnwagen fertig machen und Mo Tschüss sagen. Ich packe deine Sachen und kümmere mich um Essen und Trinken und was sonst noch wichtig ist."

Henner hätte am liebsten Milena vor lauter Freude umarmt. Sie fest an sich gedrückt. Stattdessen fragte er: „Hab ich noch kurz Zeit?" Er blickte zur Kellertür.

Milena nickte. Sie hoffte, dass er daran dachte, dass sie für ihre bevorstehende Reise nicht nur selbst geschmierte Leberwurstbrote brauchen würden.

Henner verschwand augenblicklich im Keller. Er brauchte dringend ein paar Minuten für sich. Sein Leben kam ihm gerade vor wie auf einer Rennbahn im Zieleinlauf. Ein Blick in sein vertrautes Reich und er trat schlagartig auf die Bremse. Hier unten schien die Zeit still zu stehen. Er würde sie vermissen, seine urigen Gebilde aus altem Metall. Mit sanften Fingern strich er zum Abschied über den kühlen Stahl seines letzten Kunstwerkes. Fast hätte er mit ihm gesprochen.

Doch dann besann er sich auf den eigentlichen Grund seines Hierseins. Er schob eine Kiste mit Schrauben auf dem obersten Regal links neben der Tür zur Seite. Mit sicherem Griff holte er eine flache Blechdose dahinter hervor. Er öffnete sie und nahm seine kompletten Ersparnisse, von denen Mutter nichts wissen sollte, heraus. Mit diesem Geld und mit Mutters Gespartem, das zu einem großen Teil seit geraumer Zeit hinter einem quer laufenden Eichenbalken auf dem Dachboden deponiert war, konnten sie notfalls ein ganzes Jahr fortbleiben. Seit der Bankenkrise war Mutter skeptisch gewesen, hatte in homöopathischen Dosen immer wieder von ihrem Ersparten abgehoben und es zu Hause hinter dem Eichenbalken verstaut. Sie hatte Henner, so als hätte sie ihr bevorstehendes Unglück vorausgesehen, vor ein paar Wochen das Versteck gezeigt. Feierlich, als würde sie ein Staatsgeheimnis offenbaren, hatte sie ihm mitgeteilt, dass er über das Geld verfügen könne, falls ihr mal etwas zustoßen sollte. Henner war sprachlos gewesen beim Anblick der vielen bunten Euroscheine. Doch die Vorstellung, dass seiner Mutter einmal tatsächlich etwas passieren könnte, lag für ihn so weit weg, wie wenn er seine Tante Ruth in Kanada besuchen würde.

Er steckte seine Geldscheine in die Brusttasche des Blaumanns und zog sorgfältig den Reißverschluss zu. Die leere Blechdose verstaute er auf ihrem alten Platz. Er blickte sich ein letztes Mal in seinem Refugium, in dem er so unendlich viele ruhige Stunden verbracht hatte, wehmütig um. Mit einem Stoßseufzer der Ungewissheit schloss er leise die Tür. Stieg gleich hoch auf den Speicher, um auch den Großteil von Mutters Ersparnissen zu holen.

Milena hörte er im Vorbeigehen in seinem Zimmer rumhantieren. Henner war es etwas peinlich, dass sie für ihn alles für die Reise packte. Er wunderte sich, dass sie das für ihn tat. War es ihre Art, Danke zu sagen dafür, dass er sie für ein paar Tage bei sich aufgenommen hatte? Henner war sich bewusst, dass er über kurz oder lang gezwungen sein würde, selbstständiger zu werden.

Ihm fiel ein, dass er noch mit Mo reden musste. Und ausgerechnet an einem Sonntag! Der Tag war heilig für Mo. An sämtlichen Fenstern waren dann immer die Rollläden geschlossen. So, als wäre er für länger verreist. Henner hatte sich schon mehr als einmal gefragt, was Mo am Sonntag wohl machte. War er wirklich nicht zu Hause? Oder war er da und schaute sich den ganzen Tag irgendwelche Pornos an? Er lebte genauso wie er allein, ohne Frau. Vielleicht hörte er ja seine geliebte Heavy-Metal-Musik, trank ein paar Licher Pils dazu und rauchte seine Marlboro. Wahrscheinlich tüftelte er an irgendwelchen Kleinmaschinen herum, die er zu einem anderen Zweck als dem ursprünglichen umfunktionierte. Mo hatte ständig neue Projekte am Laufen, von denen Henner nur die Spitze des Eisbergs kannte.

Es würde ihm nichts anderes übrig bleiben, als ihn ausgerechnet heute anzurufen. Schließlich musste ja jemand ab und zu mal im Hause Henschel nach dem Rechten sehen, so lange er weg war. Er wüsste nicht, wem er mehr vertrauen könnte als Mo. Vorher würde er allerdings erst noch den Wohnwagen an den Unimog koppeln und schon mal auf den Hof fahren.

Milena brauchte nicht allzu lange, um Henners Klamotten in einen alten zerschlissenen Lederkoffer zu packen. Sie fand ihn auf dem Kleiderschrank in Henners Zimmer. Seine Garderobe war gelinde gesagt überschaubar. Im Grunde genommen bestand sie hauptsächlich aus unterschiedlichen verwaschenen Blaumännern, ein paar karierten Hemden, groben Baumwollunterhosen, gerippten Unterhemden, beides lang und kurz, einem Dutzend selbstgestrickter Wollsocken und drei Jersey-Schlafanzügen. Und nicht zu vergessen, dem besagten dunklen Anzug, der nebst weißem Hemd noch auf Henners Bett lag.

Beim Anblick dieser spärlichen Klamotten musste Milena an ihre Kindheit in dem kleinen polnischen Dorf, in dem sie aufgewachsen war, denken. Dort trugen die Bauern tagaus und tagein auch immer nur grobe Kleidung. Nur dass jene Zeit fast 25 Jahre zurücklag. Kaum zu glauben, dass sich in der heutigen Zeit noch jemand auch in der Freizeit derart kleidete. Milena seufzte schwer, als sie eine der langen weißen Unterhosen von Henner zusammenlegte. Da war noch viel Luft nach oben. Sie stand eine Weile nur da, hörte eine Fliege brummen, die sich im Vorhang am Fenster verfangen hatte, und wusste nicht, ob sie lachen oder weinen sollte. Warum rief sie sich nicht einfach ein Taxi, das sie nach Gießen fuhr? Dort würde sie mit einem Fernbus für wenig Geld an die polnische Grenze fahren. Dann mit dem Zug weiter. Zuallererst zu ihrer Schwester Maria. Damit wären zwar ihre Probleme nicht gelöst, aber die Schwester würde sich sehr freuen, sie wieder zu sehen. Bei ihr konnte sie vielleicht ein paar Tage bleiben. Vorausgesetzt Josef, Marias Mann, wäre hoffentlich gerade unterwegs in Deutschland, um zu arbeiten. Von diesem Typen Mann hatte sie genug. Sie hatte sich schon immer gefragt, warum Maria bei diesem notgeilen Säufer blieb. Der sich einen Dreck um die Kinder Robert und Lena kümmerte, die beide Angst vor ihrem Vater hatten.

Milena setzte sich mit einem schweren Seufzer auf Henners Bett. Sie dachte daran, dass sie selbst bislang einfach kein Glück mit Männern gehabt hatte. Daran, dass alle Arbeit an ihr hängen geblieben war, als ihre Schwester, die Lehrerin werden wollte, das Haus verlassen hatte: die Pflege der kranken Mutter, die Arbeit in der Gärtnerei, die der Vater alleine nicht mehr bewältigen konnte. So hatte es nicht weitergehen können.

Aufbruchstimmung

Milena tauchte aus ihren Erinnerungen auf. Und erschrak. Sie sollte sich beeilen. Immer noch hielt sie Henners raue lange Unterhosen in den Händen. Das sonore Summen der Fliege war verstummt. Von draußen hörte sie das laute Tuckern eines Unimogs, der auf den Hof fuhr. Sie legte die Unterhosen zurück in den Kleiderschrank. Die würde Henner jetzt in der Jahreszeit wohl nicht brauchen. Sie ging zum Schlafzimmerfenster.

Henner saß im Unimog. Den linken Arm lässig auf das heruntergekurbelte Seitenfenster gestützt. Er strahlte über das ganze Gesicht vor Freude.

Milena spürte, wie ihre Nase anfing zu jucken. Ein sicheres Vorzeichen, dass gleich die ersten Tränen fließen würden. Sie kullerten tatsächlich rasch auf beiden Seiten ihre Wangen hinunter. Milena stand einfach nur da und ließ sie laufen. Ihre Entscheidung war gefallen. Sie würde mit dem kauzigen Typ da unten in dem Unimog zusammen nicht fliehen, sondern auf eine Reise ins Ungewisse fahren. Vor ihm brauchte sie keine Angst zu haben. Er würde sie in jeder Lebenslage beschützen. Da war sie sich sicher. Dafür würde sie ihn ein Stück weit zu einem selbständigen Menschen formen. Und dann? Weiter mochte sie noch nicht denken. Sie schloss die Verschlüsse des Koffers und hob ihn vom Bett. Henner würde ihn später runter tragen.

Henner stellte nach einer Weile den Unimog ab. Das vertraute Tuckern des Dieselmotors erstarb in einer explosionsartigen Fehlzündung. Henner erschrak kurz. Wusste aber von Mo, dass es diesbezüglich keinen Grund zur Sorge gab. Das käme schon mal vor, wenn das gute alte Stück länger nicht bewegt wurde. Er hatte keine Ahnung, wie lange er so da saß. Dass Milena scheinbar immer noch am Packen war, fing ihn langsam an zu wundern. So viele Sachen besaß er doch gar nicht, die es wert gewesen wären, mit auf die Reise zu nehmen. Mit einem leichten Erröten im Gesicht musste er an seinen himmelblauen Jersey-Schlafanzug denken. Er stieg vom Unimog herunter.

Bevor er nachsehen ging, wie weit Milena war, fiel ihm plötzlich ein, dass er ja Mo noch immer nicht angerufen hatte. Und er durfte nicht vergessen, dem Bestatter zu sagen, dass die Urnenbeisetzung seiner Mutter erst mal auf unbestimmte Zeit verschoben war. Pfarrer Schultheiß müsste auch informiert werden, falls er überhaupt wieder greifbar war. Im Flur hob Henner das Telefon von der Ladestation und wählte Mos Nummer. Erst nach dem achten Tutton hob Mo ab.

„Was gibt's?", brüllte er, als stünde er unmittelbar davor, jemanden zu erschlagen.

„Ich bin es, Henner", flüsterte der angstvoll.

„Was, wer ist da, Gott verdammt noch mal?"

„Äh, ich, Henner. Entschuldige, wenn ich dich heute störe, aber …"

„Aber was?", unterbrach ihn Mo barsch.

„Ich muss weg. Also genau genommen muss Milena weg", versuchte Henner seinen unerwünschten Anruf zu erklären.

„Und was hat das mit mir zu tun?", fragte Mo immer noch reichlich geladen.

„Äh, ich fahre mit ihr. Und da wollte ich dich fragen, ob du, wenn ich weg bin, ab und zu, aber nur wenn du Zeit hast, einen Blick auf das Haus werfen kannst." Henner wischte sich mit dem rechten Handrücken den Schweiß von der Stirn.

Am anderen Ende der Leitung blieb es einen Moment still. Henner hörte, wie Mo den Rauch seiner Marlboro ausblies.

„Wann und mit was wollt ihr los?", fragte Mo, der plötzlich begriffen zu haben schien, dass Henner es ernst meinte, in einem moderateren Tonfall.

„Jetzt gleich, mit dem Unimog und dem Wohnwagen, sobald Milena mit dem Packen fertig ist", antwortete Henner.

„Ihr wartet auf mich, bin gleich da." Mo hatte bereits aufgelegt, bevor Henner noch etwas sagen konnte.

Der wischte das schweißnasse Telefon mit einem weißen Stofftaschentuch ab, das er immer zum Naseputzen nahm. Ihm war nicht wohl dabei, Mo den Grund des überstürzten Aufbruchs erklären zu müssen. Er wollte aber seinen einzigen Freund nicht auch noch zum Abschied belügen müssen. Also würde ihm nichts anderes übrig bleiben, Mo von dem Besuch der Frau zu berichten. Henner ging bis zur Treppe, die nach oben zu den Schlafräumen führte. Er überlegte, ob er hoch zu Milena gehen sollte, um sie zu fragen, ob er den Koffer schon mal runter tragen könnte. Er horchte angestrengt nach oben. Es blieb ruhig. Er fragte sich, ob sie vielleicht gerade eine Pause einlegte. Unschlüssig, was er tun sollte, blieb er am Fuß der Treppe stehen.

Ihm fiel wieder ein, dass er den Bestatter anrufen musste. Ob der wohl überhaupt an einem Sonntag zu erreichen war? Tatsächlich nahm er nach dem zweiten Klingeln ab. Henner erklärte ihm sein Anliegen. Flachgräber beruhigte ihn. Die Entscheidung, wann die Urne seiner Mutter beigesetzt würde, liege ganz bei ihm. Das käme auf eine oder zwei Wochen nicht darauf an. Er versprach zudem, sich darum zu kümmern, das Pfarramt zu informieren. Rein interessehalber fragte er noch nach, wann ungefähr mit seiner Rückkehr zu rechnen sei.

Das konnte Henner ihm nicht beantworten. Er würde sich aber, sobald er wieder zurück sei, umgehend bei ihm melden, versprach er.

Damit schien Flachgräber leben zu können.

Von draußen hörte Henner, wie eine Autotür auf dem Hof zu schlug. Das musste Mo sein. Henner ging hinaus zu ihm.

Milena war gerade fertig geworden mit einem Schreiben, das sie an die Tochter des Alten aufgesetzt hatte. Wenn die es las, würde sie sich sehr genau überlegen müssen, ob sie weiterhin auf das Geld bestand.

Milena drohte ihr in dem Schreiben, sie anzuzeigen, weil sie bei dem verstorbenen Vater, ohne dass alles mit ihrer Beschäftigung ordentlich geregelt war, gearbeitet hatte. Sie habe den alten Mann mehrfach gebeten, die Sache zu klären. Der habe es zwar immer wieder versprochen, es aber nie getan. Und sie als seine Tochter habe es die ganze Zeit gewusst, aber sich auch nicht gekümmert. Obwohl ihr klar war, dass der Vater in seinem Zustand die Bürokratie nicht mehr wirklich überblicken konnte.

Milena faltete nachdenklich das Blatt Papier zusammen und ging nach unten, um nach einem Briefumschlag zu suchen. Sie war sich allerdings absolut nicht sicher, ob der Brief ausreichen würde, das Miststück damit loszuwerden.

Mo saß bereits im Führerhaus des Unimogs und überprüfte irgendwas, als Henner zu ihm trat. Er sah ihn mit einem fragenden Blick an.

Mo legte seinen Oberkörper aus dem offenen Fenster und rief Henner zu: „Geht das Abblendlicht vorne rechts?"

„Ja", antwortete Henner beflissen.

„Okay, links?"

„Ja, auch."

Mo checkte mit Henners Hilfe den Zustand der Beleuchtung. Erst als er sich vergewissert hatte, dass alles ordnungsgemäß funktionierte, stieg er aus. Als Nächstes öffnete er die Motorhaube des Unimogs. Mit ein paar routinierten Handgriffen überprüfte er Ölstand, Bremsflüssigkeit und Wasser. Nach ein paar Minuten schloss er zufrieden die Haube und steckte sich eine Marlboro an.

„Auf den ersten Blick scheint alles so weit in Ordnung zu sein", sagte er und blies den Rauch seiner Zigarette in Richtung Scheune.

Milena kam aus dem Haus und begrüßte Mo, indem sie eine Hand hob.

Mo nickte kurz zurück. „So, so, da wollt ihr zwei also den Abflug machen?", fragte er, den Blick auf Milena gerichtet.

Die ging zu ihm und reichte ihm einen Briefumschlag. Ohne seine Frage zu beantworten, bat sie ihn, den Brief bei der angegebenen Adresse in den Briefkasten zu werfen.

Mo sah sie unschlüssig an, nahm ihn aber entgegen.

„Ist wichtig. Kannst du das machen, für mich?", fragte sie nach.

„Für dich tue ich doch alles, wenn du mir versprichst, auf meinen Kumpel hier aufzupassen", antwortete Mo und schlug Henner, der neben ihm stand, auf die Schulter.

„Du bist ein Schatz", sagte Milena. Sie wollte Mo umarmen, doch der wehrte ab, indem er beide Arme über Kreuz vor die Brust hob.

„Es geht mich ja nichts an, aber darf ich fragen, warum du so plötzlich wegmusst?", konnte Mo sich nicht verkneifen zu fragen.

„Ist lange Geschichte. Glaub mir, ist besser, wenn du nicht alles weißt", antwortete Milena ausweichend. Sie blickte sichtlich verlegen unter sich.

„Wenn du meinst. Aber du hast doch hoffentlich nicht den Alten umgebracht", hakte Mo noch mal nach.

Henner stand mit einem leicht betretenen Gesichtsausdruck neben ihm.

Mo sah ihm an, dass er wusste, warum Milena so Hals über Kopf ihre Zelte abbrechen wollte.

Milena lachte laut auf. Sie schien die Frage nicht übel zu nehmen. „Nein, wie denn, wann denn? Ich war manchmal sehr wütend, das stimmt. Aber ich bin nicht einfach weggelaufen, habe Tochter sogar Bescheid gesagt, bevor ich weg bin. Er ist kürzlich im Krankenhaus gestorben, das habe ich aber heute erst erfahren. Bestimmt vor lauter Bosheit, nicht wegen mir." Sie schob eine widerspenstige Haarsträhne nach hinten.

Henner räusperte sich. „Geht das in Ordnung für dich, dass du ab und zu mal hier nach dem Rechten siehst?", fragte er, um das Thema zu beenden.

„Ja klar. Wo soll denn die Reise überhaupt genau hingehen?"

„Äh, ich weiß nicht so genau. So grobe Richtung Polen, oder?", antwortete Henner und sah Milena mit einem fragenden Blick an.

„Ja, mal sehen. Wenn wir damit überhaupt hinkommen", antwortete diese. Sie deutete mit dem Zeigefinger der rechten Hand auf das seltsame Gespann, das vor ihnen stand.

Mo drehte sich um. Er legte beide Hände an die Motorhaube des Unimogs. „Hiermit könnt ihr bis nach Sibirien fahren, wenn ihr das gute Stück nicht unterwegs geklaut bekommt."

„Dann kann ja nichts mehr schief gehen. Ich glaube, ist Zeit Abschied zu nehmen. Henner kannst du unsere Koffer holen und noch mal schauen, ob du alles hast?", bat Milena.

Henner tat wie ihm befohlen. Auf dem Weg ins Haus kam ihm kurz der Gedanke, ob er Mo nicht einfach fragen sollte, ob er mit ihnen fahren wollte. So eine Auszeit von seinem stressigen Job täte ihm bestimmt mal gut. Dass er da nicht früher drauf gekommen war!

„Ich will nicht, dass unser gemeinsamer Freund völlig ahnungslos in Schwierigkeiten gerät!", sagte Mo zu Milena, als Henner außer Hörweite war.

Die Geschichte ließ ihm keine Ruhe. Er konnte sich einfach nicht vorstellen, dass Henner von sich aus auf die Idee gekommen war, Milena zu begleiten. Mo fragte sich, wie Milena es geschafft hatte, ihn zu überreden, mit ihr zu kommen.

„Nein, habe ich dir doch gesagt. Also gut, damit du nicht glaubst, ich ziehe deinen Freund in große Probleme rein. Ich habe von dem Alten, den ich gepflegt habe, Geld genommen, das er versteckt hatte. Das ist für mich Schmerzensgeld für das, was der Alte mir angetan hat. Und sie haben nie alles richtig mit Bürokratie geklärt, obwohl ich es wollte. Verstehst du das?"

„Hm", sagte Mo. Er rieb sich grübelnd über seinen Stoppelbart.

„Und vorhin war seine Tochter da. Henner hat sie nicht rein gelassen. Sie hat Zettel gefunden, wo ihr Vater drauf geschrieben hat, wo er Geld versteckt hat. Jetzt glaubt sie, Geld gehöre ihr und will es von mir zurück." Milena blies eine lange Strähne aus ihrem Gesicht. Ein paar kleine Schweißperlen standen auf ihrer Stirn.

„Und du willst es ihr nicht geben. Willst damit abhauen und den armen Henner damit auch in Schwierigkeiten bringen. Verstehe ich das so richtig?" Mo steckte sich eine neue Zigarette an und trat einen Schritt auf Milena zu.

„Nein, so ist das nicht, wie du glaubst. Henner hat mich gefragt, ob er mit mir fahren darf. Ich habe ihm das mit dem Geld gesagt. Er hat gemeint, dass er mich beschützen muss. Er will mich nicht alleine fahren lassen."

„Und wer sagt dir, dass die Tochter euch in Ruhe lässt? Oder nicht hier bei Henner rumschnüffelt, während ihr weg seid?", fragte Mo nicht mehr ganz so scharf nach.

„In dem Brief, den du ihr in den Briefkasten werfen sollst, habe ich ihr gedroht, dass ich sie anzeige, weil alles nicht ordentlich mit Anmeldung war", antwortete Milena.

„Aha, du glaubst also, dass sie sich davon einschüchtern lässt. Und dann auf das Geld verzichtet. Um wie viel Geld geht es denn überhaupt?"

„Genug." Milena legte eine Hand beschwichtigend auf Mos Arm.

Er zuckte zusammen, als hätte er einen Stromschlag bekommen.

„Ich habe dir gesagt, ist eine lange Geschichte. Muss ich dir mal erzählen ein anderes Mal. Nicht heute. Aber egal, wenn du glaubst, ich will Henner missbrauchen für mein Problem mit böser Tochter vom Alten, dann rede mit ihm. Sag ihm, dass er zu Hause bleiben soll. Du bist sein Freund. Auf dich hört er." Sie nahm ihre Hand wieder von seinem Arm und blickte ihn an.

Mo nahm einen tiefen Zug von seiner Marlboro. Er sah eine ganze Weile dem langsam aufsteigenden Rauch hinterher. Nach drei weiteren Zügen warf er den Zigarettenstummel auf das Pflaster und trat ihn sorgfältig aus. „Also gut. Vielleicht hast du recht zu glauben, dass das Geld dir gehört. Dem Henner tut gerade jetzt ein Ortswechsel gut. Das lenkt ihn ab von seiner Trauer. Und außerdem wird es höchste Zeit, dass er mal was anderes hört und sieht, als das Kaff hier am Arsch der Welt. Pass mir bloß auf ihn auf! Versprichst du mir das? Der Henner ist mehr so der bodenständige Typ, wenn du verstehst, was ich meine. Wenn es irgendein Problem gibt, egal was, rufst du mich an. Meine Nummer hast du ja." Mo drohte bei seinen letzten Worten mit dem erhobenen rechten Zeigefinger.

Gerade als Milena auf Mos lange Moralpredigt antworten wollte, betrat Henner bepackt den Hof.

„So, ich glaube, jetzt habe ich alles so weit. Von mir aus kann es losgehen", sagte er und ging auf den Wohnwagen zu.

Mo wartete, bis Henner die Koffer verstaut hatte. Dann nahm er ihn in den Arm und drückte ihn an sich. „Mach's gut Kumpel. Pass mir gut auf deine neue Freundin hier auf. Dass mir da ja keine Klagen kommen! Und meldet euch mal, ihr zwei, wenn euch danach ist", sagte er und blickte mit einem schiefen Grinsen im Gesicht in Richtung Milena.

„Du Mo, hast du nicht Lust, mit uns zu kommen?", fragte Henner, als er sich aus der Umarmung mit ihm gelöst hatte.

„Was? Ich?" Mo prustete los. Ein Hustenanfall, der sich gar nicht gesund anhörte, raubte ihm für eine Weile die Sprache.

„Meine ich ernst", bekräftigte Henner noch einmal seinen Vorschlag und legte einen Arm auf Mos Schulter.

„Nee du, lass mal. Ist nett von dir, dass du fragst. Aber du weißt ja: Ich kann hier nicht weg. Wenn ich mit euch komme, dann fährt hier im Umkreis von zehn Kilometern bald kein einziges Auto mehr ohne Probleme." Er lachte erneut los. Diesmal verhaltener und fast ein wenig verlegen wegen Henners Angebot.

„Schade", sagte Henner und nahm seine Hand von Mos Schulter.

„Jetzt haut endlich ab, ihr zwei. Sonst überleg ich es mir noch und komme als Bordmechaniker mit", schnaubte Mo. Er strich sanft über die warme Motorhaube des Unimogs.

Milena gab Mo zum Abschied einen leichten Kuss auf die rechte Wange. Der ließ es ausnahmsweise mal über sich ergehen. Dann stieg sie über die Trittbretter hoch zur Beifahrerseite und machte es sich bequem.

„Mach's gut Mo", sagte Henner und spürte, wie ihm wieder mal Tränen in die Augen stiegen.

„Du auch, Kumpel." Mo schlug ihm freundschaftlich mit der Faust auf die Brust.

Henner zog die Tür zu und startete den Unimog. Mit einem satten, kraftvollen Blockern sprang der Dieselmotor erneut an. Henner wartete, bis Mo den Weg freigemacht hatte und rückwärts aus dem Hof gefahren war. Dann blickte er kurz rüber zu Milena, lächelte sie an und fuhr los. Auf der Straße angelangt sah er, wie die Worre-Net-Mine, von dem ungewohnt lauten Motorengeräusch aufgeschreckt, neugierig aus ihrer Haustür trat. Ihre Katze nutzte die Gelegenheit, an ihr vorbei ins Haus zu huschen. Henner und Milena winkten freundlich. In der Dorfmitte drehte der Alte Fritz auf seiner Bank den schlaffen Hals wie eine Eule, als der Unimog nebst Wohnwagen langsam an ihm vorbei rollte. Der Himmel zeigte sich in strahlend blauer Laune. Es war einer dieser heißen Spätsommertage, an denen die meisten Menschen es vorzogen, an einen See oder ins Freibad zu fahren, um sich abzukühlen. Nicht so Henner und Milena. Sie zogen es vor, eine Reise anzutreten, bei der beide weder wussten, ob sie ankommen würden, noch, wie diese enden sollte.

Der Westen vom Osten

„Erst mal Richtung Osten?" Henner konnte seine Unsicherheit nicht gut verbergen. Reisen ins Unbekannte gehörten nicht gerade zu seinen Hobbys. Und Geographie war noch nie seine Stärke gewesen. Er hätte besser vor der Abfahrt auf seinen Atlas geschaut, grübelte er. Aber dann fiel ihm ein, dass der ja schon einige Jahre auf dem Buckel hatte. Um präzise zu sein, stammte er noch aus seiner Schulzeit. Damals gab es ja sogar noch die DDR. Zweifelsohne waren die Karten total veraltet. Andererseits musste Polen ja nach wie vor im Osten liegen, da hatte sich bestimmt nichts geändert. Henner kratzte sich am Kopf und blickte verstohlen zu Milena hinüber.

„Wie fährst du?", fragte sie prompt.

„Erst mal raus aus dem Dorf. Hier geht es nach Wetzlar und dort nach Gießen", antwortete Henner.

„Hm." Milena spielte an ihrem Smartphone herum.

Nach einer Weile schüttelte sie den Kopf. „Nicht gut. Wetzlar ist im Süden von hier."

„Ja", bestätigte Henner vorsichtig.

„Wir sollten nach Osten fahren."

„Klar." Wo sie recht hatte, hatte sie recht. Henner bog in die nächste Seitenstraße, um die Richtung zu korrigieren.

„Wir müssen überlegen, ob wir Autobahn fahren oder kleine Straßen", sinnierte Milena.

Darüber hatte sich Henner noch keine Gedanken gemacht. Ob er das überhaupt durfte, mit dem Unimog auf der Autobahn fahren? Allerdings eines war ihm klar: Auffallen wollten die beiden nicht. Andererseits war dies kaum möglich, dafür war das kuriose Gespann einfach zu auffällig. Was man allerdings andernorts von ihm dachte, war egal. Nur hier in der Gegend, so nahe bei der Heimat, war es besonders ungünstig.

„Also erst mal Richtung Gießen", schlug er vor, nur um wenigstens etwas zu sagen. „Das ist eher ein bisschen Richtung Osten."

„Nur nicht!", rief Milena erschrocken. Erneut wischte und tippte sie auf ihrem Smartphone herum, während Henner langsam weitertuckerte. Hier in den schmalen Gassen wollte er nicht parken. Die Anwohner! Es wäre nur eine Frage der Zeit, bis die Vorhänge hinter den Fenstern zu wackeln beginnen würden.

„Richtung Marburg", verkündete Milena entschlossen.

„Das ist aber eher im Norden. Ein bisschen wenigstens."

„Richtig. Du fragst nicht, wo in Polen wir hinfahren müssen."

Henner grübelte. Was sollte diese Frage? Erst mal Richtung Osten. „Warum?", fragte er also vorsichtig.

„Ich muss nach Nordwesten in Polen", erklärte Milena.

„Aha", blieb Henner nur zu sagen. Klar, auch in Polen gab es Norden und Westen. Obwohl es ja im Osten lag. „Also ich fahre Richtung Marburg."

Milena nickte zufrieden und lehnte sich zurück.

Die Fahrt führte die beiden über die Landstraße. Milena übernahm die Position der Lotsin. Eigentlich war das Henner ein bisschen peinlich. Er wohnte schon sein ganzes Leben in diesem Teil der Welt und dann kam eine Frau aus dem Ausland daher, die ihm erklären musste, wie er zu fahren hatte. Aber er fühlte sich wohl in ihrer Gegenwart und genoss die Zeit an ihrer Seite.

Die beiden redeten nicht viel. Nur ab und an gab Milena einen Kommentar zur Umgebung ab, schaute prüfend auf ihr Smartphone oder gab ein kurzes Kommando. Besonders schön jedoch fand es Henner, wenn sie in ihre Tasche griff, die sie im Fußraum abgestellt hatte. Er wusste, was dann kam.

„Möchtest du einen Schluck?"

Auch wenn Henner sonst nie rund um die Uhr Kaffee trank, nickte er grundsätzlich zufrieden. Er lächelnde und nahm gerne die Kappe der Thermoskanne entgegen, in die Milena ein bisschen des dampfenden, starken Gebräus gegossen hatte. Ganz besonders mochte es Henner, wenn es leicht raschelte, wenn Milena in ihrer Tasche wühlte. Denn dann gab es noch etwas Besseres als Kaffee: Leberwurstbrot.

Schließlich wurde es langsam dunkel. Henner hätte noch stundenlang so weiter fahren können, doch Milena begann schon zu gähnen. Auch wenn es noch nicht wirklich spät war, so steckte ihr die Aufregung des Tages in den Knochen.

„Bist du müde?", fragte Henner.

Sie nickte und rubbelte sich über die Augen. „Wollen wir schlafen? Ich denke, du bist auch müde."

„Och, es geht noch", verkündete Henner. „Aber du hast recht. Wir sollten einen Platz für die Nacht suchen. Wo sind wir eigentlich?"

„In der Nähe von Kyffhäuser Denkmal", erklärte Milena.

Henner kratzte sich am Kinn, was Milena zum Lachen brachte.

„Ist tolles Denkmal. Und groß. Habe ich im Internet Bilder gesehen. Ich zeige sie dir." Sie suchte auf ihrem

Handy herum und hielt es schließlich Henner unter die Nase.

„Sieht toll aus", bemerkte der und meinte es auch so.

„Da soll Kaiser Barbarossa liegen. Es gibt ein Märchen."

„Da würde ich gerne hin", bemerkte Henner.

„Ich auch, aber leider haben wir keine Zeit. Vielleicht in Zukunft?"

Henner nickte.

„Bist du böse?", fragte Milena.

„Nein, warum?", wunderte sich Henner.

„Weil du wegen mir fährst."

„Nein, wirklich gar nicht", beruhigte sie Henner. „Ich mache das gerne. Du sagst, wo ich hinfahren muss, und ich fahre."

Milena nickte erleichtert. Nach einer Weile bemerkte sie: „Noch etwa hundert Kilometer, dann kommt Halle/Saale. Und Leipzig."

Henner sagte nichts, denn er grübelte gerade darüber, wie es mit der Übernachtung vor sich gehen sollte. Man durfte sich ja nicht einfach so irgendwohin stellen und campen, hatte er einmal gehört. Ob sie ein Hotel finden mussten?

Während er noch überlegte, verkündete Milena: „Da! Da ist schön!", und deutete auf eine Wiese am Waldrand, die man von der Landstraße aus sehen konnte.

„Ich weiß nicht, ob man einfach campen darf. Man muss auf einen Campingplatz, glaube ich."

Milena runzelte die Stirn. „Ach, können wir morgen. Dort sieht uns niemand und schau, dort gibt es Wasser."

In der Tat schlängelte sich ein kleines Bächlein durch die Wiesen.

Henner konnte Milena keinen Wunsch abschlagen. Erstens, weil er sie mochte und ihre Gegenwart in keiner Weise aufs Spiel setzen wollte, zweitens, weil er sich eingestehen musste, dass in all den Tagen, in denen sie nun bei ihm war, sie diejenige gewesen war, die wusste, wo es lang ging. Also lenkte er den Unimog bei nächster Gelegenheit von der Landstraße hinunter, hin zur Wiese.

Milena schaute noch etwas skeptisch drein. „Vielleicht ist doch besser, wenn wir ein bisschen in Wald hinein fahren. Nur bisschen."

Henner korrigierte ihre Position.

„So, stopp. So kann man uns nicht sehen von Straße." Milena hüpfte vom Beifahrersitz, streckte sich und warf einen Blick an den äußeren Buchen vorbei auf die Straße. „Sehr gut", verkündete sie zufrieden und zog ihre Tasche mit dem Proviant aus dem Fahrzeug.

„Wir sollten einen Schnaps trinken, zum gut schlafen."

„Ich nicht", erklärte Henner.

„Ach so, ja. Darf ich?"

Henner nickte. „Klar."

Aus der Tasche zog sie eine Flasche Kümmel. „War bei euch im Schrank", erklärte sie und goss etwas davon in den leeren Kaffeebecher.

„Kümmel schmeckt gut zu Leberwurstbrot. Hat meine Mutter immer gesagt", erklärte Henner.

Milena war unsicher. Hatte sie jetzt Elses heilige Kümmelflasche genommen und damit Henner verletzt? Sie ging aber nicht darauf ein und sagte stattdessen: „Stimmt. Leider haben wir alle Leberwurstbrote gegessen. Wir haben nur Käsebrot übrig. Möchtest du eins?"

Henner schüttelte den Kopf.

Milena gähnte erneut, öffnete den Wohnwagen und fischte ein Handtuch sowie Zahnputzzeug aus ihrem Koffer. Sie warf sich das Tuch über die Schulter und stapfte zum Bächlein. Die Tasse nahm sie zum Durchspülen mit.

Henner ging einmal um das Gespann herum. Er atmete frische Luft ein. Bis auf ein leichtes Rauschen in den mächtigen Buchenkronen war es angenehm ruhig. Ein würziger Geruch von vergehender Laubstreu kitzelte seine Nase. Auf den ersten Blick schien alles in Ordnung zu sein mit ihrem Gefährt. Unschlüssig öffnete er den Wohnwagen und blickte hinein. Hier sollten beide zusammen schlafen? Er schluckte. Ob Milena von ihm erwartete, dass er im Unimog schlief? Er war sich nicht sicher. Am besten würde er sich auch einmal waschen gehen. Aber es war wohl geschickter zu warten, bis Milena zurückkam. Also machte er sich daran, die Stützen am Wohnwagen herunterzulassen.

Es dauerte gar nicht lang, bis Milena wieder vor ihm stand. „Ich schlafe gleich", verkündete sie und kletterte in den nicht gerade gemütlichen Wohnwagen. Außer einem einklappbaren Tisch, einem eingebauten Holzschrank und dem Bett im hinteren Teil gab es sonst nichts an Komfort. „Wann hast du geputzt hier drin?", fragte sie und rümpfte die Nase. Es roch leicht muffig.

Henner antwortete nicht. Es war ihm ein bisschen peinlich.

Ohne einen weiteren Kommentar prüfte Milena die Matratzen und faltete die Kolderdecken auseinander.

Ein weiteres Naserümpfen konnte sie sich nicht verkneifen. „Du schläfst links, ich rechts. Ja?"

Damit war für Henner die Frage danach, wo er die Nacht verbringen sollte, beantwortet. Er nickte stumm.

„Ich ziehe jetzt Schlafanzug an", verkündete Milena.

Henner blieb unschlüssig stehen. „Oh ja." Jetzt verstand er.

Also drückte Milena ihm eines der Handtücher und einen kleinen Kulturbeutel in die Hand.

Henner trollte sich in Richtung Bach.

Als er zurückkam von seiner Katzenwäsche, lag Milena schon zugedeckt und ruhig da. Sie hatte das Gesicht zur Wohnwagenwand gedreht, so dass Henner nicht sehen konnte, ob sie schon schlief. Er lauschte einen Moment in die Stille hinein, konnte sie aber weder schnarchen noch laut atmen hören. Also flüsterte er ganz leise: „Gute Nacht", erhielt aber keine Antwort. Sie schien schon fest zu schlafen. Vorsichtig, ohne den Wohnwagen zu sehr schwanken zu lassen, kletterte Henner hinein. Er schloss die Tür sicher ab und machte es sich auf seinem Nachtlager so bequem, wie es eben möglich war. Er legte sich auf den Rücken, faltete die Hände über der Kolder und starrte an die Wohnwagendecke. Dann fiel ihm ein, dass er ja schnarchte. Zumindest hatte Mutter das stets behauptet. Mist. Das war ihm jetzt peinlich. Aber es half nichts. Auch er musste ein paar Stunden Schlaf finden, wenn er morgen ausgeruht weiterfahren wollte. Bevor er die Augen schloss, lugte er verstohlen zu Milena hinüber. Wie auf Kommando gab sie ein kurzes, schnaufendes Geräusch von sich. Henner musste schmunzeln. Es beruhigte ihn. Er schloss die Augen, und es dauerte gar nicht lange, da fiel auch er in einen festen Schlaf.

Sodom und Gomorrha

Ein Geräusch aus der Ferne ließ Henner aufwachen. Es dauerte ein Weilchen, bis er zu sich kam. Im Halbschlaf war er sich nicht sicher, ob er träumte oder wirklich etwas hörte. Er blinzelte. Es dämmerte bereits. Er warf einen kurzen Blick hinüber zu Milena, die nun auf dem Rücken lag und weiter friedlich schlief. Henner stützte sich auf die Ellbogen und lauschte. Das Geräusch klang nach einem Motor, schien aber nicht von der Landstraße her zu kommen, sondern eher aus der Richtung des Waldes. Schließlich brach es ab. Henner warf einen Blick auf seine Armbanduhr. Halb sechs in der Frühe. Am liebsten hätte er lautstark gegähnt, konnte sich aber gerade noch bremsen. Damit hätte er nur Milena aufgeweckt. Er blieb einen Moment mit aufgestützten Ellbogen liegen und überlegte, ob er aufstehen sollte. Eigentlich hätte er gerne noch ein bisschen geschlafen, aber bestimmt würde Milena auch bald aufwachen und drängen aufzubrechen.

Und dann meldete sich seine Blase. Also, es half nichts. Er musste raus. Vorsichtig stand er auf, schlüpfte in seine braunen Halbschuhe aus Lochleder und öffnete leise die Tür. Draußen streckte er sich ausgiebig und wollte sich gerade erleichtern, da fiel ihm ein, dass es wohl besser war, ein Stückchen wegzugehen vom

Wohnwagen. Also schlurfte er hinter eine dicke Buche, entdeckte dann ein noch dickeres Exemplar und schlurfte hinter jenes. Es fröstelte ihn so früh am Morgen.

Gerade wollte er sich ans Werk machen. Das war, nebenbei bemerkt, nicht so ganz einfach, denn es galt, sich den Weg durch zwei Hosenschlitze zu bahnen. Tatsächlich hatte Mutter Else es nämlich geschafft, noch Schlafanzüge mit Hosenschlitz aufzutreiben. Der Besonderheit dieser Hosen war sich Henner natürlich nicht bewusst. Er kannte es ja nicht anders. Und daran, dass Else sich mächtig beschwert hatte, dass man kaum noch ordentliche Männerschlafanzüge in den Geschäften fand, konnte er sich kaum erinnern. Es waren seit dem letzten Schlafanzugkauf schon sehr viele Jahre vergangen.

Dass die Unterhosen auch einen Schlitz hatten, verstand sich von selbst. Die ohne Schlitz sind für die Mädchen, hatte Henner schon als kleiner Junge gelernt.

Gerade war Henner so weit und wollte sich erleichtern, da hörte er trampelnde Schritte und gleich darauf leise Stimmen. Er verharrte. Die Geräusche waren schon sehr nah. Er musste wirklich noch ziemlich schläfrig gewesen sein, sonst hätte er zweifelsohne viel früher die zwei Frauen und zwei Männer gehört, die jetzt ganz plötzlich hinter ihm auftauchten.

Wer mehr erschrocken war, ließ sich schlecht sagen. Nach einer kurzen Schrecksekunde packte Henner hektisch ein. Die vier Personen, die abrupt stehen blieben und ihn anstarrten, trugen Umhänge, die aussahen wie Säcke. Alle miteinander hatten an groben Bändern dicke Amulette um den Hals hängen. Einer der Männer trug zudem einen Rucksack aus abgewetztem

Leder und die kleinere der Frauen eine Art Gürteltasche. Sie sahen aus, als würden sie in einem Mittelalterfilm mitspielen.

„Ich musste mal", stotterte Henner.

Der ältere der Männer, ein etwa fünfzig Jahre alter langer Lulatsch, schielte am Baum vorbei und entspannte sich sofort. Er hatte den Unimog mit dem winzigen Wohnwagen entdeckt. „Ach, Sie campen hier!"

„Das ist aber nicht erlaubt, glaube ich", fügte die ältere der beiden Frauen belehrend hinzu.

Henner konnte gar nicht darauf eingehen. Er starrte auf eine große, flache Trommel, die die Frau, eine sehr üppig gebaute Kurzhaarige, trug.

„Was gucken Sie denn so blöd?", ärgerte die sich und lief wieder los.

Die anderen folgten. Abgesehen vom Lulatsch.

„Scheinbar sind Sie sich nicht bewusst, wo Sie sich hier befinden." Er schüttelte anklagend den Kopf.

„Im Wald", erklärte Henner.

Die Frau mit der Trommel drehte sich um und funkelte Henner böse an. „Da drüben ist der Kyffhäuser, ich hoffe, das sagt Ihnen etwas. Das ist ein Kraftort!" Sie ging weiter, zusammen mit den anderen. „Oberflächliches Volk", murmelte sie.

Henner blieb wie angewurzelt stehen und blickte den Vieren mit offenem Mund nach. Als sie am Wohnwagen vorbei liefen, hoffte er, dass Milena nicht ausgerechnet jetzt die Tür öffnen würde. Sie tat es nicht. Doch die ältere der Frauen blieb kurz stehen und versuchte, einen Blick in den Wohnwagen zu werfen. Glücklicherweise waren die Gardinen zugezogen. Sie konnte nichts erkennen.

„Merk du dir auch mal das Nummernschild", hörte Henner sie im Davonlaufen zu ihrer Freundin sagen.

Endlich erwachte Henner aus seiner Starre. Er war empört. Sowas! Die regte sich darüber auf, dass er hier mit dem Unimog stand und meinte, das sei nicht erlaubt, aber selbst lief sie mit einer Trommel durch den Wald. Ja, war das denn überhaupt erlaubt? Wollte die blöde Kuh ihn am Ende etwa anzeigen?

Henner vergewisserte sich, dass die vier außer Sichtweite waren und beendete, weshalb er eigentlich hinter die Buche getreten war.

Nein, nein, sowas! Kaum eine Tagesreise von zu Hause entfernt und schon herrschte Sodom und Gomorrha! Sowas gab es daheim bestimmt nicht! Das hätte die Worre-Net-Mine sonst schon ganz sicher herausgefunden.

Als Henner frierend wieder zurück zum Wohnwagen ging, öffnete sich ganz langsam die Tür. Milena schaute vorsichtig heraus. Ihr Haar war ganz zerzaust.

Henner gefiel das. Er musste schmunzeln.

„Was war hier los?", flüsterte sie.

„Sowas habe ich noch nie gesehen. Da laufen welche mit einer Trommel durch den Wald."

„Du bist verrückt."

„Stimmt aber."

„Und wo sind sie hin?"

Henner deutete vage in die Richtung, in welche die kleine Truppe verschwunden war.

„Die eine hat was vom Kyffhäuser gebrabbelt."

Milena schlüpfte vorsichtig aus dem Wohnwagen und blickte dorthin, wohin Henner deutete. Dann schüttelte sie den Kopf. Zum ersten Mal fragte sie sich ernsthaft, ob Henner nicht nur naiv und altmodisch, sondern auch ernsthaft verrückt war. Andererseits, es gab ja alles. Der liebe Gott hatte einen großen Tiergarten.

Henner lief rot an, wie er sie da so in ihrem Schlafanzug sah. Der war kirschrot und hatte halblange Beine.

Erst jetzt fiel Milena Henners Nacht-Outfit auf. Sie hatte ja schon geschlafen, als er am Vorabend in den Wohnwagen gestiegen war. Sie konnte nicht anders. Sie musste einfach laut loslachen.

Henner lief noch dunkler an.

Entschuldigend schlug Milena die Hand vor den Mund. „Tut mir leid. Ich will dich nicht auslachen."

Henner schaute an sich herab, konnte aber nicht feststellen, wo der Fehler lag. Wahrscheinlich gehörte es sich einfach nicht, einer Frau im Schlafanzug zu begegnen.

„Ich hatte noch keine Zeit, mich anzuziehen", versuchte er zu erklären.

„Das ist kein Problem." Milena holte tief Luft, mit dem Versuch, nicht mehr lachen zu müssen.

„Was ist denn so lustig?", fasste sich Henner ein Herz zu fragen.

Prompt kicherte Milena weiter. „Dein Schlafanzug", erklärte sie kurz und bündig.

„Ja?"

Als Milena nicht sofort antwortete, fragte Henner nach: „Warum?"

„Na ja, dieses …" Milena machte eine schiebende Handbewegung in Bauchhöhe.

„Ja?", fragte Henner erneut. Er verstand immer noch nicht, wo das Problem lag.

„Das ist Hose von Opa."

Henner wäre gerne noch ein bisschen roter geworden, aber er hatte seine Höchstkapazität bereits ausgeschöpft.

„Weißt du was? Wenn wir ein bisschen weiter gefahren sind, kaufen wir ein", schlug Milena vor. „So viel Zeit muss sein."

Als Henner nicht antwortete, fügte sie erklärend hinzu: „Was für dich zum Anziehen."

„Ist das nicht in Ordnung, was ich habe?", wunderte sich Henner.

„Ja, aber ist besser, wenn wir was Neues kaufen."

„Wenn du meinst." Milena wusste bestimmt, was sie sagte, folgerte Henner und nickte.

Als die beiden sich am Bach frisch gemacht und das übrig gebliebene Käsebrot vom Vortag vertilgt hatten, machten sie sich auf den Weg. Milena übernahm wieder die Führung und lotste Henner, der glücklich und zufrieden hinter dem Lenkrad saß.

„Such dir eine Stadt aus", meinte sie plötzlich, als die beiden bereits eine Weile unterwegs waren.

Henner schaute sie fragend an.

„Na, wo wir einen großen Stopp machen und für dich einkaufen. Und außerdem brauche ich Kaffee."

„Ach so." Henner grübelte. Die Geographie …

„Kaffee kriegen wir irgendwo unterwegs", erklärte Milena.

Henner nickte erleichtert.

So war es dann auch. Irgendwo im Niemandsland von Ostdeutschland gab es Kaffee vom Bäcker. Auch allerlei Gebäckteilchen und belegte Brötchen waren zu haben. Milena kaufte ein, während Henner dem Unimog an einer nahen Tankstelle ein paar Liter Diesel gönnte.

Als Henner wieder beim Bäcker ankam, schob ihm Milena einen Pappbecher mit Kaffee in die Hand und riss eine der Papiertüten mit den Fressalien auf.

„Leberwurst gibt es nicht", kam sie Henners Frage zuvor. Als ob sie es geahnt hätte ... „Ich habe schon gemerkt, in Deutschland gibt gute Wurstbrötchen nur beim Metzger. Beim Bäcker nicht."

Henner nickte und nahm ein Brötchen mit Serviette entgegen, aus dem auf der einen Seite Salami heraus quoll. Ein genauer Blick zeigte, dass die ganze Chose mitsamt Salatblatt und Tomatenstück recht einseitig verteilt war. Die andere Hälfte des Brötchens war quasi nackt. Vielleicht war das modern so?

„Danke", meinte Henner artig und versuchte, das Brötchen so zu halten, dass beim nächsten Bissen nicht der Großteil auf der Hose landete. Schließlich musste er ja auch während des Essens fahren.

Milena grinste. „Sieht aus wie viel drin. Ist aber nicht. Eine Freundin arbeitet in Bäckerei und sagt, so fällt nicht alles auseinander, wenn du hinein beißt. Ist Quatsch, finde ich. Sieht nur gut aus."

Henner wollte nichts Schlechtes sagen. Schließlich hatte Milena die Brötchen ausgesucht und es lag ihm fern, sie zu kritisieren. Er nahm sich ein Herz und sagte: „Niemand macht so gute Brote und Brötchen wie du." Kaum hatte er es gesagt, lief er auch schon wieder rot an.

Milena lächelte. Dann beugte sie sich plötzlich zu ihm hinüber und drückte ihm einen Schmatzer auf die Wange.

Henners Herz machte einen Satz.

Milena lächelte noch mehr. Sie wusste, dass Henner das, was er gerade gesagt hatte, unendlich viel Überwindung kostete. Und ihr war klar, dass er das, was er so mühsam formuliert hatte, auch ehrlich so meinte. Ihm fiel es schon schwer, die Wahrheit in Worte zu fassen. Dazu, mit Worten zu schmeicheln und falsch zu spielen, fehlte ihm die Übung. Ein wunderbares Gefühl, durchfuhr es sie. Einfach Dinge so nehmen zu können, wie sie gesagt wurden, ohne überlegen zu müssen, welch hinterhältige Absichten wohl hinter der schönen Fassade stecken mochten. Ja, es war eine gute Entscheidung gewesen, sich Henner anzuvertrauen. Was er tat, tat er ehrlich. Sie seufzte selig und gab ihm spontan noch einen Kuss auf die Wange.

Henners Gesicht glühte. Er konnte nichts mehr nachlegen.

Milena zauberte noch einen Trumpf aus dem Ärmel.

„Ich habe Streuselstückchen für heute Nachmittag." Grinsend hielt sie die zweite Papiertüte hoch.

„Du denkst an alles!" Henner freute sich.

„Und, wie hast du entschieden?", fragte Milena und grinste erneut. Diesmal deutlich schelmischer.

Henner schaute verdattert drein. Er wusste jetzt nicht so richtig, was Milena von ihm hören wollte. Zugegebenermaßen fiel ihm das Denken in diesem Moment auch ganz besonders schwer.

„Einkaufen", half ihm Milena auf die Sprünge.

„Muss das sein?", hoffte Henner, sich aus der Sache herauszureden.

„Oh ja", betonte Milena und nickte bekräftigend.

„Entscheide du. Du weißt es sowieso besser als ich."

Als ob Milena nur darauf gewartet hätte, meinte sie wie aus der Pistole geschossen: „Na gut. Mache ich. Wir machen Stopp in Leipzig."

„In Leipzig!" Henner runzelte nervös die Stirn.

„Hmhm", bestätigte Milena. „Leipzig ist toll. Ganz toll. Viel besser als Halle an Saale. Finde ich."

„Warst du schon mal dort?"

„Ja, schon zweimal. Hatte Freundin dort. Die lebt aber jetzt nicht mehr da. Schade. Wir können sie nicht besuchen."

„Wann warst du zuletzt dort?"

Milena kniff nachrechnend die Augen zusammen. „Das war vor drei Jahren. Nein warte, vor vier."

„Dann kennst du dich aus."

„Geht. Ich kenne einen Parkplatz ziemlich im Zentrum. Ich zeige dir. Passt auch Unimog hin."

Einkaufsorgie in Leipzig

Henner verließ sich ganz auf Milena, die ihn geschickt navigierte. Je näher sie an Leipzig kamen, desto mulmiger wurde ihm allerdings. Nicht vor der Parkplatzsuche, sondern vor dem Einkauf.

Die erste Etappe war erstaunlich schnell geschafft. Auf dem Parkplatz war gar nicht so viel los, wie Henner befürchtet hatte. Nun wollte er die leidige Einkaufstour so schnell wie möglich hinter sich bringen. Dann erst hätte er den Kopf frei.

Milena schaute auf ihre Uhr. „Lass uns zuerst die Reste essen und trinken. Dann gehen wir los."

Genau das fürchtete Henner. Und so schmeckte ihm das Streuselstückchen, das Milena extra für ihn ausgesucht hatte, nicht wirklich. Mal abgesehen davon, dass es mit Elses selbstgebackenem Hefekuchen ohnehin nicht mithalten konnte. Und das abgestandene Wasser schmeckte Henner schon gar nicht.

Schließlich hieß es, Unimog und Anhänger abschließen und losgehen. Milena führte ihn zielstrebig durch die Straßen und machte stichwortartig Anmerkungen zur Umgebung. Wie ein Stadtführungsstenogramm sozusagen. „Augustusplatz", sagte sie, als sie einen großen Platz erreichten. „Gewandhaus", fügte sie hinzu und deutete nach links.

Henner grübelte. Was war denn ein Gewandhaus?

„Da gibt es Konzerte. Klassische Musik", erklärte Milena, ohne dass er fragen musste.

„Da ist der MDR. Fernsehen!", freute sich Henner und deutete auf das markante Hochhaus mit der hochgezogenen Ecke.

„Heißt Uniriese. Und das ist Uni", deutete sie auf das nächste Gebäude. „Neu aufgebaut."

Schneller als erwartet standen sie vor einem großen Kaufhaus. Henner schluckte.

Vor Kurzem hatte Milena noch: „Da hinten rechts ist Nikolaikirche. Weißt du? Revolution", gesagt und Henner hatte genickt und den Hals gereckt, da standen sie schon am Eingang.

„Dann wollen wir mal", meinte Milena. Und als ob sie befürchtete, Henner könnte einen Fluchtversuch unternehmen, packte sie ihn am Ellbogen und zog ihn hinter sich her. „Erst Unterhosen", beschloss sie.

Eine Abteilungstafel wies den Weg.

„Welche Größe hast du?", wollte sie wissen. „Größen in Deutschland sind wie in Polen."

Eine gute Frage. Die Henner leider nicht beantworten konnte.

„Wir nehmen einfach L", das müsste gehen.

Auf dem Grabbeltisch hatte Milena schnell zwei Dreierpacks ausgesucht und hielt sie prüfend hoch. „Müssen passen. Wie gefallen sie dir?"

„Gut, aber …" Henner sprach nicht weiter. ‚Da ist kein Schlitz drin', wollte er sagen. Aber ein ungutes Gefühl hielt ihn davon ab, darauf hinzuweisen.

„Aber?", hakte Milena nach.

„Ach, schon gut."

„Was ist? Nachher willst du sie nicht anziehen."

Henner druckste. „Sind die für Männer?"

Erst schaute Milena verständnislos. Dann musste sie lachen. Zum Spaß hielt sie sich die Hosen vor. „Würde ich sowas anziehen? Warum fragst du? Schau, wir sind hier in Männerabteilung. Alles ist für Männer."

Das stimmte zweifelsohne. Vielleicht lagen diese Unterhosen nur falsch. Aber nein, die anderen sahen ja genauso aus.

„Da ist kein Schlitz", rang Henner sich schließlich durch zu fragen.

„Na, deshalb kaufen wir neue Unterhosen für dich. Deine alten haben Schlitz. Die musst du wegwerfen."

Eigentlich sah Henner das nicht ein. Sie waren noch gut, fand er. Aber was wusste er schon?! Es war wohl besser, wenn er sich in sein Schicksal fügte und sich nicht noch weiter blamierte. „Na gut", lenkte er daher ein.

Zufrieden nickte Milena und schob ab in die Abteilung mit der Herrenoberbekleidung.

Henner folgte stumm.

„Wir kaufen nur das Nötige", erklärte Milena.

Henner atmete erleichtert auf. Doch er hatte sich zu früh gefreut. Unzählige Pullover und karierte sowie gestreifte Hemden hielt Milena ihm vor. Fast bei allen schüttelte sie den Kopf. Nur zwei Pullover und zwei Hemden hielten ihrer Kritik stand. Sie hängte sie über den Arm und weiter ging es zu den Jeans.

„Ich brauche nicht fragen, welche Größe du hast?" Eine Antwort wartete Milena nicht ab. Eine Jeans nach der anderen zog sie aus dem Regal und hielt sie ihm an. Drei drückte sie Henner in die Hand. Dann schüttelte sie den Kopf. „Wir müssen probieren." Sie schob ihn in eine der freien Kabinen und zog den Vorhang zu.

Bereits ein paar Sekunden später verkündete Henner: „Der Pullover passt."

„Zeig mal!" Milena zog den Vorhang auf. „Was!?", rief sie ungläubig. „Ist viel zu eng. Ich gehe größeren holen." Schwupps war sie verschwunden.

„Gibt es nicht in größer", verkündete sie, als sie zurückkam. Aber ähnlichen. In anderer Farbe. Nicht grün. Dunkelblau.

Henner hatte mittlerweile den zweiten Pullover übergezogen. „Der passt aber wirklich", verkündete er vorsorglich.

„Ja, aber steht dir überhaupt nicht. Sieht aus wie kranker Hund. Geht nicht. Zieh wieder aus!"

Henner blickte prüfend in den Spiegel. Sah eigentlich ganz normal aus, fand er. Aber was wusste er schon, ging ihm erneut durch den Kopf. Also zog er das dunkelblaue Exemplar an, das Milena ihm hinhielt und enthielt sich diesmal lieber eines voreiligen Kommentars.

„Dreh dich mal rum!"

Henner tat, wie ihm befohlen.

„Wie fühlst du dich?"

Was für eine komische Frage! Er nickte. „Gut."

„Wunderbar. Wir haben einen Pullover gefunden."

Weiter ging es mit den Hemden. Und schließlich mit den Jeans.

Henner brummte der Schädel. „Warum kann ich nicht einfach meinen Blaumann anziehen?", fragte er verzweifelt.

„Du bist albern", war Milenas knappe Antwort.

Was er damit wohl anfangen sollte?

Endlich, Henner hatte schon beinahe die Hoffnung aufgegeben, lebend aus dieser Kabine heraus zu kommen, da nickte Milena zufrieden.

Henner konnte es kaum glauben. Schnell, bevor sie es sich anders überlegte, raffte er seine Siebensachen zusammen und verließ fluchtartig die Kabine. Dabei suchte er in seinen Taschen herum.

„Was suchst du?", wollte Milena wissen.

„Meinen Geldbeutel. Ich will zahlen."

„Ach was!", erwiderte Milena. „Wir legen alles wieder hin. Dann gehen wir in andere Geschäfte, gucken ob es da billigere und schönere Sachen gibt. Und wenn wir dort nichts finden, kommen wir wieder hierher und kaufen die Sachen."

Henner brach der Schweiß aus. „Nein!", rief er entsetzt. „Ich kann nicht mehr!" Die Panik stand ihm ins Gesicht geschrieben. So sehr, dass Milena anfing zu lachen.

„Na gut", lenkte sie ein. „Dann kaufst du die Sachen hier. Auch gut."

Henner war beruhigt. Doch nur ganz kurz, denn nun sagte Milena: „Dann können wir gleich nach den andern Sachen schauen."

„Welche anderen Sachen?" Henner machte große Augen.

„Na, Schuhe, Schlafanzug und Jacke."

Henner hätte heulen können.

„Und Gürtel", fiel Milena noch ein.

Es half nichts.

Alles in allem lief die Sache aber recht geschmeidig ab. Und immerhin mussten sie nicht mal das Geschäft wechseln. Henner seufzte erleichtert. Doch er hatte sich schon wieder zu früh gefreut. Die Schuhe fehlten ja noch und hier hatte er leider Pech.

„Ich kann doch in meinen Schuhen so gut laufen!", maulte er. Kaum hatte er das gesagt, ärgerte er sich auch schon über sich selbst.

„Ich glaube dir. Aber Henner. Schau mal. Schuhe mit Lochleder. Das geht nicht. Wirklich nicht."

Henner nickte, obwohl er nicht verstand, wo das Problem lag.

So zogen die beiden noch ein bisschen kreuz und quer und schwer bepackt durch die Innenstadt und wurden tatsächlich in einem kleinen Laden fündig. Ganz ohne Missverständnisse ging die Auswahl allerdings nicht vor sich. Henner und Milena einigten sich einvernehmlich auf einen für Henners Verhältnisse ultramodernen grauen Schnürschuh mit dunkelblauen Applikationen. Das hieß, Henner war der Meinung, dass er passte und Milena war der Meinung, dass er annehmbar ausschaute. Die Verkäuferin ihrerseits war der Meinung, dass noch Luft für eine Einlegesohle war.

Daher fragte sie Henner: „Möchten Sie sich noch ein paar Einlagen mitnehmen?"

Henner lief spontan rot an und versuchte, unauffällig an sich herabzuschauen. Er wusste nicht, was er sagen sollte. Auf das Thema wollte er auch gar nicht eingehen. Vorsichtig schnüffelte er, konnte aber nichts riechen. Milena kam ihm auch nicht zu Hilfe, worüber er fast ein bisschen froh war. Sie war nämlich schon ein paar Schritte vorausgegangen und bummelte zwischen den Regalen mit den Damenschuhen. Als Henner die Verkäuferin nur mit rotem Gesicht anstarrte, aber nichts sagte, gab diese nach ein paar peinlichen Sekunden auf.

„Ich bringe die Schuhe zur Kasse", erklärte sie schließlich und ging voran.

„Geschafft", schnaufte Henner, als er seinen Geldbeutel um weitere Scheine erleichtert hatte und mit Milena vor dem Geschäft stand. Eigentlich sollte er sich freuen, doch er war verunsichert. Und man sah es ihm an.

„Was ist los?", wollte Milena wissen.

Henner drückste herum. Die Sache war ihm doch sehr peinlich. Beim besten Willen konnte er keine Flecken auf seiner Hose erkennen. Und ob er streng roch, wollte er Milena nicht fragen.

„Sag schon!"

Henner seufzte. „Die hat mich gefragt, ob ich Einlagen will."

„Und?"

„Warum fragt die mich sowas?"

„Wahrscheinlich hat sie gedacht, du hast noch Platz in Schuhen."

„In den Schuhen?" Henner riss ungläubig die Augen auf.

Jetzt war es an Milena, verblüfft dreinzuschauen. „Ja, das ist ein Schuhladen. Sie ist Schuhverkäuferin. Sie verkauft Schuhe."

„Aber Einlagen nimmt man doch, wenn man das Wasser nicht mehr halten kann", erwiderte Henner.

Es dauerte einen Moment, bis Milena begriff. Dann lachte sie so laut auf, dass sich die Leute auf der Straße erschrocken nach ihr umdrehten. Die Tränen liefen ihr die Backen hinunter. Sie suchte verzweifelt nach einem Taschentuch, um sie abzuwischen.

„In Mutters Frauenhilfe nehmen ein paar Frauen Einlagen."

Milena, die sich gerade ein kleines bisschen beruhigt hatte, fing sofort wieder an, lauthals zu lachen.

Jetzt war Henner fast ein bisschen beleidigt. „Aber die kaufen die nicht im Schuhladen", fügte er motzend hinzu.

Ein weiterer Lachanfall von Milena folgte. Als sie schließlich nicht mehr konnte, erklärte sie seufzend: „Einlagen für Schuhe. Kennst du doch bestimmt. Sind im Winter warm und im Sommer für gutes Gehen. Gibt dicke und dünne."

Henner verstand, wollte die Sache aber so nicht auf sich sitzen lassen. „Klar kenne ich die. Die heißen aber Einlegesohlen. Warum weiß die das nicht, wenn sie im Schuhladen arbeitet?"

Milena übte sich in Diplomatie. „Na vielleicht heißen sie in Leipzig eben so."

„Hm", grunzte Henner. Das konnte natürlich sein. Mit Dialekten kannte er sich nicht so aus.

„Jetzt haben wir uns aber etwas Gutes zu essen verdient", beendete Milena das leidige Thema.

Die Ablenkung funktionierte. Henner strahlte. „Und zwar was richtig Gutes!" Auf einmal wurde ihm bewusst, wie hungrig er war. Und durstig noch mehr.

„Dann gehen wir zu Drallewatsch."

„Was ist das denn für eine Wirtschaft?", wunderte sich Henner.

„Das ist eine kleine Straße, wo es viele Kneipen gibt", erklärte Milena und stiefelte los.

Henner macht eine Unterhosenbekanntschaft

Mitten im Schritt hielt Milena inne. „Ach, ich muss ja noch mal zurück zum Kaufhaus", fiel ihr ein. „Ich brauche noch Unterhosen. Für mich. Willst du schon vorgehen? Ich zeige dir, wo du hinmusst."

Doch bevor Henner antworten konnte, beeilte Milena sich zu sagen: „Ach nein, komm bitte mit, sonst müssen wir uns nachher suchen." Sie wollte es nicht so direkt sagen, aber sie hatte Bedenken, dass Henner in den Leipziger Gassen und Höfen abhandenkommen könnte.

Also ging es zurück ins Kaufhaus und diesmal in die Wäscheabteilung für Damen.

In einer solchen Abteilung war Henner noch nie gewesen. Wozu auch? Seine Mutter hatte ihre Unterwäsche schließlich immer ohne sein Dabeisein erworben.

Während Milena mit kritischem Blick umher streifte, das eine oder andere Teil hochhob, begutachtete und wieder weglegte, stand Henner dumm in der Gegend herum. Er kaute verlegen an seiner Unterlippe. Beim besten Willen konnte er sich nicht vorstellen, dass seine

Mutter jemals in einer solchen Abteilung eingekauft hätte. Er schaute sich um. Spitzen-BHs, winzige Slips – so etwas hatte er daheim auf der Wäscheleine noch nie gesehen. Es musste noch andere Orte geben, an denen die Mütter dieser Welt ihre Unterwäsche kauften. Henner fühlte sich sichtlich unwohl. Während er so dastand wie bestellt und nicht abgeholt, fiel sein Blick zufällig auf ein paar Päckchen mit Fotos drauf. Das, was er da sah, ähnelte schon eher dem, was er von zu Hause kannte. Beige, große Ober- und Unterteile, die ziemlich unbequem aussahen. Henner griff nach einem der Päckchen, zog aber dann die Hand zurück. Nein, was sollten die Kundinnen von ihm denken?

Kaum war ihm dieser Gedanke durch den Kopf gerauscht, vernahm er eine Stimme schräg hinter sich: „Kann ich Ihnen behilflich sein?"

Es dauerte einen Augenblick, bevor Henner begriff, dass die Frage ihm galt. Er schnellte herum.

„Mir?", fragte er etwas dümmlich.

„Ja. Suchen Sie etwas Bestimmtes? Ein Geschenk? Oder sollen Sie etwas mitbringen?"

„Nein, nein", beeilte Henner sich zu erwidern. Er lief rot an. Um die Sache zu retten, fügte er hinzu: „Ich warte auf meine Freundin." Er machte eine fahrige Handbewegung in die Richtung, in der er Milena zuletzt gesehen hatte.

„Ach so." Die Verkäuferin wandte sich ab.

Henner seufzte. Und in diesem Moment wurde ihm bewusst, was er da gerade behauptet hatte: ‚Auf meine Freundin.' Zum ersten Mal hatte er ausgesprochen, was Milena für ihn war: seine Freundin. Henner schmunzelte verstohlen. Ja, das hörte sich schön an: meine Freundin.

Doch wo war Milena? Ach ja, da war sie, in der hinteren Ecke. Sie schien konzentriert einen Stapel zu durchsuchen.

Jetzt, wo keine Gefahr mehr von der Verkäuferin ausging, traute Henner sich auch, sich ein bisschen weiter umzuschauen. Er machte sich auf zur hinteren Wand, an der BHs in allen Farben und Größen und in unterschiedlichen Ausführungen hingen. Gleich unten drunter fand man passende Höschen. Henner konnte nicht anders. Er musste einen himmelblauen, zwar winzig kleinen, aber dick gepolsterten BH in die Hand nehmen. Nur kurz, dann wanderte das gute Stück wieder zurück an seinen Platz. Das dazugehörige Unterteil weckte nun sein Interesse. Er nahm es vom Haken und drehte es um. Hier befand sich nur so etwas wie ein dünner Faden. Henner machte große Augen. Sollte das die Rückseite sein? Auf was für Ideen die Leute kamen! ‚Die Nieren muss man warm halten‘, hatte Mutter immer betont. Mit diesem Modell ein Ding der Unmöglichkeit!

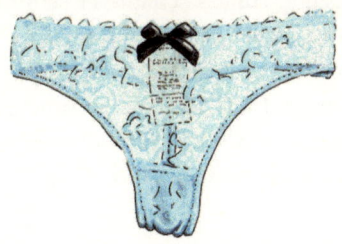

Gerade wollte Henner auch den String-Tanga wieder zurück hängen, da irritierte ihn etwas. Er fühlte sich schon seit einer Weile beobachtet. Jetzt war er sich sicher.

Ein paar Meter weiter rechts stand ein Kerl in seinem Alter. Im Gegensatz zu Henner trug er hautenge Jeans, die seine unglaublich dürren Beine noch betonten. Oben drüber einen blauen Blazer und einen dünnen rosafarbenen Schal. Auch eine Tasche aus Stoff hatte er umhängen.

Henner schaute ihn vorsichtig aus dem Augenwinkel an, woraufhin sich ihre Blicke trafen. Der Mann blinzelte ihm ganz kurz zu. Es wirkte ein bisschen verschwörerisch. Henner konnte sich keinen Reim darauf machen. Also schaute er schnell wieder weg und hängte den String-Tanga zurück auf seinen Platz.

„Der wäre auch ein bisschen knapp ausgefallen", vernahm er eine männliche Stimme. Der Kerl stand jetzt direkt neben ihm. „Hier Liebchen, der könnte passen." Mit geübtem Blick hatte der Jeansträger das gleiche Modell ein paar Nummern größer vom Haken gefischt und hielt es Henner prüfend vor den Unterleib.

Henner klappte die Kinnlade herunter. Es dauerte einen Moment, bis er sich dessen bewusst wurde. Mit weit aufgerissenen Augen schaute er sein Gegenüber an und klappte den Mund endlich wieder zu.

Der Kerl nickte bestätigend. „Der passt bestimmt. Ich habe da einen Blick für. Ich komme aus Köln." Er lachte meckernd und zwinkerte übertrieben. „Kleiner Spaß am Rande. Klischees sind dafür da, bedient zu werden."

Als Henner immer noch nichts sagen konnte, wurde er ungeduldig und rollte mit den Augen. „Auf! Dann probiere ihn halt an", meinte er gedehnt und hielt Henner den himmelblauen String-Tanga mit großer Geste direkt vor die Nase.

Henner löste sich aus seiner Starre, wusste aber immer noch nichts Schlaues zu erwidern. Nur um irgendetwas von sich zu geben, sagte er das Erstbeste, was ihm einfiel: „Ihn?"

Der Kerl ließ den String-Tanga sinken. „Ja, der steht dir bestimmt."

„Der?"

„Jaha. Deher."

„Der Unterhose?" Henner wunderte sich.

Nun war es an Henners Gegenüber, dumm zu schauen. Nach drei Grübelsekunden schien er zu begreifen. Er gab erneut sein seltsam wieherndes Lachen von sich.

Ein mürrisches kleines Mädchen, das von seiner Mutter an der Hand durch die Abteilung gezogen wurde, blickte plötzlich interessiert auf. Zweifelsohne glaubte es, in der Muppet-Show gelandet zu sein.

„Woah, jetzt dachte ich doch glatt, du wärst ein bisschen komisch, dabei hast du einen klasse Humor. Grüß dich. Ich bin der Leon." Er hielt Henner die Hand hin.

Der schaute skeptisch. Die drei großen Silberringe fielen ihm erst jetzt auf. Eigentlich wollte er einem fremden, noch dazu so aufdringlichen Kerl nicht die Hand geben, doch seine Erziehung war stärker. Ganz automatisch gab er Leon seine raue Rechte.

„Hui!", machte der prompt.

„Henner Henschel", stellte sich Henner vor.

„Ist das ein Künstlername?", wollte Leon wissen.

„Nein, wieso? Den hat mir meine Mutter gegeben."

Leon überlegte, ob er gerade veräppelt wurde, wurde aber prompt abgelenkt. Milena war neben Henner getreten. Neugierig schaute sie zwischen den beiden hin und her.

Leon war die Enttäuschung, dass Henner nicht alleine war, anzusehen. Seine Kinnlade rutschte ein Stück nach unten.

Da keinem auf die Schnelle etwas einfiel, sagte er nach einer Weile: „Hallo. Ich bin Leon."

„Hallo", erwiderte Milena. Es klang nach: ‚Und? Weiter!'

Tatsächlich stellte Leon sich weiter vor: „Ich bin freier Modeberater, also das heißt, ich mache derzeit ein Sabbatical und unterhalte mich gerade angeregt mit deinem Freund."

„Aha", sagte Milena reserviert.

Was ist bloß ein Sabbatical, fragte sich Henner, sprach die Frage aber nicht laut aus.

„Ich will euch ja nicht unterbrechen, aber wir müssen weiter. Wir müssen noch nach Frankfurt", ergriff Milena das Wort.

„Echt?!", rief Leon. „Das gibt es doch nicht! Da müsste ich auch hin."

„Tatsächlich?", presste Henner hervor.

„Ja, eigentlich wollte ich erst in ein paar Tagen los. Ich habe einen Bekannten dort, mit dem ich mein neuestes Projekt besprechen muss. Aber sagt mal, seid ihr mit dem Auto hier?"

„Mit Unimog und Anhänger", verplapperte sich Henner prompt.

„Sagt mal, das wäre doch klasse, wenn ich mit euch mitfahren dürfte! Ihr hättet doch bestimmt Platz."

Unschlüssig schaute Milena zu Henner, doch dem hatte es die Sprache verschlagen. Sie überlegte. „Naja …" Dann fiel ihr ein, dass es ja nicht weit war und vieleicht war es ja ganz gut, eine Art Verstärkung dabei zu haben. „Von mir aus", sagte sie daher. „Was meinst du, Henner?"

Bestimmt hatte Milena ihre Gründe, dachte der. „Wenn du nichts dagegen hast. Von mir aus kann er mitfahren." Wie es mit dem Platz werden würde, war ihm zwar ein Rätsel, aber bitte.

„Wunderbar!" Leon klatschte in die Hände. „Habt ihr noch ein bisschen Zeit? Ich müsste rasch heim und meine Tasche packen. Dauert nicht lang. Ich wohne in Connewitz."

„Wir haben auch noch zu tun. Treffen wir uns in drei Stunden hier vor dem Eingang?", schlug Milena vor.

„Ja, klasse! Ich beeile mich!", sagte Leon und prompt war er verschwunden.

„Der kommt bestimmt nicht, der hat sie doch nicht alle." Henner schaute ihm nach.

„Wollen wir überhaupt nachher herkommen, oder wollen wir ihn stehen lassen?"

„Na hör mal!" Henner war erbost. „Das gehört sich nicht."

„Na gut, wir schauen mal. Wenn er nicht pünktlich ist, hauen wir ab", beschloss Milena. „Jetzt gehen wir erst mal essen. Ich habe Hunger auf großen Salat. Auf geht's zu Drallewatsch!"

Ein Handy muss her

In der winzigen Straße, in der sich die Markisen der Lokale an manchen Stellen beinahe in der Mitte trafen, war die Hölle los. Auch zum Wochenbeginn. Die beiden quetschten sich durch die schmale Gasse und fanden schließlich nach einigem Hin und Her ein Plätzchen.

Milena warf einen kurzen Blick in die Karte und bestellte, wie geplant, ihren großen Salat. Henner wählte ein Wiener Schnitzel mit Pommes und Salat.

„Du Henner, nimm es mir nicht übel, aber du musst mal schauen nach den Haaren an Nase und Ohren."

Henner erschrak. Milena wollte doch nicht etwa Hand anlegen!

Doch Milena beruhigte ihn gleich, indem sie sagte: „Aber das machst du bitte selbst."

Henner war erleichtert. Zufrieden aber nicht. Er hatte doch erst vor einer Weile gezupft und gehofft, jetzt erst mal Ruhe vor der schmerzhaften Prozedur zu haben. Trotzdem nickte er ergeben.

Doch Milena war noch nicht fertig. „Ich glaube, du brauchst auch ein Handy", erklärte sie, nachdem sie eine Weile schweigend vor sich hin gegessen hatten. Sie schob sich ein großes Salatblatt in den Mund.

„Wieso? Du hast doch eins, das reicht doch zum Telefonieren", erwiderte er und hielt die Gabel mit einem aufgespießten Stück Schnitzel in die Luft. Er hatte schon genug mit dem Essen zu tun. Dann die vielen Leute an den Nachbartischen, das hektische Treiben der Bedienungen, das laute und vielstimmige Reden der Menschen. Diese vielen undefinierbaren Gerüche. Henner merkte, wie ihm der Schweiß ausbrach.

„Und wenn wir uns verlieren? Wie soll ich dich dann finden?"

„Warum? Wir bleiben doch zusammen oder etwa nicht?", fragte Henner ängstlich nach.

„Ja, normalerweise schon. Aber es könnte sein, dass wir während unserer Reise irgendwie mal getrennt werden oder nicht zusammen sein können", sagte Milena, die nicht wusste, wie sie Henner die Notwendigkeit eines Handys erklären sollte.

„Das wird nicht passieren, ich passe auf dich auf. Ich bleibe immer in deiner Nähe. Ganz bestimmt", stellte Henner fest und schob das Schnitzelstück in den Mund.

Milena raufte sich vor lauter Verzweiflung die Haare. Für Henner war die Welt so einfach. Er lebte tatsächlich noch in der Zeit, in der man sich an einem bestimmten Ort zu einer bestimmten Zeit verabredete und traf. Was früher auch in den meisten Fällen problemlos funktionierte. Wenn jemand zu spät kam, wartete der andere eben. Und wenn er nicht kam, dann ging der andere nach Hause. Dann war halt was dazwischen gekommen.

Milena schwieg vorerst und stocherte nachdenklich in ihrem Blattsalat herum. Sollte sie Henner von ihren Problemen mit ihrem Ex berichten? Sie sah Henner an, der immer noch mit seinem Schnitzel mit Pommes kämpfte. Den gepflegten Umgang mit Messer und Gabel schien er noch nicht so ganz zu beherrschen. Es sah eher so aus, als würde ein Kleinkind mit einer Schaufel versuchen, Sand in den Mund zu stopfen. Fast musste sie lachen bei diesem Anblick. Es fehlte bloß noch, dass er sich das rechte Handgelenk dabei verstauchte und später den Unimog nicht mehr lenken konnte. Das mit ihrem Ex würde sie ihm später beichten, beschloss sie.

„Henner, stell dir vor, du musst mal auf Toilette. Kommst zurück und ich bin nicht mehr da", versuchte sie es erneut.

„Wieso, wo willst du denn hin?"

„Vielleicht hat mir plötzlich jemand meine Handtasche geklaut. Ich renne hinter ihm her." Milena versuchte es ein letztes Mal.

„Ja, und? Dann warte ich solange, bis du wiederkommst", erwiderte Henner und trank sein Glas Traubensaft leer.

„Vielleicht muss ich zur Polizei und Dieb melden. Kann lange dauern, bis ich wiederkomme." Milena schob genervt den Rest ihres Salattellers zur Seite.

„Dann warte ich halt trotzdem. Irgendwann wirst du schon kommen. Und wenn das doch zu lange dauert, dann gehe ich halt zum Unimog und warte dort auf dich."

Milena seufzte. Diese Art der Diskussion um Dinge, die für die allermeisten Menschen selbstverständlich waren, musste in Zukunft anders ablaufen. Das wurde ihr auf Dauer zu anstrengend.

„Und wenn du Unimog mit Wohnwagen nicht findest und dich verläufst in große Stadt? Wie willst du mich dann wieder finden, wenn du mich nicht erreichen kannst, zum Beispiel mit Handy?" Milena legte demonstrativ ihr Smartphone auf den Tisch.

„Du hast recht, dann bleibe ich einfach sitzen und warte solange, bis du wiederkommst", antwortete Henner und starrte auf das Handy, als wäre es eine völlig neue Erfindung.

„Oh nein, Henner. Du brauchst Handy. Wir gehen jetzt eines für dich kaufen. Basta!"

Henner sah Milena erschrocken an. So endgültig bestimmend hatte sie bislang noch nicht mit ihm gesprochen.

Milena blickte sofort verlegen unter sich. Tat so, als suche sie etwas in ihrer Handtasche. Sie spürte, wie ihr die Schamesröte ins Gesicht stieg. Sofort tat es ihr leid, dass sie sich im Ton vergriffen hatte.

„Wenn du meinst ... äh, ich brauche unbedingt so ein Ding da, dann kaufen wir es halt", lenkte Henner eingeschüchtert ein und deutete auf das Smartphone.

„So ein Ding kaufen wir nicht. Wir kaufen ganz einfaches Telefon mit großen Tasten für dich. Du wirst sehen, wird dir gefallen. Bitte sei mir nicht böse. Manchmal bin ich, wie sagt man – ein wenig aufgeregt", meinte Milena und hoffte, damit die kleine Unstimmigkeit ausgebügelt zu haben.

Henner hatte mittlerweile sein Schnitzel mit Pommes restlos verputzt. Er winkte einer Kellnerin, um zu bezahlen. „Ist schon gut. Ich glaube, es ist manchmal nicht einfach mit mir. Ich meine, vieles nicht zu brauchen, weil ich die meisten Menschen, die um mich herum leben, kenne. Und wenn ich was von einem will, dann geh ich halt zu dem oder wenn es zu weit ist, fahre ich mit dem Roller hin." Henner holte tief Luft, wegen seiner langen Ansprache, die gleichzeitig eine Art Entschuldigung für seine Rückständigkeit sein sollte. Er beglich die Rechnung, ohne Trinkgeld zu geben.

Milena vermied es, sich erneut aufzuregen. Aber sie übernahm sofort wieder die Führung.

Kaum waren sie ein paar Schritte schweigend gegangen, da tauchte, wie aus dem Nichts, ein Penner auf. Er fragte Henner, ob er mal einen Euro hätte. Henner kramte in seiner Brusttasche und holte einen Fünfzig-Euro-Schein heraus. Etwas unschlüssig stand er mit dem Schein vor dem übel nach billigem Fusel stinkenden Typ, der aussah wie eine Vogelscheuche, und blickte ihn verwundert an. „Äh, wenn Sie auf fünfzig rausgeben könnten?", meinte er und wollte dem Penner den Schein hinhalten.

Milena ging dazwischen und nahm den Schein an sich.

„Mann, eh, willst du mich verarschen?", schrie der Penner. Er fuchtelte wild mit seinen tätowierten Armen in Richtung Henner.

„Komm, lass uns gehen", sagte Milena und hakte sich bei Henner ein.

Zum Glück blieb der Penner schwankend zurück.

Milena gab Henner die fünfzig Euro zurück. „Das ist gerade noch mal gut gegangen. So was macht man nicht Henner!", schimpfte sie und hob warnend den Zeigefinger der rechten Hand.

„Warum? Ich hätte ihm was gegeben. Hab leider auf die Schnelle kein Kleingeld gefunden", erwiderte Henner unschuldig.

„Der hätte dir die fünfzig Euro aus der Hand gerissen und wäre damit abgehauen."

„Wieso? Der wollte doch nur einen Euro, oder?", fragte Henner nach. Ständig wich er Passanten aus und fragte sich, wo die vielen Leute alle her kamen und hin wollten.

„Glaub mir, in so einer großen Stadt wie Leipzig gibt es nicht nur nette Menschen. Außerdem hat er gedacht, du willst dich lustig machen", antwortete Milena. Sie hielt Ausschau nach einem Handyladen. Hatte allerdings noch keinen entdeckt. Sie nahm Henner an die Hand, weil sie Angst hatte, ihn in dem Menschengewühl zu verlieren. Seine große Hand war warm, rau und trocken.

Henner ließ sich bereitwillig führen. Die Hitze, die sich an den Häuserwänden staute, der Lärm der vielen

Menschen und der Gerüchebrei aus Schweiß und Staub machten ihm schon genug zu schaffen.

Plötzlich kamen sie an einer Imbissbude vorbei. Auf der linken, nach außen aufgeklappten weißen Wand stand in großen schwarzen Buchstaben: ‚Stehpizza zum Mitnehmen‘. Das Mitnehmen war durchgestrichen und darunter hatte ein Witzbold, deutlich kleiner, aber lesbar gekritzelt: zum Mitgehen. Es gab Pizzastücke mit verschiedenen Belägen für drei Euro das Stück zu kaufen. Henner musste sofort an Mo denken, mit dem er erst vor Kurzem zusammen mit Milena Pizza gegessen hatte. Er erinnerte sich an den fremdartigen, guten Geschmack. So was gab es bei Mutter nie zu essen. Sie hatte ihm immer etwas Anständiges gekocht, wie sie sich ausdrückte.

Henner fragte sich, was Mo wohl gerade machte. Er vermisste ihn und verspürte plötzlich große Lust, ein Stück Pizza zu essen.

Als er stehen blieb, fragte Milena ungläubig: „Du hast doch nicht schon wieder Hunger? Das kann nicht sein!"

Hunger hatte er wirklich nicht, aber so ein kleines Stück Pizza passte wohl noch rein.

Milena winkte ab.

Henner bestellte bei dem Mann, dem Schweißperlen in Ringform auf dem kahlen Schädel standen, ein Stück. Er bezahlte mit dem Fünfzig-Euro-Schein, nahm das Wechselgeld entgegen. Wenig später reichte ihm der Imbissbudenbesitzer das Stück Pizza auf einem Pappteller. Henner wollte es gerade bissfertig zurechtrücken, als von rechts ein abgerissener Punk auftauchte.

Bevor Henner etwas sagen konnte, riss der Typ ihm das Pizzastück aus der Hand und biss herzhaft hinein. Schmatzend sagte er mit einem vorwurfsvollen Ton: „Ich hab auch Hunger, Mann ey."

Bevor Henner darauf reagieren konnte, stürzte der Punk mitsamt der Pizza davon.

Milena, welche die absurde Szene beobachtete, fing plötzlich an zu lachen. „Na Henner, jetzt hast du endlich mal helfen können, aber nicht freiwillig."

Henner blickte verblüfft in das wogende Menschenchaos, das sich wie ein wild gewordener Bienenschwarm vor ihm ausbreitete. Der Pizzadieb war längst darin verschwunden. Es dauerte eine Weile, bis Henner begriff, was ihm da gerade widerfahren war. Er blickte hilfesuchend zu dem schwitzenden Mann in der Imbissbude.

Dem waren solche Szenen natürlich nicht fremd. Er konnte es sich nicht verkneifen, noch einen drauf zu setzen: „Tja, hier musst du schnell sein. Sonst guckst du in die Röhre. Komm, ich will mal nicht so sein. Ich gebe dir ein neues Stück Pizza, wenn du mir versprichst, sofort reinzubeißen."

Henner lehnte dankend ab. Ihm war die Lust auf Pizza vergangen.

„Komm, lass uns jetzt endlich Handy für dich kaufen gehen", sagte Milena und griff wieder nach seiner Hand. Diesmal fühlte sie sich kalt, beinahe blutleer an. Es wurde höchste Zeit, dass sie ihren Freund hier aus dem Großstadtmoloch raus schaffte. Sonst konnte sie für nichts mehr garantieren.

Henner ließ sich widerstandslos führen. Ihm wurde das alles zu viel hier. Der Krach, die hohen Häuser, die vielen Menschen. Am liebsten würde er mit seinem Gespann und Milena an einem ruhigen See stehen, auf das Wasser schauen und ein paar Leberwurstbrote essen. Das hier war nicht seine Welt und würde es auch nie werden, so viel war ihm klar. Irgendwie musste er, so schnell es ging, raus hier aus dieser Hektik und dem Gestank nach Fett und Schweiß. Das Einzige, was ihm half, diesen Albtraum zu überstehen, war Milenas warme weiche Hand. Am liebsten würde er sie überhaupt nicht mehr loslassen, solange sie zusammen blieben. Er spürte ein plötzliches Kribbeln in seiner Leistengegend, das ihn beinahe alles, was rund um ihn gleichzeitig geschah, vergessen ließ.

Als hätte Milena seine erotischen Gedanken erraten, entzog sie ihm ihre Hand. Allerdings nur, um auf ihr Smartphone zu schauen. Erschrocken stellte sie fest, dass ihr Ex, Bartek, eine WhatsApp geschickt hatte. Woher hatte er ihre neue Nummer so schnell bekommen? Milena hatte sie ihm ganz sicher bei ihrer überstürzten Abreise aus Polen nicht hinterlassen. Was wollte er so plötzlich von ihr? Vielleicht hat er mittlerweile eine Andere und will sich scheiden lassen, dachte Milena, als sie endlich einen kleinen Handyladen entdeckte.

Henner trottete brav wie ein Schuljunge neben ihr her. Er schien seine Umgebung gar nicht mehr wahrzunehmen.

Bevor sie das hell erleuchtete Geschäft betraten, sah Milena kurz auf die Nachricht von Bartek: ‚Ich weiß, dass du nach Hause kommst. Muss mit dir reden. Ist dringend. LG Bartek.‘ Milena erstarrte, als sie die Nachricht las. Woher weiß er, dass ich unterwegs nach Polen bin, fragte sie sich und drückte die Nachricht weg.

Henner stand unentschlossen neben ihr am Eingang. In dem kleinen Laden saß ein junger schwarzhaariger Typ auf einem Barhocker. Er trug einen gepflegten Seitenscheitel und telefonierte. Was sonst?! In einer Ecke standen zwei junge Mädchen mit weißen Kopfhörern in den Ohren vor einem Smartphone, das in einer Konsole stand. Die verschiedenen Smartphonemodelle standen sauber aufgereiht, jeweils indirekt angestrahlt, auf beiden Seiten des Ladens auf edel wirkenden schwarzen Steinplatten.

Der junge Mann sprach so laut in sein Handy, dass sogar die beiden Teenager kurz synchron den Kopf hoben. „Nimm noch fünfzig Stück davon. Die krieg ich hier los, ist kein Problem. Muss aufhören, Kundschaft.“ Er nahm sein Handy vom Ohr und entschuldigte sich bei Milena und Henner, die mittlerweile den Laden betreten hatten. „Sorry, wichtige Geschäfte. Was kann ich für Sie tun?“ Er musterte mit einem kurzen Blick die beiden potentiellen Kunden. Sein geschultes Auge sagte ihm sofort, dass bei dem kauzig aussehenden Typ nicht viel zu holen war. Sofort lenkte er daher seine

Aufmerksamkeit auf die attraktive Frau, die sich interessiert umschaute.

„Wir brauchen ein Handy", antwortete Milena und ärgerte sich sofort, dass sie nicht konkret gesagt hatte, was sie wollte. Die eigenartige Nachricht von Bartek spukte noch immer in ihrem Kopf herum.

„Da sind Sie hier goldrichtig, wie Sie sehen." Der Mann warf einen kurzen Blick auf die beiden Mädchen. Für einen Moment überlegte er, ob er ihnen den Saft abdrehen sollte. Die ganz jungen Dinger wurden ihm langsam lästig. Sie spielten den halben Nachmittag für lau mit den neuesten Modellen herum. Er würde sie, nachdem seine Kundschaft gegangen war, rauswerfen.

„Also, wir haben iPhones, Android Smartphones, mit oder ohne wechselbaren Akku, mit hoher Akkuleistung, super Kameras mit hoher Bildschirmauflösung, jeder Menge Arbeitsspeicher, mit oder ohne Vertrag, mit supereinfachen Bedienungselementen. Alles, was das Herz begehrt." Er ging langsam an den einzeln aufgebahrten Handys entlang, ohne bei einem stehen zu bleiben.

Bei ‚einfacher Bedienung' horchte Milena auf. „Ja genau, wir suchen Handy, ganz einfach, nur zum Telefonieren."

Henner stand dicht an ihrer Seite. Er kam sich vor wie in der Serie Raumschiff Enterprise, von der er als Jugendlicher keine Folge verpasst hatte. Die Begriffe, welche der Verkäufer erwähnte, glaubte er von damals zu kennen. Wenn auch in einem anderen Zusammenhang. Das, was er hier sah und hörte, war praktisch nichts anderes, als die logische Weiterentwicklung dessen, was Scotty und Spock so von sich gegeben hatten. Wahrscheinlich gab es das früher alles schon in einer der unbekannten Galaxien.

Der junge Typ verstand für einen Moment nicht, was die hübsche Frau, die leider schon zu alt für ihn war, damit meinte.

Milena sah unterdessen auf Henners große, schwielige Hände, die er neben seinem Körper herunter hängen ließ. „Haben Sie Handy mit großen Tasten?", fragte sie spontan.

„Ach so, Sie meinen ein Seniorenhandy. Da muss ich kurz nachschauen, ob ich so ein Gerät dahabe. Wird nur sehr selten nachgefragt. Die meisten Kunden sind eher jünger", erklärte der Verkäufer und deutete mit einem ausgestreckten Zeigefinger auf die beiden Kids. Er drehte sich um und verschwand hinter einer weißen Schiebetür.

Eines der beiden Mädchen lachte laut auf: „Schau mal Miriam, ist das nicht süß, wie der schreibt?" Scheinbar hatte es gerade eine Nachricht aufs eigene Smartphone bekommen.

„Der ist voll bescheuert, der Typ. So einen Mist schreibt man nicht. Ich sag dir, das ist ein Perverser", meinte Miriam und blickte sich erschrocken um. Als sie Milena und Henner erblickte, lief ihr rundes Gesicht puterrot an. Schnell schaute sie wieder auf das Display des Smartphones, das sie gerade in der Hand hielt.

Die beiden tuschelten kurz miteinander, dann rannten sie aus dem Laden.

Der Verkäufer kam mit einem kleinen verstaubten, ehemals weißen Karton zurück, den er auf die Glastheke legte. Er versuchte durch heftiges Blasen, die Staubschicht vom Karton zu entfernen. „Sorry, hat einen Moment gedauert. Ich glaube, ich habe noch was

Passendes für Sie gefunden", sagte er. Rasch packte er das für moderne Verhältnisse unförmige Handy aus der Plastikfolie. „Ist ein grundsolides Handy, wie gewünscht mit großen Tasten und sonst eigentlich nichts." Er starrte das vorsintflutliche Gerät an und schüttelte dann energisch mit dem Kopf. „Das kann ich Ihnen nicht mehr mit gutem Gewissen verkaufen. Geht gegen meine Berufsehre."

„Wieso? Ist Handy kaputt?", fragte Milena enttäuscht.

„Nein, nur uralt. Ich würde sagen prähistorisch." Er suchte nach der Öffnung für den Akku und die SIM-Karte.

„Wenn es noch funktioniert, ist genau das Richtige für uns. Haben Sie Telefonkarte dafür?", fragte Milena und blickte Henner mit einem vielsagenden Blick an.

Der verstand nur Bahnhof. Das Handy sah aus wie das Telefon, welches zu Hause im Flur stand, nur kleiner, handlicher. Könnte gerade noch so in die Brusttasche passen, dachte er.

„Moment bitte, ich muss kurz was überprüfen", sagte der Verkäufer und nahm den rückwärtigen Deckel des Handys ab.

Milena und Henner schauten beide interessiert zu.

„Scheint zu funktionieren. Ist doch nicht aus der Steinzeit, eher Mittelalter aufwärts würde ich sagen", lachte der Verkäufer über seinen blödsinnigen Vergleich. „Welche Karte wollen Sie?"

„15 Euro. Reicht erst mal. Und was soll das Handy kosten?", fragte Milena, die es mit einem Finger zu sich umdrehte.

Der Verkäufer hackte bereits auf der Tastatur seines PCs herum. „Nur sensationelle 39 Euro. Ist das nicht ein Hammerpreis? In ein paar Jahren hat das Teil bestimmt Kultstatus. Steigt bestimmt im Wert." Er überlegte kurz. „Vielleicht sollte ich es besser behalten?", meinte er dann und packte das Handy wieder in die Plastikfolie.

„Wir nehmen es. Das mit der Karte, weiß ich, wie es geht. Bemühen Sie sich nicht." Milena blickte kurz mit einem fragenden Blick auf Henners Brusttasche.

Er verstand zunächst nicht, was sie meinte. Sollte er das Handy dort hinein stecken?

„Henner, kannst du das mal übernehmen? Ich habe nicht mehr genug Bargeld bei mir."

„Ah, klar doch", antwortete er, als wäre er auf dem falschen Fuß erwischt worden. Er kramte ein paar Scheine aus der Brusttasche und legte sie auf die Glastheke.

Der Verkäufer hatte mittlerweile das Seniorenhandy wieder ordentlich in den Karton verpackt. Diesen sogar mit einem Papiertaschentuch abgewischt.

„Bedienungsanleitung ist keine mehr dabei. Habe nachgeschaut. Braucht man auch nicht. Es gibt auch nur Ein- und Ausschalter und Tasten mit Zahlen von 1 bis 9 und 0 drauf. Da können Sie nichts verkehrt machen", sagte der junge Typ und blickte das erste Mal direkt Henner an. Er hatte längst begriffen, wer dieses Uraltteil bekommen sollte.

Henner nahm das Wechselgeld entgegen und klemmte sich den Karton unter den Arm.

Milena wartete bereits draußen vor dem Eingang auf ihn.

Der Verkäufer rief ihm nach: „Ich wünsche Ihnen viel Spaß damit", ehe ihn ein Hustenanfall überraschte.

Frankfurt?

Leon stand tatsächlich am vereinbarten Ort zur vereinbarten Zeit. Er hatte eine schwarze Reisetasche geschultert. Also blieb den beiden nichts anderes übrig, als ihn mitzunehmen.

An ihrem Gefährt angekommen, quetschten sie sich alle drei nebeneinander in den Unimog. Es dauerte gar nicht lange, da war Leon von dem langsamen Geschaukel eingeschlafen. Seine Backe klebte am Seitenfenster und sah von außen bestimmt ulkig aus.

„Ey, Leon, aufwachen!" Vorsichtig tippte Milena Leons Schulter an.

Sie hatten ihr Ziel Frankfurt/Oder erreicht.

Leon zuckte leicht zusammen und öffnete verblüfft die Augen. Sogleich erkannte er Milena und streckte sich ausgiebig, wobei er schnell mit den Beinen an seine Grenzen geriet. „Ah, wo sind wir denn?"

„Na, in Frankfurt. Ich weiß gar nicht, wo du genau hin willst. Wir sind jetzt in Zentrum, am Bahnhof."

„Oh gut. Ich muss ins Gutleutviertel."

„Gutleutviertel? Ist das bei Bahnhof?"

„Ja, passt schon." Leon rappelte sich auf und griff nach seiner Tasche. Dann stutzte er. „Das kann doch gar nicht sein. Ich kann doch nicht so lange geschlafen haben! Unmöglich!"

„Doch, guck, Bahnhof", Milena deutete nach vorne.

„Hä!" Leon war leicht verblüfft. Dann dämmerte es ihm. „Das ist nicht der Frankfurter Hauptbahnhof. Wo immer das ist, das ist nicht Frankfurt am Main."

„Nein, das ist Frankfurt/Oder", bemerkte Henner stolz. Endlich konnte er beim Thema Geographie mitreden.

„Ich fasse es nicht!", rief Leon. „Wir sind in die falsche Richtung gefahren!"

„Na hör mal!", erboste sich Henner. „Wir wissen doch, wo wir hinfahren!" In Wahrheit war er aber gar nicht so sicher und schaute Bestätigung suchend zu Milena.

„Na sowas! Niemand kann wissen, dass du nach Frankfurt im Westen willst!", rief sie.

Leon stöhnte. Dann fing er an zu lachen. „Wenn ich das meinen Freunden erzähle! Das glaubt kein Mensch!"

„Und jetzt?", wollte Henner wissen.

„Na, wie geht es weiter bei euch? Ihr wollt hierbleiben, oder?"

„Nein", erklärte Milena. „Wir reisen nach Polen, aber heute Nacht bleiben wir hier irgendwo. Das heißt, hier in Innenstadt natürlich nicht. Wir schlafen in Wohnwagen irgendwo am Rand von Stadt."

„Na, dann schließe ich mich euch erst mal an. Was soll ich sonst machen? Morgen sehen wir weiter. Vielleicht reise ich dann mit dem Zug nach Frankfurt am Main oder ich fahre mit nach Polen. Im Moment kann ich keinen klaren Gedanken fassen."

Als Henner und Milena nicht reagierten, fügte er hinzu: „Das heißt, wenn ich bei euch bleiben darf."

„Ei ja, von mir aus", sagte Henner und ließ den Motor an, aber nicht bevor er sich mit einem prüfenden Blick Milenas Einverständnis geholt hatte.

Sie suchten sich außerhalb der Stadt ein Plätzchen am Waldrand. Eine Weile nur saßen sie beisammen und beschlossen dann, sich schlafen zu legen. Henner und Milena verabschiedeten sich in den Wohnwagen. Leon musste sich leider mit den Frontsitzen im Unimog zufriedengeben. Obwohl er ja eigentlich schon ein gutes

Nickerchen gemacht hatte, war er bald wieder eingeschlafen.

Nicht so Milena. Ihre Gedanken gingen zurück zu Bartek und wie sie ihn kennengelernt hatte. Sie erinnerte sich noch genau an das Wochenende im März. Ihre Schwester Maria hatte sie nach langem Hin und Her überredet, mit ihr wieder einmal tanzen zu gehen. Milena musste zugeben, dass ihr der lässig gekleidete Typ, der sie mit fast schwarzen Augen fixierte, gefiel. Er hieß Bartek. Dass Bartek ihr Mann werden würde, ahnte sie an diesem Abend noch nicht. Noch weniger, dass sie es fast acht Jahre mit diesem Mistkerl aushalten sollte. Auch nicht, dass sie schließlich nach Deutschland würde gehen müssen, um Abstand zu ihm zu bekommen.

Und das alles wegen Milenas Kinderwunsch, den Bartek nicht erfüllen konnte. Die Stimmung wurde immer schlechter. Als sie einmal zusammen ausgingen und ein gut aussehender Mann sie ganz unschuldig nach Feuer fragte, rastete Bartek aus. Er stürzte sich ohne Vorwarnung auf ihn, Gläser gingen zu Bruch, zwei junge Frauen fielen hin und schrien. Noch in derselben Nacht hatte Milena ihre nötigsten Sachen gepackt und sich mit einem Taxi zu ihren Eltern bringen lassen. Wie oft schon hatte Milena in Gedanken diese schlimme Zeit immer wieder durchlebt!? Der Kummer, der immer wieder aufkam und ihr den Schlaf raubte, raubte ihr auch Energie. Vom Grübeln erschöpft schlief sie schließlich ein.

Steffen

Henner wurde wach. Ein paarmal wälzte er sich von einer Seite auf die andere. Doch es half nichts: Er musste raus. Henner stützte sich auf seine Ellbogen. Ein Blick auf die Uhr, die neben seinem Kopfkissen lag, verriet ihm, dass es eigentlich noch zu früh zum Aufstehen war. Leon und Milena schliefen lautlos. So leise er konnte und ohne den Anhänger allzu sehr zum Schaukeln zu bringen, stand er auf, griff sich seine Schuhe und schlüpfte nach draußen. Die Tür legte er leise an. Ihn fröstelte, als er auf den dichten Bodennebel blickte, der sich über die Felder bis an den Rand der Stadt drängte.

Henner schlüpfte nachlässig in seine Schuhe und trat sie dabei an der Ferse herab. So gut es ging, stapfte er ein Stückchen weiter weg, um sich an einem Baum seiner Wahl zu erleichtern. An den fehlenden Hosenschlitz im neu erworbenen Schlafanzug, den er gleich ungewaschen ausprobieren wollte, um Milena zu imponieren, musste er sich erst gewöhnen. Was an dieser neumodischen Hosenversion besser war als an der guten alten Eingriffvariante, wollte ihm zwar nicht einleuchten, aber gut: Milena musste es wissen. Gerade war er fertig und wollte wieder zurück schleichen, da hörte er ein Geräusch. Da lief etwas. Bestimmt ein Reh, dachte er, musste seine Einschätzung aber schnell wieder verwerfen. So gleichmäßig lief kein Reh und das trat auch nicht so fest auf. Zumindest glaubte er, das zu wissen. Henner verharrte. Das Geräusch kam näher. Henner bekam eine Gänsehaut. Gebannt schaute er in die Richtung, aus der die Schritte kamen. Nach der Erfahrung mit den Kraftortwanderern beim Kyffhäuser war er auf alles gefasst. Was für Verrückte würden jetzt auftauchen?

Kaum hatte er das gedacht, da wurde ihm die Antwort präsentiert. Allerdings in Einzahl. Denn es waren keine Wanderer, die da ankamen, sondern es war ein einzelner Wanderer. Oder besser gesagt ein Jogger.

Wer beim gegenseitigen Anblick mehr erschrocken war, ließ sich schlecht sagen. Nach einer kurzen Schrecksekunde griff Henner ganz automatisch nach seiner Schlafanzughose, um sie in Position zu bringen. Gleich darauf wurde ihm aber bewusst, dass er sich das eigentlich hätte sparen können. Denn der Mann, der abrupt stehen blieb, als er ihn bemerkte, war nackt. Das hieß, nicht gänzlich, denn er trug eine Schirmmütze, Laufschuhe und einen Rucksack. Der Mann, ein etwa vierzig Jahre alter, rothaariger Vollbartträger, fasste sich schnell wieder. Er grüßte freundlich und lief an Henner vorbei.

Verdattert grüßte Henner zurück und hob sogar die Hand.

Gerade als der Nacktjogger das Wohnwagengespann passieren wollte, öffnete sich die Tür des Unimogs. Es war Leon, der herausklettern wollte. Als er aufsah und den Mann entdeckte, hielt er wie vom Donner gerührt inne.

„Guten Morgen", tönte es ihm freundlich entgegen.

Leons Kinnlade klappte herunter, doch die rheinische Frohnatur fasste sich ganz schnell. Mehr noch. Leon freute sich sichtlich ob dieser schönen Abwechslung, die ihm den Morgen versüßte.

„Einen wunderschönen guten Morgen", grüßte er zurück. „Das ist ja mal ein tolles Hobby", zeigte er sich begeistert. Leon schaffte es wieder einmal, blitzschnell Kontakt zu knüpfen.

Der Mann blieb stehen. „Sollten Sie auch mal probieren, so einen Waldlauf bei Tagesanbruch", empfahl er. „Entspannt ungemein, und die frische Luft gibt Energie für den ganzen Tag."

„Das glaube ich sofort", erwiderte Leon und stieg ächzend aus dem Unimog aus.

Henner stand wie angewurzelt da und starrte die beiden mit offenem Mund an. Eigentlich wollte er wieder zurück in seinen Anhänger, aber dann hätte er dem nackten Bärtigen gefährlich nahekommen müssen, und das wollte er auf keinen Fall. Also blieb er unschlüssig in sicherem Abstand stehen, während sich Leon bereits angeregt mit dem Mann unterhielt.

„Henner hör mal", rief Leon plötzlich. „Der Steffen hier, der joggt schon seit über zehn Jahren nackt. Wie wäre es denn, wenn wir das auch mal versuchen?"

Henner schüttelte entsetzt den Kopf. Undenkbar!

Leon gab sich schnell mit der nonverbalen Antwort Henners zufrieden. Vielleicht war er auch froh, dass Henner sich nicht anschließen wollte.

„Ich mache hier in der Gegend jedes Jahr Urlaub", erklärte jetzt der Mann. „Es gibt eine wunderbare kleine Pension mitten im Wald, hier ganz in der Nähe. Quasi im Nirgendwo. Herrlich, sage ich nur!"

Leon blickte entzückt gen Himmel.

Nun fand Henner seine Sprache wieder. „Und da laufen Sie immer nackig durch den Wald?"

Der Mann nickte.

„Darf man das?", frage Henner, was ihm ein herzliches Lachen von Leon und Steffen einbrachte. Das wurde Henner jetzt zu blöd. „Tschüss", grummelte er daher und ging auf den Anhänger zu. Er würde sich jetzt wieder schlafen legen.

Henner hatte gerade die Hand nach dem Griff ausgestreckt, da öffnete sich die Tür von innen und Milena streckte den Kopf heraus.

„Was ist denn hier los?", wollte sie wissen, doch dann erblickte sie Steffen. „Huch!", rief sie und zog die Tür zu.

Henner öffnete sie wieder und kletterte hinein. „Das ist Steffen. Er joggt schon seit zehn Jahren nackt."

„Aha", sagte Milena nur. „Erschreckt Tiere im Wald."

Henner musste lachen und zog die Tür hinter sich zu.

Prompt wurde die Tür wieder aufgerissen.

„Leute, wisst ihr was?" Es war Leon, der aufgeregt hereingeklettert kam, obwohl eigentlich kein Platz war. „Ich habe mich entschlossen, mich dem Steffen anzuschließen. Der meint, in der Pension wäre noch ein Zimmer frei. Und in Frankfurt werde ich ja nicht wirklich erwartet. Also kann ich meine Pläne ändern. Zeit habe ich ja. Seid ihr mir böse, wenn ich euch jetzt einfach so verlasse?"

„War sehr schön mit dir, aber du kannst doch machen, was du willst", erwiderte Milena.

„Dann bin ich froh", meinte Leon und beugte sich zu ihr hinab, um sie zu umarmen. „Mach's gut, Henner. Bist ein klasse Typ", wandte er sich dann an Henner.

Dem blieb eine Umarmung erspart. Leon klopfte ihm auf die Schulter. Henner klopfte zurück.

„Ich wünsche euch was, meine Lieben. Wir bleiben in Kontakt. Ich melde mich mal. Wünsche euch alles, alles Gute! Und haltet die Ohren steif!" Leon, noch in

Unterhosen und Schlafshirt, machte einen Satz nach draußen, wo bereits seine Tasche stand.

Milena und Henner hielten die Tür einen Spalt offen und schauten hinterher.

Draußen stand Steffen, der sich fröhlich verabschiedete: „Tschüss ihr beiden!"

„Tschüss", erwiderten Henner und Milena.

Steffen zeigte stumm auf Leons Outfit und nickte auffordernd.

„Ach ja, stimmt!", fiel bei Leon der Groschen. Ruck zuck entledigte er sich seiner Kleidungsstücke, stopfte sie in seine Tasche und los ging's. Mit der etwas hinderlichen Tasche über der Schulter, trabte er neben Steffen davon.

Alles, was Henner und Milena blieb, war der Anblick zweier wippender Hinterteile.

Henner sah sich das nicht lange an. „Lauter Irre", stellte er fest und verkroch sich wieder unter der Decke.

Milena folgte ihm. „Jetzt bin ich aber wach. Ich kann nicht mehr schlafen", erklärte sie bald darauf und stand auf, um sich anzuziehen.

Henner folgte ihrem Beispiel.

Planänderung

Plötzlich piepste Milenas Handy. Bartek machte ihr langsam Angst. Sie warf einen raschen Blick auf das Display. Zu ihrer Verblüffung war es aber nicht Bartek, sondern Maria, ihre Schwester, die ihr eine WhatsApp-Nachricht geschickt hatte. Sie schrieb: ‚Bartek weiß, dass du unterwegs nach Polen bist. LG Maria.'

Milena Herz setzte einen Schlag aus, obwohl sie dies schon wusste. Sie blickte kurz zu Henner, der unschlüssig neben ihr stand.

„Kannst du dich mal kurz setzen auf die Bank da drüben am Waldrand? Ich muss mal telefonieren. Bin gleich bei dir", sagte Milena und deutete mit einer Hand in Richtung einer Haltestelle, die ganz in der Nähe lag.

Henner nickte zur Bestätigung, dass er verstanden hatte, und trottete los.

Milena wählte sofort die Nummer ihrer Schwester. Es dauerte lange, bis am anderen Ende jemand abnahm.

„Ja, hallo", hörte Milena die vertraute Stimme ihrer Schwester Maria.

„Ich bin es, Milena, hallo. Woher weiß Bartek, dass ich nach Polen unterwegs bin?", fragte sie ohne die üblichen Begrüßungsfloskeln.

„Von der Tochter des Mannes, den du gepflegt hast. Sie hat bei ihm angerufen." Maria sprach laut, mit ernsthaft besorgter Stimme.

Für einen Moment nahm Milena das Handy vom Ohr. Ihr fiel es plötzlich wie Schuppen von den Augen. Die Tochter vom Alten musste irgendwann die gespeicherten Nummern auf ihrem Handy, das sie manchmal beim Saubermachen ablegte, durchsucht haben. Und sie hatte ganz am Anfang mal ihr gegenüber erwähnt, dass ihr Ex Bartek hieß.

„Milena, bist du noch dran? Was ist da los? Wo steckst du?"

„Das kann ich dir nicht am Telefon erklären. Ist kompliziert."

„Wieso? Hast du was angestellt?", fragte Maria nach.

„Nein, mach dir keine Sorgen. Ich muss nur nachdenken", antwortete Milena und die beiden beendeten das Gespräch.

Milena sah zu Henner hinüber, der ihr freundlich zuwinkte. Sofort ging es ihr ein wenig besser. Solche schwerwiegenden Probleme waren für ihren neuen Freund da drüben so fremd, wie die Stadt, bei der er sich gerade aufhielt.

Milena ging langsam zur Bank, auf der Henner wie ein Rentner saß. Er hatte die Beine weit von sich gestreckt, den Kopf in den Nacken gelegt und genoss die wärmenden Strahlen der Sonne.

Milena ließ sich schwerfällig neben ihm auf die Bank fallen.

„Und, ist wieder alles in Ordnung?", fragte Henner und blickte sie von der Seite an.

„Na ja, nicht alles. Wie soll ich sagen …", antwortete Milena kryptisch. Sie strich mit beiden Händen ihre Haare nach hinten. Wie sollte sie ihm bloß diese ganze verfahrene Geschichte erklären?!

„Gibt es Probleme?"

„Kann man sagen."

Henner überlegte, ob Milena erwartete, dass er mal ihre Hand nahm. Was er aber natürlich nicht fertigbrachte.

Milena stand plötzlich entschlossen auf. „Komm, wir müssen unseren Plan ändern."

Henner stand ebenfalls auf. Er war einfach nur froh, wenn er nicht wieder in eine Stadt musste. Alles Weitere würde Milena schon regeln. Er spürte bereits wieder, wie ihre warme Hand kräftig an der seinen zog.

Milena überlegte, wie es jetzt weiter gehen sollte. Zunächst musste sie ihre Freundin Jana anrufen. Ihr mitteilen, dass ihr geplantes Projekt, ein kleines Bistro zu pachten und gemeinsam zu betreiben, momentan keine so gute Idee wäre. So, wie sie Bartek kannte, hatte er längst alle ihre Freundinnen abgeklappert. Er würde es sofort mitbekommen, wenn sie als Teilhaberin ins Gastronomiegeschäft einstieg. Die Tochter des Alten war zu allem fähig. Die würde sich sofort in einen Flixbus setzen und nach Polen kommen. Nur, um dort mit Bartek gemeinsame Sache zu machen. Allein der Gedanke daran, dass die beiden Menschen, die sie am allerwenigsten sehen wollte, alles versuchen würden, um an ihr Geld zu kommen, versetzte sie beinahe in Panik. Sie drückte Henners große Hand, so fest sie konnte.

Er blickte sie erstaunt an. Sollte er etwa auch fester zudrücken?

Milena lockerte den Griff wieder. Sie hatte gerade einen Entschluss gefasst. Sie würden einfach weiter fahren. Egal wohin, bloß nicht nach Polen. So lange sie unterwegs waren, konnten die Tochter des Alten und Bartek sie nicht finden. Zu Henner sagte sie: „Wir können nicht nach Polen. Lass uns ein bisschen fahren herum. Am besten einfach wieder grob Richtung Leipzig."

Henner nickte nur, traute sich aber nicht nachzufragen.

Mit ihrem und Henners Geld würden sie sich noch eine Weile über Wasser halten können, überlegte Milena. Weiter wollte und konnte sie momentan nicht denken. Sie blickte in die vor ihr liegende weite Landschaft. Der Bodennebel hatte sich mittlerweile verzogen. Nicht weit entfernt erkannte sie einen Graureiher, der mit weit vorgestrecktem Hals und Schnabel auf Beutefang war. Ein bereits angenehm warmer Wind umstrich sanft ihre nackten Beine. Es gefiel ihr hier. Alles wirkte so unschuldig, friedlich und ruhig. Sie war erleichtert, dass sie Leon so schnell wieder losgeworden waren. Das mit ihm und Henner wäre ohnehin nicht gut gegangen. Genauer gesagt, hätte sie seine sexuellen Avancen, die er Henner bei jeder sich bietenden Gelegenheit gemacht hatte, auch nicht viel länger geduldet. Nicht, dass sie eifersüchtig auf Leon gewesen wäre. Nein, es ging um Henner. Der war viel zu unschuldig, um mit Leon fertig zu werden. Manchmal lenkte eben der Zufall das Leben, um zu verhindern, dass das Schicksal eine Reihe unvorhersehbarer Ereignisse auslöste. So schön es hier auch sein mochte, sie würden ihre Reise schnell fortsetzen müssen, dachte Milena. Am Ende überlegte es sich Leon noch einmal und kam wieder zurück zu ihnen. Bis dahin mussten sie weg sein.

Am See

Im nächsten Ort hielt Henner kurz bei einem kleinen Laden an. Milena kaufte im Eingangsbereich an der Bäckertheke vier mit Käse und Schinken belegte Brötchen sowie zwei Becher Kaffee To Go. Auf seine geliebten Leberwurstbrote musste Henner vorerst verzichten. Sicher würden sie im Laufe des Tages noch an einer Metzgerei vorbei kommen. Allerdings sahen die meisten Orte, die sie mit vorschriftsmäßiger Geschwindigkeit durchfuhren, eher so aus, als wären sie nach der Wende beim Aufbau Ost vergessen worden. Die dominante Farbe der Häuser war eine große Bandbreite von verschiedenen Grautönen. Etliche

Leerstände, heruntergekommene, zum Teil im Verfallsstadium befindliche Häuser, auf denen auf manchen Dächern riesige Storchennester thronten. Die meisten Dörfer wirkten wie ausgestorben. Kaum oder gar keine Menschen begegneten ihnen beim Vorbeifahren auf den Straßen. Nur hier und da ein paar bunte Farbkleckse, meist an den Ortsrändern, in Form von großen Werbeplakaten. Henner gefiel es trotzdem. Er fühlte sich beim Anblick der kleinen Dörfer fast wie zu Hause. Allerdings nur fast. Immerhin gab es bei ihm einen Edeka, eine Ruhebank, auf welcher der Alte Fritz ein Dauersitzrecht hatte, und ‚Mos Kneipe'. All diese gesellschaftlichen Highlights vermisste er hier weitestgehend.

Nach mehreren Stunden gelangten sie zu einem See in der Nähe von Torgau. Henner passierte eine offene Schranke. Bei einem Typ mit Pferdeschwanz, der in einer Art offener Garage saß, meldete er sich an. Er wählte einen freien Stellplatz, der so nah es ging, am See lag.

Was für ein herrlicher Blick auf das blaugrüne Wasser, auf dem in naher und weiterer Entfernung eine Unzahl von verschiedenen Wasservögeln schwamm! Rechts und links von ihnen breitete sich ein hoher Schilfgürtel weit in den See hinein aus. Ein paar Stockenten schnatterten, Schwäne zogen mit ruckenden Hälsen neugierig vorbei, und ein junges Mädchen strampelte in einem Schwimmreifen im Wasser herum. Die Sonne stand hoch, eine leichte Brise blies angenehm vom See heran.

Henner und Milena saßen auf einer Decke, nicht weit vom Ufer entfernt. Milena hatte ein paar Einwegflaschen Wasser für sich und Henner besorgt.

Sie hatte große Lust, eine Runde schwimmen zu gehen. Sie fragte sich, ob sie Henner auch dafür begeistern konnte.

Der schien seinerseits aufmerksam die vielen Wasservögel und vielen Menschen, die nackt badeten, zu beobachten. Immerhin saß er schon mal ohne Schuhe da. Seinen kalkweißen, dünnen Beinen konnten ein paar wärmende Sonnenstrahlen nicht schaden.

Milena fiel ein, dass sie ihre Freundin Jana immer noch nicht angerufen hatte. Das musste sie so schnell wie möglich nachholen. Sofort legte die Angst um ihre Zukunft einen dunklen Schatten auf ihr Gemüt. Sie sagte zu Henner, dass sie mal für kleine Mädchen musste und nahm ihre Handtasche mit. Auf der ausgesprochen sauberen Toilette setzte sie sich auf den Deckel und rief Jana an.

Diese nahm nach dem zweiten Klingeln mit ihrer unverkennbaren Einleitung ab: „Hallo ich bin Jana. Wer spricht da?"

„Ich bin es, Milena. Sorry, dass ich mich noch nicht gemeldet habe."

„Wo steckst du denn?", fragte Jana ernsthaft besorgt.

„Irgendwo im Osten von Deutschland, weiß nicht genau wo."

„Was machst du da?"

„Ich, äh, wir sind unterwegs", antwortete Milena kryptisch und rutschte nervös auf dem Klodeckel hin und her.

„Wer ist ‚wir' und was meinst du mit ‚unterwegs'?", hakte Jana nach.

„Du Jana, das ist eine lange Geschichte. Muss ich dir ein anderes Mal erzählen."

„Milena, du wiederholst dich. Sag mir jetzt sofort, was los ist!"

Milena atmete einmal tief durch, bevor sie antwortete: „Okay, ich wollte dir nur sagen, dass ich vorerst nicht zurück nach Polen kommen kann."

Am anderen Ende der Leitung war es einen Moment lang still. Dann ein tiefer Seufzer, bevor Jana wieder das Wort ergriff: „Du Milena, ich muss dir auch was sagen. Wollte es schon die ganze Zeit. Wusste nur nicht wie. Ich habe vor zwei Wochen zusammen mit Vera, einer netten Frau aus Warschau, den Pachtvertrag für ein Café unterschrieben. Ich hatte nichts von dir gehört und musste mich schnell entscheiden. War eine einmalige Gelegenheit. Bist du mir jetzt böse?"

Jetzt war es Milena, die eine Weile schwieg. Diese Nachricht musste sie erst einmal verarbeiten. „Nein, denn ich habe momentan auch andere Pläne. Bin gerade mit einem sehr netten Mann zusammen. Ist vielleicht ein wenig einfach, aber sehr gut zu mir. Ich glaube, ich bleibe erst mal bei ihm", antwortete Milena irgendwie erleichtert, dass sie endlich jemandem sagen konnte, was sie insgeheim schon längst beschlossen hatte.

„Das freut mich für dich. Ich hoffe, es ist diesmal der Richtige. Bist du wirklich nicht böse wegen des Cafés?", fragte Jana noch einmal nach.

„Nein, ich bin erleichtert und freue ich, wenn du mir nicht böse bist. Bitte Jana, sag Bartek, falls er anruft, nicht, dass du mit mir gesprochen hast. Ist ganz wichtig. Hast du mich verstanden?"

„Ja klar, versprochen. Ich wünsche dir viel Glück mit deinem neuen Mann. Mach's gut, bis bald. Lass was von dir hören, bitte!"

„Ja, mach ich und euch viel Erfolg mit dem Café. Tschüss."

„Tschüss."

Milena blieb noch eine Weile sitzen, bis ihre Blase tatsächlich anfing zu drücken. Das Gespräch mit Jana hing ihr noch nach, als sie zurück zu Henner ging. Sie wusste nicht, ob sie sich darüber freuen oder ärgern sollte, dass Jana ihr nicht früher Bescheid gesagt hatte. Einerseits war es seit langem ihr Traum gewesen, ein Bistro oder Café zu führen. Sie liebte es, unter Menschen zu sein, nette Gespräche zu führen und interessante Geschichten mitzubekommen. Andererseits war sie natürlich froh, dass sie Jana gegenüber nun kein schlechtes Gewissen zu haben brauchte, weil sie andere Pläne hatte. Zugegeben: Pläne, die sich erst durch eine Reihe von ungeplanten Ereignissen so ergeben hatten und die noch sehr vage waren.

Henner war eingeschlafen. Er schnarchte leise. Auf seinem unrasierten, leicht rötlichen Gesicht lag ein Ausdruck tiefster Zufriedenheit.

Milena wusste nicht, ob sie lachen oder weinen sollte. Ohne ihn zu wecken, zog sie sich rasch aus und ging, nackt wie sie war, baden. Die vielen Badegäste, die sich noch am See aufhielten, beachteten sie nicht. Das schien hier im Osten niemanden groß zu stören. Milena genoss es, sich im erstaunlich warmen Wasser treiben zu lassen. Über ihr legte sich die Sonne heute ganz besonders ins Zeug. Sie schwamm eine Weile auf dem Rücken weit in den See hinaus. Manchmal verspürte sie, für einen kurzen Moment, eine kühle Strömung sanft über ihren Körper streichen. Nach einiger Zeit drehte sie sich um und schwamm mit kräftigen Kraulzügen zurück zum Ufer. Sie war stolz drauf, dass sie die Technik des

Kraulschwimmens beherrschte. Früher in der Schule, im Sportunterricht, war sie eine der besten Schwimmerinnen ihrer Klasse gewesen.

Henner wusste nicht, welcher Anblick ihm entging, als Milena gut gelaunt aus dem Wasser stieg. Er schlief immer noch tief und fest.

Milena trocknete sich ab, schüttelte ihre langen Haare aus und zog Slip und BH im Sitzen sowie Shorts und Shirt im Stehen an. Es wurde langsam Zeit, Henner zu wecken, bevor er noch einen Sonnenbrand bekam. Sie schubste ihn leicht am linken Arm, was sein Schnarchen nur noch verstärkte. Sein Mund stand dabei halb offen.

Daher schüttelte Milena ihre immer noch nassen Haare über Henners Gesicht aus.

Sein Mund ging ein-, zweimal auf und zu. Wie bei einem Fisch, der nach Luft schnappte. Dann schlug er urplötzlich die Augen auf, blinzelte, weil ihn die Sonne blendete. Sein verwirrter Gesichtsausdruck verriet Milena, dass er gerade nicht wusste, wo er war.

Unwillkürlich fing sie an zu lachen. Was hatte sie sich da bloß für ein Original von Mann an Land gezogen?!

Henner schirmte mit der rechten Hand die Augen vor den stechenden Sonnenstrahlen ab. „Warst du schwimmen?", fragte er Milena, bevor er langsam seinen Oberkörper aufrichtete.

„Ja, war herrlich, solltest du auch mal machen", antwortete Milena und band ihre Haare zu einem Zopf zusammen.

Henner blickte auf seine dünnen, hellen Beine hinab. „Ein anderes Mal vielleicht."

„Du schämst dich nur, dich vor mir auszuziehen. Brauchst du nicht. Ist ganz ungezwungen hier. Schau mal, baden alle nackt hier. In Polen badet man nicht überall nackt. Aber geht schon auch. Ich mag es sehr. Das ist doch schön hier. Hier machen es alle."

Henner blickte sich um. Und tatsächlich: Da waren sie wieder, die nackten Hintern, Brüste und meist sehr kleinen Penisse bei den Männern um ihn herum. Er fragte sich, ob das eine spezielle Art der Freiheit im Osten war. Bei ihm zu Hause wäre so etwas, wie das, was sich hier vor seinen Augen abspielte, ein beispielloser Skandal. Er hatte, so lange er lebte, seine eigene Mutter noch nie nackt gesehen. Die Worre-Net-Mine erschien vor seinem inneren Auge. Henner erschrak und schüttelte sich, um den Gedanken schnell wieder loszuwerden.

Milena, die seine peinlichen Gedanken zu erraten schien, meinte plötzlich: „Ich habe ganz schön Hunger. Wollen wir mal nachschauen, ob es hier eine Gaststätte gibt?"

Henner sprang auf, als würde er von einem Schwarm Erdwespen verfolgt. Er wollte bloß weg hier, weg von dieser fragwürdigen und oft mehr als unansehnlichen Fleischbeschauung, streifte rasch ein T-Shirt über und zog die neuen kurzen Shorts an.

Milena ergriff Henners Hand. Sie schlenderten zu dem Restaurant am Eingang des Campingplatzes. An der Frontseite des weißgetünchten Hauses, das beinahe vollständig von einer schattenspendenden Eiche verdeckt war, fanden sie einen freien Platz an einer der üblichen Campergarnituren.

Eine kräftig gebaute Frau mittleren Alters, mit Tätowierungen auf beiden Oberarmen, nahm mit Schweißperlen auf der Oberlippe ihre Bestellungen auf. Henner gönnte sich wieder ein Schnitzel mit Pommes, Milena nur einen bunten Salatteller. Dazu ein großes

Radler und für Henner gab es tatsächlich seinen geliebten Traubensaft.

Unter dem Blätterdach der mächtigen Eiche war es auszuhalten. Ein sanfter Wind ließ die Äste leicht hin und her schaukeln. Die Getränke kamen rasch, das bestellte Essen ließ auch nicht lange auf sich warten. Henner und Milena aßen beide mit großem Appetit.

Die tätowierte Frau räumte das leere Geschirr ab. Henner bat um die Rechnung. Die wenigen Gäste an den Nachbartischen aßen oder unterhielten sich leise. Es waren überwiegend ältere Ehepaare, Rentner, welche sich mal ein Abendessen gönnten. Henner gab diesmal ein ordentliches Trinkgeld, für das sich die stämmige Bedienung artig bedankte.

Langsam schlenderten Milena und Henner zurück zu ihrem Wohnwagen.

„Wollen wir noch einen kleinen Spaziergang am See machen?", fragte Milena und suchte Henners Hand.

Er ergriff sie und nickte ihr zu.

„Warte hier, ich hole uns schnell noch die Jacken. Wird vielleicht kühl am Wasser." Milena verschwand im Innern des Wohnwagens.

Henner sah hinüber zum See. Ein leichter Wind ließ die Blätter der Weiden und Erlen rascheln. Harmlose Wellen plätscherten sanft ans Ufer. Die Sonne stand schon sehr tief. Es war aber immer noch angenehm warm.

Milena kam aus dem Wohnwagen und warf ihm eine Jacke zu, die er auffing. Ein Trampelpfad, der gleichzeitig ein Wanderweg zu sein schien, führte um den See herum. An manchen Erlen war ein gelbes Dreieck als Wandermarkierung aufgemalt. Diesmal ging Henner voran. Der Pfad war an manchen Stellen sehr schmal. Hohes Schilf streifte ihre nackten Schenkel beim Gehen. Von Weitem hörten sie lautes Gelächter einer Gruppe Jugendlicher. Nach einer Weile öffnete sich der Pfad zu einer kleinen Landzunge. Ein Holzsteg aus Eichenbohlen führte in den See hinein. Darauf lungerte ein Trupp von Jungen und Mädchen. Zu Henners Überraschung waren sie nicht nackt. Die Jungs trugen Badehosen, die Mädchen Bikinis oder Badeanzüge. Aus einer runden, schwarzen Box drang Partymusik. Manche der Jungs rauchten und tranken Bier aus Dosen. Die drei oder vier Mädchen klimperten allesamt auf ihren Smartphones herum und kicherten.

Henner und Milena grüßten die Jugendlichen kurz und gingen weiter. Einer der Jungs hob eine Bierdose hoch und rief: „Prost!"

Sie ließen sich Zeit, um ans gegenüberliegende Ufer zu schlendern. Der Wind hatte nachgelassen. Das Wasser des Sees lag glatt wie ein Spiegel vor ihnen. Die Abendsonne legte ihre letzten Strahlen in einem prächtigen Farbenmeer über das Wasser. Ein paar Nilgänse zogen ihre Kreise über den See. Henner und Milena genossen eine Weile das Spektakel des Sonnenunterganges. Am Strandabschnitt der gegenüber liegenden Seite saßen noch eine ganze Menge Leute nah am Wasser. Soweit erkennbar war, schwammen auch noch welche im See. Bei dieser Wärme hatte noch niemand so recht Lust, sich in seinen überhitzten Wohnwagen zurückzuziehen. Von irgendwoher war lautes Gegröle zu hören. Jemand spielte Gitarre und ein paar Leute sangen oder summten die Melodie mit.

Als Henner und Milena nach gut einer Stunde zurück zu ihrem Wohnwagen gelangten, war die Sonne längst untergegangen. Auf dem weiten Areal des

Campingplatzes herrschte immer noch reges Treiben. Nicht weit entfernt schien noch jemand zu grillen. Der Geruch von fettem Fleisch waberte in der Luft.

Henner und Milena zogen sich, nachdem sie noch rasch im Sanitärgebäude waren, in ihren Wohnanhänger zurück. Milena kuschelte sich an Henner, der nicht recht wusste, wie er darauf reagieren sollte. Er genoss es und versuchte, sich nicht zu bewegen. Milena nahm zufrieden wahr, dass Henner sich tatsächlich eigenständig seiner Haarpracht an Nase und Ohren entledigt hatte.

Urlaub im Camperland

Am nächsten Morgen holte Henner zeitig in dem winzigen Supermarkt neben der Gaststätte Brötchen, Marmelade, ein wenig Käse- und Wurstaufschnitt. Die Verkäuferin, der scheinbar langweilig war und die sich über Kundschaft freute, bemühte sich um Small Talk. Als sie merkte, dass Henner ein neuer Gast war, fragte sie ihn, wie denn die erste Nacht auf dem voll belegten Campingplatz gewesen sei. Sie zwinkerte ihm dabei zu.

Henner versuchte, ihrer Frage auszuweichen und meinte: „Ging so." Dass es stickig heiß gewesen war im Wohnwagen und dass ihn die Musik, welche die halbe Nacht irgendwo in der Nähe lief, ziemlich genervt hatte, verschwieg er. Er wollte nicht gleich am ersten Tag mit einer Beschwerde ins Haus fallen. Vielleicht war das alles sogar normal, fragte er sich. Abgesehen davon störte ihn das anzügliche Zwinkern der Frau. Das mit ihm und Milena im Wohnwagen ging sie nichts an. Er schlenderte noch kurz durch die schmalen Gänge des

Ladens. Sah, dass es so ziemlich alles, was ein Camper brauchte, hier zu kaufen gab. Das war gut zu wissen. Wer wusste schon, wie lange sie hierbleiben würden!?

Milena hatte bereits Kaffee besorgt und den kleinen Tisch gedeckt. Sie trug die gleichen Sachen wie am Vorabend und wirkte verschlafen. „War heiß heute Nacht im Wagen. Habe nicht gut geschlafen. Viel Krach hier überall." Sie nahm Henner die Brötchen ab und legte sie in einen kleinen Bastkorb.

„Ging mir ähnlich. Das nächste Mal gehen wir uns einfach noch mal kurz im See abkühlen. Vielleicht klappt es ja dann besser mit dem Schlafen." Henner legte den Käse und die Wurstscheiben auf einen Teller. Er schraubte das Glas Erdbeermarmelade auf. Dann hielt er verwundert über sich selbst inne. So etwas hatte er ja noch nie selbst gemacht! Mutter Else hatte über die Lebensmittel immer die alleinige Verfügungsgewalt besessen.

Zu dieser frühen Stunde war noch recht wenig los am nahen Strand. Die meisten schliefen wohl so lange es ging.

„Wenn du nichts dagegen hast, werde ich nachher ein wenig sonnenbaden", sagte Milena zwischen zwei Bissen in ihr Marmeladebrötchen.

„Nö, nö, mach ruhig. Ich sehe mich derweil mal ein wenig um hier", antwortete Henner. Er trank noch einen Schluck Kaffee, der erstaunlich gut schmeckte.

„Wir können ja später zusammen baden gehen, wenn du wiederkommst."

„Ja, mal sehen." Henner zuckte kurz zusammen bei dem Gedanken, was ihn dabei erwarten würde.

Sie räumten nach dem Frühstück das Geschirr zusammen in eine Schüssel und trugen es zum Spülen zum Waschhaus.

Henner adoptiert eine Luftmatratze

Als Henner Brötchen geholt hatte, war ihm eine Badehose im Supermarkt aufgefallen. Die erwarb er nun eigenständig und ohne Milena zu fragen.

Als er zu ihr zum Wohnwagen kam, lag sie nur mit einer dunklen Sonnenbrille bekleidet auf einer Liege und las in einem Buch. Die Liege hatte sie gestern bei dem Typ mit Pferdeschwanz ausgeliehen. Henner stockte der Atem, als er sie so daliegen sah. Er betrachtete sie eine ganze Weile, ohne dass sie auf ihn aufmerksam wurde. Zum Glück trug er Shorts, die seine beginnende Erektion im Griff hielten. Wie sollte er diesen Anblick nur auf Dauer ertragen, fragte er sich. Er huschte in den Wohnwagen, um die neu erworbene Badehose anzuziehen. Sie passte tatsächlich wie angegossen. Dann schlich er zum See und prüfte vorsichtig mit einem Fuß die Wassertemperatur. Die hätte höher sein können, aber es half ja nichts. Also schritt er rasch ins Wasser und ließ sich, sobald er nicht mehr stehen konnte, fallen. Schon nach wenigen Schwimmzügen gewöhnte er sich an die Temperatur. So richtig weit raus zu schwimmen getraute er sich allerdings nicht. Das dunkle Wasser unter ihm gab ihm nicht das Gefühl der Sicherheit. So dümpelte er halt eine Weile im Nahbereich herum.

Nicht weit von ihm bemerkte er bald eine einsame Luftmatratze, die auf der Wasseroberfläche trieb. Henner drehte sich im Wasser nach allen Seiten. Hielt

Ausschau, ob sie jemand gehörte oder ob der Besitzer nur gerade mal eben abgetaucht war. Da nach einer Weile niemand auftauchte, beschloss er kurzerhand, zu der Luftmatratze zu schwimmen. Vielleicht hat sie ja gestern einfach jemand vergessen, dachte er, als er sich ihr näherte. Er beschloss, das Gummiteil zu bergen und irgendwie an Land zu bringen. Doch je näher er dem hässlichen Teil kam, desto mehr trieb es ab. Henner vergaß vorübergehend seinen Respekt vor dem dunklen Nass unter sich und schwamm hinterher. Erst ein Stück weit draußen schaffte er es, die Luftmatratze zu fassen zu kriegen. Da es ihm zu mühsam erschien, die Matratze hinter sich herzuziehen, versuchte er kurzerhand, auf die Gummiinsel zu gelangen. Er brauchte etliche Versuche, bis er endlich erschöpft darauf zu liegen kam. Kaum lag er darauf, fühlte er sich wohl. Warum denn nicht gleich so, dachte er, während er langsam mit beiden Armen im Wasser in Richtung Ufer ruderte. Zwischendurch hielt er immer wieder mal inne und ließ sich treiben. Das gefiel ihm. Er beschloss, sich für die Dauer des Aufenthaltes so ein schwimmendes Sofa zu besorgen. Dann wäre er weit genug weg von Milenas Anblick, konnte sich jederzeit abkühlen und einfach nur relaxen, wenn ihm danach war.

Als er schließlich ans Ufer gelangte, lag Milena noch genauso, wie er sie zuletzt verlassen hatte, auf ihrer Liege und las noch immer.

Er hielt die Luftmatratze als Sichtschutz vor sich, da es unten herum schon wieder anfing zu kribbeln. Für was das Ding doch alles gut ist, dachte Henner.

„Na, wo hast du das hässliche Teil her?", fragte ihn Milena belustigt.

„Trieb einsam und allein auf dem See herum. Hat mir leidgetan. Da hab ich es halt mitgebracht." Henner legte die Luftmatratze, von der noch Wasser tropfte, vorsichtig neben Milenas Liege und griff schnell nach einem Badetuch, das über einem der Stühle hing, die er heute Morgen aus dem Wohnwagen geholt hatte. Er vermied es, Milena direkt anzublicken.

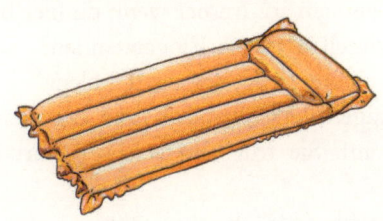

Milena spürte, dass es Henner sichtbar unangenehm war, sie nackt zu sehen. „Soll ich mir was anziehen?", fragte sie ihn direkt.

„Äh, ich weiß nicht recht. Wenn es dir nichts ausmacht, nur so lange ich auch hier bin, vielleicht." Er rubbelte sich verlegen die Haare trocken.

„Wie meinst du das?" Milena hatte sich aufgerichtet.

„Also, nicht dass du das falsch verstehst. Du kannst natürlich tun und lassen, was du willst. Nur ich … äh, wie soll ich es sagen …" Henner rang nach den passenden Worten. Er druckste herum und trocknete sich weiter ab, obwohl er längst trocken war.

„Ah, ich verstehe", lachte Milena. „Du erträgst nur meinen Anblick nicht. Bin ich dir nicht hübsch genug? Hast genug zu gucken hier den ganzen Tag. Hier laufen jede Menge schöne Frauen herum. Die kannst du angucken, oder?"

„Das verstehst du falsch. Du bist mehr als attraktiv für mich. Das ist ja das Problem …", druckste Henner weiter herum. Das zu sagen, kostete ihn unendliche Überwindung. Sein Gesicht war feuerrot.

Milena fing an zu kichern.

Henner wusste nicht recht, ob sie üblen Schabernack mit ihm trieb. „Aber ..."

„Ist schon okay. Es freut mich, dass ich dir gefalle. Aber ich verstehe natürlich, was du mir sagen willst. Wir machen es einfach so: Immer wenn du hier bei mir bist, ziehe ich schnell etwas an. Einverstanden?"

Henner nickte eifrig, während Milena aufstand und im Wohnwagen verschwand. Kurze Zeit später tauchte sie wieder auf. Sie trug ein weites T-Shirt über ihren Shorts.

„Na, zufrieden so?", fragte sie ihn.

„Ja, ist gut so. Sieht schön aus."

Milena hob ihr Buch vom Rasen auf und legte sich wieder auf die Liege. Für sie war das kleine Geplänkel um die Kleiderordnung beendet.

„Ich bring mal die Luftmatratze vorne an die Rezeption. Vielleicht hat sie ja jemand vergessen."

Milena winkte ihm verständnisvoll zu.

Die tätowierte Bedienung vom gestrigen Abend lachte, als Henner mit dem hässlichen Teil vor ihr an der Rezeption stand.

„Ach, schon wieder einer der aufmerksamen Badegäste. Sie glauben gar nicht, wie viele Leute mir das Teil schon vor die Nase gehalten haben! Bislang wollte es wohl keiner haben. Aber Sie sehen mir so aus, als könnten Sie der neue Besitzer dieser armen, vernachlässigten Matratze werden." Sie drückte mit einer Hand in das Kopfteil. Es gab ein kurzes quietschendes Geräusch von sich.

„Danke", sagte Henner und hielt sich die Matratze über den Kopf.

„Wofür? Ich bin froh, dass sich jetzt endlich jemand erbarmt und das Ding an sich nimmt."

Sie schüttelte den Kopf, als sie Henner dabei beobachtete, wie er die unhandliche Matratze wie einen Sonnenschutz durch die Anlage trug.

Henner und die Schwerkraft

Henner verbrachte nach seinen morgendlichen Erkundungsgängen auf dem Campingplatz ganze Nachmittage auf seiner ergatterten Schwimmliege. Am späten Nachmittag paddelte er zum Ufer zurück. Wenn Milena es bemerkte, wusste sie, dass es Zeit wurde, sich etwas überzustreifen. Manchmal schwammen sie noch gemeinsam eine Runde zusammen im See. Wenn nicht, dann schlenderten sie zum Sanitärgebäude, um zu duschen. Abends saßen sie im Biergarten der Gaststätte und probierten immer ein anderes Gericht von der Speisekarte. Nach dem Essen, wenn es etwas abgekühlt hatte, machten sie ihren Abendspaziergang rund um den See.

Bis auf diesen einen Abend. Henner stand schon parat, wollte losgehen.

Milena sah ihn kritisch an, woraufhin er unsicher an sich herabschaute. „Soll ich mich umziehen?"

„Nein, ausziehen."

„Wie?"

„So, wie ich es sage. Wir gehen jetzt schwimmen. Und diesmal will ich kein Widerwort hören", befahl Milena und zog bereits ihr Shirt über den Kopf.

„Meinst du das ernst?", fragte Henner noch mal nach. Er wandte den Blick ab von Milenas halbnacktem Körper.

„Todernst. Alle sind immer nackt. Nur du nicht. Das ist komisch. Das ist Grund zum Schämen." Sie stieg ungeniert aus ihren Shorts.

Henners Herz fing an, Purzelbäume zu schlagen.

„Komm jetzt. Jetzt sind nicht viele Leute hier. Glaub mir, ist toll, so zu schwimmen." Sie lief, nackt wie sie war, zum Wasser.

Henner blickte ihr noch einen Moment nach, dann an sich herunter. Alles in Ordnung. Ohne weiter darüber nachzudenken, ließ auch er die Hüllen fallen. Er rannte, so schnell er konnte, ins Wasser.

Milena winkte ihm freudestrahlend zu.

Das Wasser des Sees erschien ihm angenehm warm. Nur ab und zu zog eine etwas kühlere Strömung um seine Beine.

Milena ließ sich ein gutes Stück vor ihm auf dem Rücken treiben.

Henner nahm all seinen Mut zusammen und schwamm zu ihr.

„Wow, du hast es geschafft!", rief sie ihm lachend zu. Sie bespritzte ihn mit Wasser.

Er spritzte zurück. Sie planschten wie zwei kleine Kinder ausgelassen herum.

Milena hörte irgendwann auf damit und hielt sich mit beiden Händen an Henners Schultern fest. Er musste mächtig mit den Beinen rudern, um nicht unterzugehen.

„Ist das nicht herrlich?"

„Ja, schon."

Da Henner keine Anstalten einer weiteren Annäherung machte, übernahm Milena die Initiative. Sie umklammerte Henner mit ihrem Körper. Zuerst noch vorsichtig, dann drückte Henner sie an sich. Momentan hatte er nicht das Gefühl, dass das, was sich gerade unterhalb der Wasseroberfläche abspielte, dem Gesetz der Schwerkraft unterlag. Eher im Gegenteil, wenn es so etwas gab. Milena schien es nicht zu stören. Henner spürte, wie ihn eine noch nie gekannte Lust überkam. Er griff mit einer Hand nach unten ins trübe Wasser, fand, was er suchte, und drückte sich eng an Milenas Körper. Sie versuchte, ihm zu helfen, indem sie beide Beine um ihn schlang. Was allerdings dazu führte, dass beide für einen Augenblick unter Wasser gerieten. Es war aussichtslos, so lange sie keinen festen Boden unter den Füßen hatten.

Milena löste sich nach einer Weile von Henner. „Holen wir später nach. Macht nichts. War schön."

„Wunderbar."

„Ich schwimme noch mal rüber bis zum anderen Ufer. Kommst du mit?", fragte Milena und schwamm bereits los.

„Das ist mir zu weit. Ich dreh hier noch eine kleine Runde in der Nähe des Ufers", rief er hinter ihr her. Henner musste warten, bis die Schwerkraft wieder das Ruder übernahm. Mit kräftigen Armzügen schwamm er parallel zum Sandstrand. Er genoss es, seine nackten Muskeln zu spüren. Als unten herum alles wieder in Ordnung war, drehte er sich auf den Rücken. Eine Weile ließ er sich einfach nur treiben. Das Leben konnte wirklich herrlich sein, dachte er. Dann drehte er um und schwamm langsam zurück zum Ufer. Ohne Schamgefühl schlenderte er zurück zu Campingtisch und Stuhl. Er setzte sich, so wie er war, streckte die Beine weit von sich. Ein sanfter Wind strich über seinen noch nassen Körper. Selten in seinem bisherigen Leben hatte er sich so zufrieden und glücklich gefühlt. Er blickte an sich hinunter. In Sachen Bräune war noch viel Luft nach oben. Er musste unwillkürlich lachen. Sein Nacktsein war hier so normal wie die Auslagen von Wurst und Fleisch beim Metzger. Als er schließlich von Weitem Milena zurückkommen sah, ging er trotzdem rasch zum Wohnwagen. Er zog sich die Unterhosen und wenigstens ein paar Shorts an. Ganz so weit war er noch nicht.

Milena kam tropfend auf ihn zu. „Na, so ganz ungezwungen geht noch nicht?"

„Muss mich erst dran gewöhnen", merkte Henner an, grinste dabei aber rundum zufrieden.

Eine Begegnung für die Zukunft

Henner erwachte als Erster, weil ihn seine Blase drückte. Milena lag zusammengerollt mit dem Rücken zu ihm an der Wand und schlief noch. Er versuchte, so leise wie möglich zu sein, um sie nicht zu wecken. Die Luft im Wohnwagen roch ein wenig nach Schweiß. Henner streifte seinen alten Blaumann über und verließ vorsichtig die Tür schließend den Camper. Die Sonne schien ihm direkt ins Gesicht. Er musste seine Augen mit einer Hand abschirmen. Es war bereits angenehm warm, beinahe windstill. Als seine Augen sich an die Helligkeit gewöhnt hatten, sah er sie wieder, die nackten Badegäste. Wie sie ungezwungen auf der Liegewiese lagen oder saßen. Manche sonnten sich, andere lasen oder rauchten. Ein paar ebenfalls nackte Kinder planschten im See herum. Henner roch den Duft von

Kaffee ganz in seiner Nähe. Er ging um den Wohnanhänger herum und sah, wie ein nackter Mann, ungefähr Mitte zwanzig, mit Rastalocken an seinem Campingtisch saß.

„Äh, Entschuldigung, guten Morgen", machte sich Henner bemerkbar.

Der Mann drehte sich auf dem Klappstuhl um und blickte Henner an. „Oh sorry, sind Sie der Platzmeister hier?", fragte er und sprang auf.

„Nein, mir gehören nur der Tisch und die Stühle." Henner machte eine vage Handbewegung.

„Entschuldigung, ich habe nur gerade einen Moment Pause gemacht. Darf ich Ihnen eine Tasse Kaffee anbieten, als Entschädigung?" Der Kaffee roch wirklich verführerisch.

Henner stand ein wenig unschlüssig da. Der langhaarige Kerl lächelte ihn freundlich an. Er schien keine bösen Absichten zu hegen.

„Ja, danke gerne, wenn ich mich dazu setzen darf", antwortete Henner und ging zu dem zweiten Klappstuhl.

„Selbstverständlich, ist ja Ihrer." Der nackte Mann, dessen athletischer Körper durchtrainiert wirkte, bückte sich und holte aus einem Weidenkorb eine weiße Kaffeetasse mit Henkel heraus. Er schraubte den Deckel der Thermoskanne, welche auf dem Tisch stand, ab und goss Kaffee in die Tasse. „Ich hab leider weder Milch noch Zucker", sagte er und reichte Henner die dampfende Tasse Kaffee.

Was für ein Service am Morgen, dachte Henner. Für einen Moment überlegte er, Milena zu wecken. Sie hätte sicher auch nichts gegen einen Morgenkaffee einzuwenden. „Danke, passt schon", sagte er dann aber nur.

„Gern geschehen. Ich heiße übrigens Sven."

Henner nahm die Tasse entgegen und sagte, bevor er sich setzte: „Henner."

Sven goss sich den Deckel der Thermoskanne mit Kaffee voll und setzte sich wieder.

Für eine Weile schwiegen beide.

Henner musste an letzte Nacht denken. Da hatte er noch mit Milena geredet. Sie würde ihn nach Hause begleiten. Und wenn er das richtig verstanden hatte, überlegte sie, bei ihm zu bleiben. Sofort setzte wieder das Hochgefühl des Glücks, das ihm widerfahren war, ein. Am liebsten hätte er Sven, den netten nackten Kerl, an seinem Glück teilhaben lassen. Ohne dass er es sich erklären konnte, störte ihn auf einmal nicht mehr im Geringsten, dass die meisten Menschen hier im Adamskostüm herumliefen oder -lagen.

„Sag mal Sven, ich darf doch ‚du' sagen, ist das normal, dass einem hier im Osten so viele nackte Menschen begegnen? Egal zu welcher Tages- oder Nachtzeit?"

Sven lachte. „Na ja, vielleicht nicht an jedem Ort. Aber du hast schon recht: Der FKK-Kult war schon eine große Sache in der DDR und völlig normal. Ist er zum Teil auch noch."

„Aber doch nicht auf der Arbeit, oder?", fragte Henner entsetzt nach.

Sven fing erneut an zu lachen. „Soweit ich weiß, nein."

„Aber die DDR gibt es doch schon lange nicht mehr." Henner wollte es jetzt genau wissen.

Sven lachte immer noch. „Ja, das ist richtig. Sie ist Geschichte. Der Geist der körperlichen Selbstbestimmung hat sich bis heute weiter vererbt."

„Ach so und deswegen joggen die Leute hier auch nackig. So was habe ich bei uns im Westen noch nicht gesehen."

„Da kannst du mal sehen! Das ist wahre Freiheit", grinste Sven und hob seinen leeren Kaffeebecher, als wenn er damit anstoßen wollte, in die Höhe.

„Mag ja sein, aber ich weiß nicht, wenn alles so beim Laufen durch die Gegend hängt oder hin und her hüpft", sinnierte Henner gut gelaunt.

„Tja, mit den Gesetzen der Schwerkraft muss jeder sehen, wie er zurechtkommt", lachte Sven und erhob sich schwungvoll.

Henner nahm schmunzelnd zur Kenntnis, dass Sven scheinbar keine Probleme damit zu haben schien.

Innen im Wohnwagen fing es an zu rumoren. Er schaukelte leicht. Milena wurde wach.

„Oh, du bist nicht allein?", fragte Sven. Er schraubte den Deckel auf die Thermoskanne.

Henner gab ihm seine leere Tasse, die er in den Korb legte.

„Das ist meine Freundin", antwortete Henner mit einem Strahlen im Gesicht.

„Dann will ich nicht weiter stören. Ich muss zur Kunstakademie nach Leipzig. War nett, dich kennengelernt zu haben." Sven reichte Henner die Hand.

Der wurde hellhörig. „Darf ich fragen, was du da machst?"

„Das frage ich mich auch manchmal. Aber Spaß beiseite. Ich übe mich überwiegend in den bildenden Künsten, wenn dir das was sagt."

„Mit was für Material arbeitest du?", fragte Henner nun ernsthaft interessiert.

„Hauptsächlich mit Stein, aber auch mit Gips und Ton. Die Abgüsse meiner Figuren mache ich meist in Beton, manchmal in Kunststoff und ganz selten in Bronze", erklärte Sven geduldig.

„Was sind das für Figuren, die du machst?"

„Bisher nur menschliche Figuren, meist in mehr oder weniger erotischen Positionen."

„Also nackt."

Sven schmunzelte. Er schwenkte eine ausgestreckte Hand im Halbkreis. „Inspiration kann ich mir ja hier genug holen, wie du siehst."

„Hast du schon welche von deinen Figuren verkaufen können?", wollte Henner wissen, der seinen Blick über die vielen nackten Menschen vor ihm schweifen ließ.

„Oh ja, dieses Jahr läuft es richtig gut. Manche Sachen von mir standen in Gruppenausstellungen und ich bin dabei, die Aufträge, welche sich daraus ergaben, je nach Kundenwunsch abzugießen."

„Kann man damit auch was verdienen?"

„Durchaus, wenn du an die richtigen Kunstinteressenten kommst", antwortete Sven. Er schaute auf seine Uhr.

Henner sah es. „Ich will dich nicht länger aufhalten. Äh, ich mache auch Figuren, allerdings mehr so mit Stahl oder Eisen."

Nun war es raus.

„Aha, schon länger?"

„Ja, ich habe den ganzen Keller voll davon."

„Und, hast du …?" Sven fragte nicht weiter nach. Er erkannte an Henners Blick, dass er noch nicht so weit war. Er überlegte einen Moment. Dann kramte er aus seinem Geldbeutel, der im Weidenkorb lag, eine Visitenkarte heraus. Er reichte sie Henner. „Da steht meine Telefonnummer drauf. Ruf mich doch einfach mal an oder schick mir ein paar Bilder von deinen Figuren. Oder noch besser, wenn ich Zeit habe, komme ich einfach mal vorbei und schaue sie mir an."

„Ist das nicht ein bisschen weit für dich?", fragte Henner, der die kleine Karte in der Hand hielt.

„Warum, wo wohnst du denn?"

„Also, ich, äh in Hessen in einem kleinen Dorf", räusperte sich Henner verlegen.

„Oh, bist wohl auf Urlaub hier?"

„Sozusagen."

„Dann sag mir doch mal kurz deine Adresse." Sven stellte den Korb noch einmal ab. Er griff nach seinem Smartphone, wischte kurz über das Display, während Henner ihm seine Adresse nannte, und legte es zurück in den Korb. „Gefunden und gespeichert."

Henner war beeindruckt, wie schnell das alles ging. Er kannte nur das umständliche Suchen und Finden im Straßenatlas. Er sah Sven an.

„Ich glaube, ich habe da in der Nähe demnächst einen Kunden zu beliefern. Vielleicht kann ich ja, wenn es passen sollte, mal kurz vorbeischauen?", meinte der.

„Das würdest du wirklich machen?", fragte Henner verblüfft nach.

„Warum nicht? Bin sehr gespannt auf deine Figuren."

„Das würde mich total freuen, wenn das klappt."

„Schauen wir mal. Aber jetzt muss ich echt los." Sven blickte besorgt auf seine Uhr. Er reichte Henner nochmals die freie rechte Hand zum Abschied.

Der ergriff sie und sagte: „Danke noch mal für den Kaffee. War echt gut."

Die Tür des Wohnwagens ging auf. Milena blickte mit zerzaustem Haar in kurzen Shorts und hellem Shirt heraus.

„Guten Morgen, haben wir Besuch?", fragte sie, während sie sich wohlig streckte.

„Ja, das ist Sven, der hat hier kurz Pause gemacht", stellte Henner seinen neuen Bekannten vor. „Und das ist Milena, meine Freundin", fügte er noch hinzu.

„Freut mich, Milena. Oh, oh, ich muss mich wirklich sputen." Sven hob die Hand zum Gruß und eilte davon.

Die beiden blickten noch einen Augenblick Sven hinterher, der seinen Weidenkorb locker neben sich her schwang.

Henner bemerkte mit Wohlwollen, dass Milena noch keinen BH trug.

Sie blickte ihn prüfend an.

„Und du hast natürlich wieder deinen Blaumann an. Henner, Henner, ich dachte, das hätten wir hinter uns." Sie drohte ihm mit dem erhobenen Zeigefinger.

„Äh, tut mir leid, ich wollte dich nicht wecken. Der lag halt grad griffbereit", murmelte Henner schuldbewusst.

Milena ließ es bei der Warnung bleiben. Sie sah hinaus auf den See. Ein paar Jugendliche trieben gemächlich auf Luftmatratzen herum. Ein nackter Typ mit langem, blondem Zopf saß in einem kleinen gelben Schlauchboot und hielt einen Sonnenschirm in der Hand. Die Liegewiese füllte sich allmählich mit

Menschen. Milena ging zu Henner, der neben dem Campingtisch stand, und setzte sich auf den freien Stuhl.

Milena stellt die Weichen

„Du Henner, ich glaube, es ist Zeit, dass ich mit der Tochter vom Alten telefoniere", sagte Milena beim Frühstück plötzlich zwischen zwei Bissen. Zwar hatte die Frau nach Milenas Brief bislang Ruhe gegeben, aber Milena wollte die lästige Angelegenheit, die ihr keine Ruhe ließ, ein für alle Mal zu Ende bringen.

Henner verstand nicht gleich, was sie damit meinte. Sie sah es an seinem fragenden Blick. Es war höchste Zeit, ihn endlich einzuweihen in ihren Plan. Sonst kämen sie nach Hause und die schreckliche Tochter stünde gleich wieder auf der Matte. Bei der half nur: Angriff ist die beste Verteidigung. Milena nahm noch einen großen Schluck Kaffee, holte einmal tief Luft und begann, Henner ihren Plan zu erklären.

Der hörte aufmerksam zu. Unterbrach sie nicht. Was hätte er auch sagen sollen? Ihm konnte es nur recht sein, wenn sie diese unangenehme Frau so schnell wie möglich loswürden.

Als Milena alles berichtet hatte, fragte Henner nur: „Und du meinst, die lässt sich darauf ein?"

„Ich glaube, sie hat keine andere Wahl", antwortete Milena.

„Gut, aber wenn die Frau kommt, dann holen wir Mo zur Verstärkung. Wer weiß, womöglich kommt die auch nicht allein." Henner sah zu Milena, welche zustimmend nickte. „Ich rufe ihn mal an. Dann kann ich ihm sagen, dass wir zurückkommen werden", ergänzte er und stand auf.

„Gute Idee. So machen wir es. Ich rufe jetzt Tochter vom Alten an und versuche, mit ihr einen Termin zu machen. Dann haben wir es schnell überstanden. Hoffe ich."

„Und ich telefoniere das erste Mal so richtig ordentlich mit meinem Handy", bemerkte Henner stolz.

Milena boxte ihm in die Seite. „Wird auch langsam Zeit."

Henner ging zurück zum Wohnwagen, um sein Handy zu suchen.

Milena blieb sitzen, kramte ihr Smartphone aus ihrer Gesäßtasche und wählte mit klopfendem Herzen die Nummer ihrer Widersacherin. Es klingelte viermal, bis jemand abnahm.

„Wer ist da?", fragte eine barsche Stimme.

„Milena."

„Was? Das wird aber auch höchste Zeit, dass du dich meldest."

„Früh genug. Hast du meinen Brief bekommen?"

„Was ist jetzt mit meinem Geld?", fragte die Tochter des Alten scharf.

„Darüber will ich mit dir reden."

„Ich höre."

„Wenn du willst, treffen wir uns bei Henner. Du weißt ja wo."

„Du meinst den Penner im Blaumann?"

Darauf antwortete Milena nicht. Sie schwieg einen Moment.

„Bist du noch dran, verdammt noch mal?", hörte sie sofort die bellende Stimme der Tochter.

„Ich mache dir Vorschlag. Habe lange darüber nachgedacht. Wir werden uns einigen. Ich bin fair, will die Sache klären."

„So, so, woher kommt die plötzliche Wandlung?"

„Habe erst gedacht, alles Geld steht mir zu, für schlechte Behandlung von deinem Vater an mich. Und nicht ordentliche Regelung für meine Arbeit. Aber das ist nicht richtig, ich will keinen Ärger."

Für einen Augenblick blieb es am anderen Ende der Leitung ruhig. Dann ertönte wieder die schneidende Stimme: „Den braucht keiner. Also gut. Wann?"

„Ich rufe dich an, wenn ich zurück bin. Bin auf Reise."

„Wann?"

„Weiß ich noch nicht genau. Aber die nächsten Tage."

„Verarsch mich nicht!"

„Hätte ich dann angerufen?"

„Ich warte auf deinen Anruf. Und wehe, ich höre nichts von dir! Dann gnade dir Gott."

Erleichtert sah Milena, wie das Gespräch unterbrochen wurde. Ihre Finger waren schweißnass. Schlieren von Feuchtigkeit bildeten sich auf dem Display des Smartphones. Sie hörte immer noch ihr Herz pochen. Bei dem Gedanken an den bevorstehenden Termin mit der widerlichen Person wurde ihr angst und bange. Sie rieb das feuchte Display an ihren Shorts trocken und steckte das Smartphone zurück in die Gesäßtasche. Langsam beruhigte sie sich wieder. Sie sah, dass Henner noch am Telefonieren war. Er hielt das Handy nicht ans Ohr, sondern ein ganzes Stück davon weg. Beinahe hätte sie schon wieder lachen müssen bei diesem seltsamen Anblick. Auch wenn die lästige Angelegenheit noch nicht ausgestanden war, so hatte sie sich doch endlich getraut, das längst fällige Telefonat zu führen.

Im Näherkommen hörte sie, wie Henner schrie: „Ja mache ich, auf jeden Fall, versprochen. Mach's gut. Ich melde mich wieder." Henner nahm das Handy so rasch vom Ohr weg, als hätte er Angst, dass er sich damit infizieren könnte. Er drückte ungelenk auf ein paar Tasten.

Milena nahm es ihm aus der Hand und sah, dass Mo längst aufgelegt hatte.

„Muss mich erst daran gewöhnen", sagte Henner immer noch mit viel zu lauter Stimme.

Milena sah, wie ein paar in der Nähe herumlümmelnde Jugendliche interessiert zu ihnen herüberschauten.

„Henner, du musst nicht schreien so beim Telefonieren. Mo hat dich bestimmt sehr gut verstanden." Sie gab ihm sein Handy zurück.

Henner wurde rot im Gesicht.

„Puh, habe schweres Gespräch mit Tochter gehabt gerade. Ich rufe sie an, wenn wir daheim sind. Dann kommt sie vorbei. Hoffe, es geht alles gut", sagte Milena und ließ sich wieder auf einen der Campingstühle fallen.

„War sie sehr böse?", fragte Henner nun deutlich leiser nach.

„Du hast sie ja kennengelernt."

Darauf erwiderte er nichts. Er setzte sich neben Milena auf den noch freien Stuhl.

„Und was sagt Mo? Freut er sich auf uns, wenn wir wieder zurück nach Hause kommen?"

„Ich weiß nicht, ich glaube schon", antwortete Henner mit nachdenklicher Miene. Ihm hing ebenfalls noch das Gespräch mit Mo nach. Der hatte ihn erst mal angeschnauzt, warum er sich nicht mal gemeldet hätte. Dann wollte er wissen, was der Unimog machte. Und dann musste Henner ihm hoch und heilig versprechen, noch mal genauestens das Gefährt zu checken. Präzise Anweisungen, was er genau überprüfen sollte, folgten. Ganz zum Schluss hatte er dann gefragt, ob Milena noch bei ihm sei.

Alles hat ein Ende

So waren die letzten Reisetage nach einem beinahe immer gleichen, ruhigen Tagesverlauf verstrichen. Hier auf dem Campingplatz war das Leben so unbeschwert. Natürlich gab es keine richtige Privatsphäre, dafür war alles zu öffentlich. Nicht einmal auf dem Weg zum Pinkeln oder zum großen Toilettengang war man alleine. Ständig musste man damit rechnen, jemanden zu treffen, der einem unbedingt mitteilen wollte, wie toll heute das Wetter wieder sein würde.

Henner hatte die Tage genutzt, als er sich auf seiner adoptierten Luftmatratze über den See treiben ließ, über seine Zukunft nachzudenken. Womit hatte er dieses Glück verdient, Milena getroffen zu haben? War es wirklich nur ein Zufall oder eine schicksalhafte Vorbestimmung gewesen, dass er sie in Mos Waschküche kennengelernt hatte? Was seine selige Mutter wohl dazu gesagt hätte, wenn er plötzlich mit einer Frau vor der Tür gestanden hätte?! Und die auch noch bei ihm bliebe?! Doch sein von der Mutter bestimmtes Leben war zu Ende. Das Zusammenleben mit Milena, wenn es denn wirklich Realität werden sollte, würde ihn vor ganz andere Herausforderungen stellen. Sie war selbstbewusst, willensstark, fleißig im Arbeiten und kommunikativ. Alles Charakterzüge, an denen er selbst unbedingt noch arbeiten musste. Bis auf das fleißig sein. Das war er auch. Aber immerhin scheint sie meine Art, mich zu geben zu mögen, dachte er und redete sich ein, dass er durch Milenas Einfluss auf dem besten Weg war, ein anderer Mensch zu werden. Jemand, der sein Leben selbst in die Hand nahm. Der selbstständig Entscheidungen traf und auch sonst versuchte, Fuß zu fassen.

In den letzten Stunden ihres Aufenthalts auf dem Campingplatz schenkte ihnen die Sonne noch mal das volle Programm. Am frühen Abend bezahlten sie am Empfang ihre Stellgebühren. Beide sehnten sich nach all den Tagen nach einem richtigen Bett. Henner fuhr vorsichtig den Unimog nebst Wohnanhänger vom Gelände.

Ankunft im Hühnerstall

Kaum hatten sie, leicht wehmütig, den Platz hinter sich gelassen, bemerkte Milena: „Eigentlich ist es blöde Idee, am Abend loszufahren."

Die Sonne stand in der Tat bereits ziemlich tief.

„Stimmt", entgegnete Henner. „Soll ich wieder zurück fahren und wir übernachten hier?"

„Ach, das ist umständlich! Was denkst Du? Sollen wir mal in Gasthaus übernachten?"

Henner schaute Milena groß an. Seine Entscheidung war schnell gefallen: „Das machen wir! Das ist eine gute Idee. Ich freue mich auf ein richtiges Bett."

„Sehr gut. Dann lass uns gar nicht weit fahren. Wir suchen hier."

Da sie beide der Meinung waren, dass es an Flüssen immer besonders schön war, suchten Sie im Umfeld der Elbe, auch wenn sie dadurch der Heimat kein Stückchen näher kamen. War Torgau an sich schon recht ruhig, so schien die Umgebung praktisch ereignisfrei zu sein. Kein Mensch weit und breit zu sehen. Ohne auf das Ortsschild zu achten, gelangten sie nach kürzester Zeit in einen winzigen Ort, in dem sie als Erstes einen Weißstorch, der mit einem riesigen Ast im Schnabel dicht über die Häuser flog, sahen. Gleich nach der ersten Kurve waren sie bereits in der Ortsmitte angelangt, in der eine mit roten Backsteinen gemauerte Kirche stand. Im spitzgiebeligen Turm war eine Glocke zu sehen. Henner bog rechts an der Kirche ab und hielt am Straßenrand an. Milena hatte ein Schild mit der Aufschrift: ‚Landgasthaus unweit der Elbe' an der Einfahrt zu einem Haus mit roten Dachziegeln entdeckt.

Sie stieg aus, um sich das Hinweisschild genauer anzusehen. Es war an einem scheinbar frisch gestrichenen Lattenzaun angebracht. Unter dem Schild hing ein weiteres weißes Schild, deutlich kleiner, mit der Aufschrift ‚Zimmer frei'. Daneben hing in einem Glaskasten mit Holzrahmen die Speisekarte. Die Karte war überschaubar, die Preise für die wenigen Gerichte akzeptabel. Ihr gefiel, was sie las und sah. Also ging sie zurück zu Henner, der noch im Unimog saß und auf sie wartete. Sie bat ihn, das Gefährt in der Nähe zu parken und dann zum Gasthaus zu kommen. Milena erkannte auf der rechten Seite des gepflasterten Hofes einen überdachten Unterstellplatz für Fahrräder. Auf der linken Seite, vor dem auf der ganzen Vorderfront in Glas gehaltenen Eingang, standen mehrere grobe Holztische, Bänke und grünweiße Sonnenschirme.

Milena drückte auf eine Klingel neben einer niedrigen Holztür, die sich im Nebentrakt befand. Auf einem grünen Metallschild stand: ‚Zimmerreservierung bitte hier klingeln‘. Niemand öffnete. Milena drückte erneut die Klingel. Diesmal etwas länger.

Im ersten Stock ging ein Fenster auf. Eine junge Frau schaute heraus und rief: „Einen Moment, ich komme runter.“

Henner hatte seinen Unimog sicher geparkt und trat neben Milena. Ob alles in Ordnung sei, wollte er wissen.

Milena nickte kurz und blickte zur immer noch verschlossenen Tür. Sie warteten geduldig.

Zwei Radfahrer, ein Mann und eine Frau, fuhren mit ihren schwer bepackten Rädern in den Hof hinein. Beide trugen vorschriftsmäßig einen Helm und hatten gleichfarbige rote Jacken an. Sie schoben ihre Räder zu dem Abstellplatz und begannen, einen Teil der Satteltaschen abzunehmen.

Milena und Henner hörten unfreiwillig ihr Gespräch mit an.

Der Mann, den sie auf Anfang fünfzig schätzten, sagte zu der in etwa gleich alten Frau: „Vom philosophischen Standpunkt aus betrachtet ist der Einblick in unser Seelenheil eine Art immer wieder kehrender Prozess. Sozusagen eine Art temporäres Update.“

Die Frau blickte den Mann kurz an und antwortete darauf: „Damit mir mein Seelenheil nicht aus dem gewohnten Gleichgewicht gerät, würde ich vorschlagen, dass wir uns rasch frisch machen und uns dann den kulinarischen Genüssen des Landgasthauses hingeben."

Der Mann lachte kurz auf. Wollte gerade noch was sagen, da ging endlich die Holztür auf.

Heraus trat eine Frau Ende zwanzig, mit schlanker Figur, langen lockigen blonden Haaren und einem schmalen, hübschen Gesicht. Wären da nicht der fehlende Schneidezahn im Oberkiefer, die vielen hellen Haare auf ihrer schwarzen Bluse und die großflächige, ungelenke Tätowierung eines Schiffes auf ihrem linken Oberarm gewesen, hätte sie im landläufigen Sinn als eine Schönheit durchgehen können. So machte sie eher den Eindruck, als hätte sie schon allerhand hinter sich im Leben.

Bevor Milena etwas sagen konnte, trat der Mann, dessen hochtrabendes Geschwafel sie nicht verstanden hatte, neben sie.

„Entschuldigung, wir hatten reserviert. Herr und Frau Reuter aus Hamburg", sagte er zu der Frau, die versuchte, freundlich zu grinsen, ohne den Mund dabei zu öffnen.

Daraufhin blickte sie kurz zu Milena und Henner. Dann sagte sie zu den beiden Radfahrern: „Kommen Sie bitte mit, ich zeige Ihnen Ihr Zimmer." Bevor sie wieder im Hauseingang verschwand, drehte sie sich noch mal kurz zu Henner und Milena um. „Einen Moment. Sie können schon mal vorne rein gehen, ich bin gleich bei Ihnen."

Milena wollte sich beschweren, doch die drei verschwanden bereits im Haus. Der großgewachsene Mann in seinen viel zu engen Radlerhosen musste sich tief bücken, um die Tür zu passieren.

Milena und Henner betraten derweil das Haupthaus durch eine große doppelte Glastür. Der sehr hohe Raum schien früher einmal eine Scheune gewesen zu sein. Das Fachwerk war freigelegt. An den Wänden hingen alte Dreschflegel, Sensen und hölzerne Wagenräder. Eine Handvoll grobe Holztische und Bänke im gleichen Stil wie diejenigen, welche draußen im Biergarten standen, war in dem beinahe hallenartigen Raum auf zwei Etagen verteilt. Durch die Glasfront auf der Eingangsseite wurden einzelne Tische von schräg einfallenden Sonnenstrahlen in ein weiches Licht gehüllt. Das ganze Ambiente war eine gelungene Mischung aus rustikalem Alt und modernem Neu. Neben der Theke, ebenfalls aus grobem Nadelholz, befand sich die Anmeldung, von der aus ein Durchgang zum rückwärtigen Teil des Anwesens führte. Es war angenehm kühl im Gastraum und roch leicht nach Harz. Alles wirkte auf eine schlichte Art sauber und aufgeräumt. Die wenigen Gäste, die sich hierher verirrten, sollten sich wohlfühlen.

Henner setzte sich an einen der Tische, während Milena die Prospekte, welche auf dem Tresen der Anmeldung lagen, studierte.

Nach einer Weile betrat die tätowierte Frau den Gastraum und ging hinter den Tresen der Anmeldung. Sie wirkte ein wenig gestresst.

„Entschuldigung, hat ein wenig gedauert. Den Gästen von vorhin hat ihr Zimmer nicht gefallen. Dem Mann war es zu niedrig. Ich hatte zum Glück im ersten Stock, im Neubau, noch was frei." Sie lispelte leicht beim Sprechen.

„Haben Sie für uns vielleicht auch noch ein Zimmer?", fragte Milena freundlich und schluckte ihren Ärger hinunter.

„Einen Moment, da muss ich nachschauen. Ich helfe hier nur aus. Die Chefin müsste eigentlich jeden Augenblick von der Arbeit kommen." Die Aushilfe blies sich eine Haarsträhne aus dem Gesicht, als sie in ein in Leder gebundenes Notizbuch schaute. Sie blätterte eine Weile in dem Buch hin und her. Dann blickte sie auf einen Kalender mit Blumenmotiven, der schräg über ihr an der Wand hing. „Ja, das könnte gehen. Wie lange haben Sie denn vor zu bleiben, wenn ich fragen darf?"

„Vielleicht eine Nacht oder höchstens zwei", sagte Milena und legte ein Prospekt zurück auf den Tresen.

„Das passt. Kommen Sie bitte mit mir", lispelte die junge Frau und ging voraus.

Henner versuchte, während er hinter ihr herging, zu ergründen, warum der Frau so viele Haare auf der dunklen Bluse klebten. Sie machte einen ungepflegten Eindruck. Ob sie die Haare vielleicht selbst noch nicht bemerkt hatte?

Sie durchschritten einen mit allerlei Gerümpel vollgestellten Gang, der nach ein paar Metern nach draußen in einen wild vor sich her wuchernden Garten führte. Ein Ende des Grundstückes war auf den ersten Blick nicht zu erkennen.

Die junge Frau, die zur schwarzen Bluse graue Leggings trug, öffnete eine Tür in einem niedrigen Nebengebäude.

Milena und Henner folgten ihr mit erstaunten Blicken.

„Das hier war früher mal ein Hühnerstall. Heute ist es eine nette kleine Ferienwohnung. Ich hoffe, Sie fühlen sich wohl hier", sagte die Aushilfe. Sie öffnete beflissen gleich hinter der Wohnungstür einen kleinen Raum mit Toilette und einer Eckdusche aus Glas.

Das eigentliche Zimmer bestand aus einem Doppelbett, einer kleinen Küchenzeile mit Kühlschrank, Waschbecken, Herd und ein paar weißgestrichenen Hängeschränken. In einer Ecke stand auf einem Stuhl ein alter Fernseher mit einem Bildschirm, der nicht größer war als ein Suppenteller.

Milena musste unwillkürlich lachen. „Schau mal, da brauchst du Brille, wenn du gucken willst", sagte sie und zeigte mit ausgestreckter Hand auf den Fernseher in DDR-Retro-Design.

Henner grinste mit hochgezogenem Mundwinkel. Er blickte durch das einzige Fenster nach draußen in den Garten, den man scheinbar aufgegeben hatte zu pflegen.

Die junge Aushilfe, die etwas unsicher wirkte, schien Henners Blick bemerkt zu haben. „Viele der Grundstücke sind bei uns hier sehr groß. Da kann man sich nicht um alles kümmern." Sie sagte es, als wollte sie sich entschuldigen.

„Mir gefällt es, wenn nicht alles so furchtbar ordentlich ist", erwiderte Henner. Er hatte gerade an den Garten von der Worre-Net-Mine denken müssen. Da konnte man eine Wasserwaage über die Grashalme des Rasens halten, ohne dass die kleine Blase in dem Schauglas auch nur einen Millimeter aus der Mitte gerutscht wäre. Da stand aus der Thujahecke, welche an das Haus seiner Mutter angrenzte, kein einziges Ästchen raus. Klare Linien und Konturen so weit das Auge reichte. Da herrschte mehr Ordnung und Sauberkeit als bei den meisten Menschen im Badezimmer. Deshalb durften die Hühner auch nur in einem kleinen Auslauf herumrennen. Henner fragte sich, wie es erst im Haus der Worre-Net-Mine, das er noch nie betreten hatte, aussehen mochte. Dagegen war ein OP-Saal wahrscheinlich eine Rumpelkammer. Wie brachte die Frau es bloß fertig, trotzdem, wann immer er aus dem Fenster schaute, auf der Straße zu stehen, damit sie ja nichts verpasste?!

„Mir auch. Meine Hunde dürfen hier toben, so viel sie wollen, und Kaninchen jagen", unterbrach die Aushilfe Henners Gedanken.

Daher also die vielen Haare auf ihrer Bluse, kombinierte Henner.

„Wenn Sie mich nicht mehr brauchen, dann gehe ich mal. Anmelden können Sie sich später bei der Chefin. Abendessen können Sie natürlich auch sehr gerne, wenn Sie mögen. Ich wünsche Ihnen einen angenehmen Aufenthalt." Sie strich noch rasch eine der beiden Bettdecken glatt, bevor sie sich verabschiedete.

„Und gefällt es dir?", fragte Milena. Sie öffnete mehr aus Neugier einen der Hängeschränke.

„Ja, schon. Habe zwar noch nie in einem ehemaligen Hühnerstall übernachtet, aber es ist gemütlich hier", antwortete Henner zufrieden.

„Komm, lass uns unser Gepäck holen. Wenn du Lust hast, können wir noch einen kleinen Spaziergang vor dem Essen machen."

„Gute Idee."

Die beiden gingen zurück durch den leeren Gastraum. Die Chefin war noch nicht eingetroffen. Auf dem Weg durch den Hof hörten sie, wie aus einem offen stehenden Fenster der oberen Räume eine männliche Stimme im barschen Ton sagte: „Kannst du mir mal sagen, wo meine Unterhosen abgeblieben sind?"

„Wo sollen sie schon sein? Wahrscheinlich hast du sie noch an. Du stinkst wie ein nasser Fuchs, der sich in Katzenscheiße gewälzt hat", antwortete eine Frauenstimme in genervtem Ton.

Eine Tür flog krachend zu. Kurz darauf wurde das Fenster geschlossen.

Milena und Henner sahen sich belustigt an.

„Außen hui, innen pfui, mehr fällt mir dazu nicht ein", sagte Henner und schüttelte den Kopf.

Gerade als sie den Hof verlassen wollten, kam in forscher Fahrweise ein silbergrauer BMW um die Ecke und hielt vor dem Nebengebäude. Eine untersetzte, für das Ganze hier viel zu elegant gekleidete Endvierzigerin mit rundem Gesicht und blonden mittellangen Haaren stieg aus dem Wagen. Sie grüßte kurz Henner und Milena und verschwand dann im Gastraum.

„Das ist bestimmt die Chefin. Komm, lass uns erst anmelden. Nicht, dass irgendwas mit unserem Zimmer nicht stimmt", sagte Milena und ging zurück zur Gaststätte.

Henner folgte ihr wie gewohnt kommentarlos.

Die Chefin stand hinter dem Tresen der Anmeldung und blätterte interessiert in dem schwarzen Notizblock.

„Entschuldigung, wenn ich Sie störe. Ihre Aushilfe hat uns das Zimmer draußen im Garten gegeben. Wir wollten uns gerne anmelden", sagte Milena und kramte in ihrer Handtasche nach dem Ausweis.

Die Chefin musterte Milena und Henner mit einem Lächeln im Gesicht. „Ach wissen Sie, das hätte doch noch Zeit gehabt. Ich bin gerade von der Arbeit gekommen. Muss nebenher leider noch Geld verdienen.

Wir sind, wie Sie sicher schon gesehen haben, erst im Aufbau begriffen. Leider läuft es noch nicht so, wie ich es mir vorgestellt habe." Sie holte tief Luft, legte das Notizbuch auf den Tresen und sprach sofort weiter: „Wir haben seit fünf Wochen das beste Wetter und es kommen kaum Gäste. Die Leute glauben alle, dass im Osten schlechtes Wetter ist. Dabei stimmt das gar nicht. Es hat seit Wochen nicht mehr geregnet, die Sonne scheint ununterbrochen, aber selbst die Fahrradfahrer, die den Elberadweg abfahren, kommen kaum zu uns. Ich verstehe das einfach nicht. Ich bin gezwungen, arbeiten zu gehen, weil es sonst hinten und vorne nicht reichen würde. Mein Mann ist krank, hilft zwar, so gut er kann, aber ohne Isa, die haben Sie ja schon kennengelernt, wäre ich aufgeschmissen. Die schmeißt seit Kurzem den Laden hier weitestgehend tagsüber, bis ich komme. Und hilft mir auch noch abends, wenn sich ein paar Leute aus dem Dorf entschließen, vorbei zu kommen."

Henner und Milena blickten beide betreten unter sich. Sie hatten nicht erwartet, dass die Chefin ihnen ihre ganze Leidensgeschichte offenbaren würde. Das machte sie wahrscheinlich bei jedem neu ankommenden Gast so. Bevor Milena etwas sagen konnte, ging es wieder los.

„Aber ich will mich ja nicht beschweren. Wir sind im Touristikverband, der uns leider nicht genügend unterstützt. Wir haben es gewagt, etwas für den Tourismus zu tun und bekommen keinerlei Zuschüsse. Die meisten Gäste kommen eher zufällig zu uns. Sie wahrscheinlich auch."

Milena und Henner nickten eifrig.

„Wir machen Werbung ohne Ende. Haben Sie eine Vorstellung, was uns das kostet? Nein, haben Sie wahrscheinlich nicht. Woher auch?! Den Touristikverband schert das einen Dreck. Hauptsache, sie kassieren ihre Beiträge." Sie hielt kurz inne und wischte sich mit einem Taschentuch den Schweiß von der Stirn.

Diesen Augenblick nutzte Milena, um Henner mit dem Ellbogen in die Seite zu stoßen.

Der begriff ausnahmsweise mal sofort, was sie meinte. „Äh, Entschuldigung, ich habe meinen Personalausweis noch im Wagen liegen", sagte er hastig und setzte sich bereits in Bewegung.

„Mir reichen die Daten so. Wenn Sie das Formular bitte ausfüllen würden? Sie können es mir später einfach hier zurück auf den Tresen legen." Die Chefin warf einen Blick auf ihre Armbanduhr. „Oh Gott, ich muss mich ja um das Abendessen kümmern. Entschuldigen Sie bitte, dass ich Sie mit unseren Problemen belästigt habe. Weiß auch nicht, was in mich gefahren ist. Der Tag heute im Büro war ziemlich stressig, auf der Heimfahrt war noch ein Unfall. Ich stand eine halbe Stunde im Stau. Und das ausgerechnet heute, wo wir mal ausnahmsweise gut belegt sind und die ‚Gestrauchelten' ihren Stammtisch haben."

Milena hatte derweil längst den Anmeldezettel ausgefüllt.

Henner war weg. Wahrscheinlich wartete er beim Unimog auf sie.

Die Chefin gab Milena ihren Ausweis zurück. Nicht ohne einen kurzen Blick draufgeworfen zu haben. „Ah, Sie kommen aus Polen, wie ich sehe. Manchmal kommen Landsleute von Ihnen zu uns. Es sind meist

Monteure, die in Torgau oder Bad Schmiedeberg nichts bekommen haben", fing die Chefin erneut an zu jammern.

„Entschuldigung, ich muss dann auch los. Wir wollen noch vor dem Abendessen einen kleinen Spaziergang runter zu den Wiesen am Fluss machen", beeilte sich Milena zu sagen, nahm ihren Perso wieder an sich und ging langsam rückwärts. Mein Gott, hört denn die Frau nie auf zu reden, dachte sie. Kommen hier tatsächlich so wenige Gäste her, dass sie jedem ihr Leid klagen muss?! Wo waren sie bloß hingeraten?

„Wir sehen uns doch hoffentlich später zum Essen bei uns. Wir haben heute Abend ganz leckere Rindsrouladen, mit Rotkraut und Klößen", sagte die Chefin und blickte Milena beinahe flehentlich an.

„Ja, bestimmt. Wir kommen gerne. Aber jetzt muss ich wirklich los." Endlich durfte sie gehen. Mit raschen Schritten verließ sie den Gastraum.

Die Frau war richtig anstrengend gewesen. Der arme Mann von ihr tat Milena leid, obwohl sie ihn noch gar nicht kennengelernt hatte.

Henner wartete, wie erwartet, beim Unimog auf sie.

Sie rollte die Augen, als sie ihn an der Fahrertür angelehnt stehen sah. „Was manche Leute so viel reden können, ohne aufzuhören. Wirklich schlimm." Sie hängte sich bei ihm ein.

Henner nickte bloß. Was sollte er auch darauf antworten? Zum Glück hatte er noch rechtzeitig die Kurve bekommen. Dieses ewig leidende Gejammer über alles und nichts war ihm schon zu Hause bei der Worre-Net-Mine auf den Geist gegangen.

„Komm, wir drehen noch eine Runde durchs Dorf und runter zur Elbe."

Spaziergang zur Elbe

Henner ließ sich, wie so oft, von Milena führen. Sie passierten sehr unterschiedliche Häuser. Gleich der erste Hof des Nachbarhauses der Pension stand hoch mit Europaletten zugestellt. Nur ein schmaler Eingang zum Haus war frei geblieben. Henner fragte sich, ob das Diebesgut war. Vielleicht heizte der Eigentümer damit sein Gebäude. Auf der gegenüberliegenden Seite der Straße stand ein Haus, dessen Dachstuhl ausgebrannt war. Aus den verkohlten Balken des ehemaligen Speichers sprossen meterhohe Brennnesseln. In der Hofeinfahrt, welche sich die Natur ebenfalls weitestgehend zurückgeholt hatte, standen mehrere Schrottautos herum. Kein schöner Anblick und schon gar kein Aushängeschild für den Ort. Auf dem Dach des nächsten Hauses, auf der gleichen Straßenseite, standen zwei fast flugfähige Jungstörche auf einem riesigen Nest. Henner war fasziniert von dem Anblick der großen Vögel.

Milena versuchte, mit ihrem Smartphone ein Foto zu machen.

Sowas wäre zu Hause eine Sensation, dachte Henner. Hier schien es völlig normal zu sein.

Sie gingen ein paar Schritte weiter auf dem Bürgersteig. Das nächste Anwesen wirkte überraschend gepflegt und ordentlich. An den Sprossenfenstern im Erdgeschoss hingen Blumenkästen mit rankendem Efeu und rotblühenden Pflanzen, die Henner nicht kannte. Hier wohnte wahrscheinlich der Bürgermeister, falls es einen gab. Und dann kamen sie noch an einem Haus vorbei, das komplett mit Efeu zugewuchert war. Nur den Hauseingang und zwei Fenster versuchten die

Bewohner, offen zu halten. Ansonsten durfte sich die wild wachsende Kletterpflanze hemmungslos ausbreiten. Milena und Henner kamen aus dem Staunen nicht mehr heraus. Sowohl über die doch sehr individuelle Lebensweise der Menschen, die hier wohnten oder hausten, als auch über die Tatsache, dass sie immer noch keinen der Bewohner zu Gesicht bekommen hatten.

Sie kreuzten am Ortsausgang den grob geschotterten Elberadweg. Entsprechende Schilder zeigten die Richtung an. Die Landschaft öffnete sich. So weit sie schauen konnten, blickten sie in kilometerlange und -breite saftig grüne Wiesen. Zu ihrer Rechten schien ein Seitenarm der Elbe träge vor sich hinzufließen. Ein Graureiher stand auf einem Bein auf einer kleinen Sandinsel. Die Elbe selbst war noch nicht zu sehen. Eine Fahrspur führte mitten durch die Wiesen. Weiter vorne standen saumweise an einem Graben sehr hohe Pappeln. In den obersten Ästen sonnte sich eine ganze Kolonie Kormorane mit abgewinkelten Flügeln. Mehrere Greifvögel, vermutlich junge Wiesen- oder Kornweihen, zeigten rund um die Pappelallee ihre schaukelartigen Flugkünste. Ein Teil der Wiesen vor der Allee war frisch gemäht worden. Es roch würzig nach trocknendem Gras.

Milena drückte fest Henners Hand. Gemeinsam schritten sie schweigsam durch die Wiesenlandschaft. Jeder hing seinen Gedanken nach.

Henner fühlte sich unbeschreiblich glücklich. Er fragte sich, wie lange das Gefühl anhalten würde. Konnte man so einen Augenblick festhalten? Er hoffte, dass es Milena ähnlich erging. Von ihm aus konnte es ewig so weitergehen.

Ein Storch stand vielleicht in hundert Metern Entfernung vor ihnen in der Wiese. Vermutlich war es einer der beiden Elternteile der Jungstörche von dem Nest im Dorf. Er suchte nach Nahrung für seinen Nachwuchs. Wie auf Kommando setzte er sich mit einer sehr langen Anlaufphase in Bewegung und flog schließlich direkt über ihre Köpfe hinweg auf den Ort zu.

Henner sah ihm nach, bis er hinter den ersten Häusern verschwand. Plötzlich fiel ihm ein, dass er schon eine Weile nicht mehr an zu Hause, an seine Mutter gedacht hatte. Seit er Milena auf ihrer Reise begleitete, passierte so viel Neues und Ungewohntes, dass er ständig abgelenkt war. Und wenn es nur darum ging, Milena zu betrachten. Vielleicht war es gut so. So trat die Trauer um seine Mutter etwas in den Hintergrund.

In Henners Gedanken hinein piepste Milenas Handy. Sie sah kurz auf das Display, drückte eine Taste und steckte es wieder in ihre Tasche. Henner sah eine Sorgenfalte auf ihrer Stirn.

„Ist alles in Ordnung?", wollte er wissen.

„Hmh." Milena überlegte kurz, ob sie Henner endlich ins Bild setzen sollte.

Er sah sie mit einem fragenden Blick an.

„Ja, alles okay, war wieder so ein Werbekram", wich sie seiner Frage aus. Es reichte momentan, wenn nur sie sich Sorgen machte. „Komm, lass uns bis zur Elbe gehen. Kann nicht mehr so weit sein", lenkte sie ab. Sie blieb abrupt stehen und küsste ihn auf den Mund.

Er errötete sofort bis hinter die Ohren, wich aber nicht zurück.

Milena löste ihre Lippen von Henners Mund, lächelte ihn kurz an, drückte wieder fest seine Hand und ging einfach weiter, als wäre nichts geschehen.

Henners Herz schlug noch eine ganze Weile im Galopp, bevor es allmählich in einen ruhigen Trab zurückkehrte.

Mittlerweile hatten sie die Elbe erreicht. Sie floss in einem breiten Strom träge dahin. Am gegenüberliegenden Ufer saßen zwei Angler nicht weit entfernt voneinander an einer vorgeschobenen Sandbank. Der Fluss führte selbst jetzt im Hochsommer noch viel Wasser mit sich. Die Ufersäume waren auf beiden Seiten mit einem dichten Schilfgürtel umgeben. Milena und Henner standen eine Weile dicht nebeneinander in einer kleinen steinigen Bucht und blickten hinaus aufs Wasser. Die beiden Angler saßen auf Campingstühlen und hielten ihre Ruten in den Händen.

Henner fragte sich, ob das was für ihn wäre. Den lieben langen Tag am Fluss zu hocken und die Würmer zu baden. Könnte auf die Dauer vielleicht etwas langweilig werden. Da arbeitete er lieber mit beiden Händen an seinen Figuren. Schuf ein Gebilde, war beschäftigt und konnte sich freuen, wenn er es von allen Seiten betrachtete.

Nach einer Weile drängte Milena zur Rückkehr in die Pension. Sie brauchte dringend eine richtige Dusche und hatte Hunger.

Henner warf noch einen letzten Blick auf die Elbe, die ihm wegen ihrer majestätischen Breite gleichzeitig Respekt und ein wenig Angst einflößte. Er folgte Milena, welche schon ein paar Schritte vorausgegangen war. Von Weitem sah er ein Auto querbeet durch die

Wiesen fahren. Als sie näher kamen, erkannten sie, dass ein großer, kurzhaariger Jagdhund vor einem grünen VW Golf her raste. Auch eine Möglichkeit, seinen Hund auszuführen, dachte Henner. Er blickte dem Tier nach, dem das Rennen zu gefallen schien. Ein ganz in grün gekleideter dicker Mann, dem eine Zigarre zwischen den wulstigen Lippen hing, starrte sie finster aus dem geschlossenen Fahrerfenster an. Ohne zu grüßen, fuhr er im Schritttempo weiter. Scheinbar sah er es nicht so gerne, wenn jemand, ohne ihn um Erlaubnis zu bitten, hier spazieren ging. Vermutlich war es der Jagdpächter, der glaubte, ihm gehöre die Landschaft hier.

Milena beachtete den feisten Typ nicht, dem es bestimmt sehr gutgetan hätte, mit seinem Hund zu gehen, statt ihn vor und wahrscheinlich später auch hinter dem Auto her hecheln zu lassen. Sie hing ihren eigenen Gedanken nach.

Zurück im Hühnerstall

Als die beiden schließlich zurück waren in ihrem vorübergehenden Domizil, durchschritten sie den Gastraum, um zum ehemaligen Hühnerstall zu gelangen. Nur die beiden Radfahrer aus Hamburg saßen sich schweigend an einem Tisch neben dem Eingang gegenüber. Isa verteilte gerade die Speisekarten auf die Tische. Sie trug ihre Haare züchtig hochgesteckt. Eine langärmelige weiße Bluse verdeckte ihre Tätowierung und eine saubere schwarze Schürze ließ sie auf den ersten Blick ordentlich und gepflegt wirken. Sie versuchte, ein Lächeln mit geschlossenem Mund hinzubekommen, als sie die beiden erblickte.

Milena blieb sehr lange im Bad verschwunden. Henner wusste derweil nicht so recht, was er mit sich anfangen sollte. Also schaltete er das kleine Fernsehgerät an. Er griff nach der Fernbedienung, welche neben dem Gerät auf dem Stuhl lag. Nachdem er ein paar Tasten gedrückt hatte, erschien tatsächlich ein Bild. Henner musste sich verkehrt herum ins Bett legen, um etwas auf dem Bildschirm zu erkennen. Es lief eine Kochsendung, die ihn nicht interessierte. Also schaltete er weiter, bis er bei einer Sendung über Wale hängen blieb. Die riesigen Säugetiere schwebten mit einer Leichtigkeit durch die Meeresfluten, die er ihren tonnenschweren Körpern gar nicht zugetraut hätte. Die Laute, die sie zur gegenseitigen Verständigung von sich gaben, waren eigenartige Gesänge, die nicht von dieser Welt zu sein schienen. Henner war so fasziniert davon, dass er Milena noch nicht einmal antwortete, als sie ihn aus dem Bad heraus fragte, ob er auch noch duschen wolle.

„Henner, bist du noch da?"

„Äh, ja natürlich, wo soll ich denn sein?", beeilte er sich, beinahe entschuldigend zu sagen. Er schaltete den Fernseher aus, rappelte sich mühsam aus der viel zu weichen, durchgelegenen Matratze hoch.

Milena kam aus dem Bad. Sie hatte ihre Haare mit einer blauen Spange hochgesteckt. Ihre Wangen waren gerötet. Sie trug nur einen weißen Slip und einen gleichfarbigen BH.

Henner schaute sie kurz an und tat dann so, als würde er das Fernbedienungskästchen suchen.

„Na, gefalle ich dir nicht? Musst nicht immer gleich wegggucken. Ist doch normal, wenn Mann und Frau im selben Zimmer wohnen und schlafen. Nicht nur in

Anhänger." Sie ging in den kleinen Flur und kramte in der Tasche nach ihren Klamotten.

„Doch, doch", hörte sie Henner aus dem Zimmer stammeln.

„Du kannst jetzt rein. Ich bin fertig", rief sie aus dem Flur heraus.

Henner stand auf, ging um das Doppelbett herum bis zur offen stehenden Tür des Bades. Dort blieb er unschlüssig stehen. Seine frische Unterwäsche befand sich auch in der Tasche, über die Milena immer noch gebückt stand. Ohne sich umzudrehen, reichte sie ihm ein paar gerippte helle Unterhosen, weiße Socken und ein blaues T-Shirt. Henner nahm es ihr ab und sagte: „Danke", bevor er ins Bad verschwand.

Der Anblick der praktisch nackten Milena erregte ihn immer noch, als er längst das warme Wasser über seinen Körper laufen ließ. Er drehte sich zur Wand, um seine Erektion zu verbergen, falls Milena überraschend das Bad betreten würde.

Milena hatte ihm seine Jeans auf das Bett gelegt und die neuen Schuhe davor gestellt, bemerkte Henner, als er wieder aus dem Bad trat. Sie trug jetzt ihr Haar offen, duftete dezent nach einem frischen Aroma, das Henner nicht einordnen konnte. Die engen schwarzen Jeans und die weiße Bluse betonten auf eine ungezwungene, lockere Art ihre weiblichen Formen. Ihre Augen wirkten irgendwie dunkler als sonst.

„Komm, lass uns essen gehen. Ich habe großen Hunger."

„Bin sofort so weit", sagte Henner, schlüpfte in seine Jeans, zog sich rasch sein Shirt und die Schuhe an.

Der Gastraum war zu ihrer beider Überraschung gut gefüllt. Fast alle Tische waren besetzt. An manchen erkannten sie Radfahrer in ihren bunten Outfits und in unterschiedlichem Alter. An anderen saßen einige Einheimische, denen zu Hause die Decke auf den Kopf fiel. Draußen vor dem Eingang standen ein paar Raucher. An den Tischen im Biergarten saß niemand. Milena und Henner sahen sich ein wenig unschlüssig nach einem noch freien Platz um. Isa kam ihnen mit einem Tablett leerer Gläser entgegen. Sie zeigte mit schräg gestelltem Kopf nach oben zur Empore. Die Chefin war nicht zu sehen. Sie war wohl in der Küche zugange. Henner und Milena stiegen die paar Stufen hoch zu dem deutlich kleineren, erhöhten Raum. Es war angenehm kühl. In einer Ecke direkt neben einem großen kreisrunden Tisch fanden sie noch einen freien Platz. Im Vorbeigehen bemerkte Henner über dem großen Tisch ein Metallschild, in das ‚Stammtisch' graviert war. Es baumelte an zwei rostigen Ketten von einer tief hängenden Lampe. Darunter stand ein rustikales Holzschild mit dem eingebrannten Schriftzug ‚Die Gestrauchelten'. Henner fragte sich, was für ein seltsamer Club das wohl sein mochte. Der Stammtisch war noch verwaist. Hier oben drang die Geräuschkulisse aus der unteren Wirtsstube nur noch gedämpft zu ihnen. Es roch nach verschüttetem Bier und Essen, was wohl unter anderem der immer wieder auf- und zuschwingenden Küchentür geschuldet war.

Milena und Henner blickten beide interessiert auf die kleinen Speisekarten, die sie aus einem Ständer, der auf ihrem Tisch stand, genommen hatten. Sie warteten geduldig, bis sie bedient wurden.

„Und? Hast du dich schon entschieden?", fragte Milena nach einer Weile.

„Nun ja, ich glaube, ich nehme tatsächlich die Rindsrouladen, mit Rotkraut und selbstgemachten Klößen. Die, die dir die Chefin empfohlen hat", antwortete Henner. Er steckte die Karte wieder in den Ständer.

„Hört sich gut an. Und ich nehme das Putenschnitzel mit Rösti und Salat des Hauses", beschloss Milena.

Sie schwiegen eine Weile.

Milena griff nach ihrem Smartphone, um nachzuschauen, ob neue Nachrichten eingegangen waren. Zum Glück keine. Sie steckte es wieder in ihre Umhängetasche, die über dem Stuhl hing. „Ob da noch mal jemand kommt?", fragte sie Henner belustigt.

Gerade als Henner antworten wollte, sahen sie, wie sich ein sehr krank aussehender Mann undefinierbaren Alters mühsam die Treppenstufen hoch schleppte. Er ging gebückt, hielt sich mit der einen Hand am Holzgeländer fest und atmete schwer aus, als er oben angelangt war. Alles an ihm wirkte grau, seine Kleidung, sein aschfahles Gesicht, die kurzen Haare, der buschige, ungepflegte Oberlippenbart. Seine Augen waren gerötet, die Hände zitterten leicht. Er ging wie in Zeitlupe zu dem Tisch, an dem Henner und Milena darauf warteten, endlich bedient zu werden.

„Guten Abend, darf es irgendetwas sein?", fragte er in einem schleppenden, lustlosen Tonfall. So, als wäre es ihm noch zu viel, überhaupt zu fragen.

„Wir würden gerne was trinken und wenn es nicht zu viele Umstände macht auch was zum Essen bestellen", erwiderte Milena freundlich, was ihr beim Anblick dieses Kellners allerdings schwerfiel.

„Und was?", fragte er, als würde ihm das Ganze hier fürchterlich auf die Nerven fallen. Er griff nach einem angekauten Bleistiftstummel, den er hinter dem rechten Ohr eingeklemmt hatte. Kramte einen kleinen Notizblock aus einer Hosentasche seiner schwarzen Stoffhose hervor. Sie hing ihm wie einer Vogelscheuche um die Hüften.

Henner sah, wie Milena mit den Augen rollte. Er sagte nichts. Solch kauzige Typen kannte er von zu Hause auch. Allerdings war ihm noch keiner untergekommen, der derart lebensmüde zu sein schien.

„Für mich bitte ein großes Bier und das Putenschnitzel mit Rösti und Salat", antwortete Milena rasch.

Der depressive Kellner kritzelte was auf seinen Block und hob dann müde seinen Kopf.

„Ich hätte gerne einen Traubensaft und die Tagesempfehlung", sagte Henner laut und deutlich.

„Ham mir nicht", gab der schwer zu ertragende Mensch, der aussah, als würde er jeden Moment vor ihnen zusammenbrechen, mit einem Krächzen in der Stimme von sich.

„Was?", fragte Henner nach.

„Na, den Saft halt."

„Und die Rouladen, gibt es die auch nicht mehr?"

„Wieso?"

„Weil Sie eben gesagt haben: ‚Haben wir nicht'. Für mich hat sich das so angehört, als wenn beides nicht zu bekommen wäre", sagte Henner mittlerweile leicht genervt.

„Das bestellte Essen können Sie kriegen. Die Rindsrouladen bereitet meine Frau zu. Bessere bekommen Sie im Umkreis von hundert Kilometern nicht. Da lege ich meine Hand für ins Feuer."

Milena konnte nicht glauben, dass die elegante Chefin des Hauses mit so einem Mann gestraft war. Bestimmt setzte sie ihn nur in absoluten Ausnahmefällen, wie es heute scheinbar der Fall war, als Bedienung ein. Ansonsten durfte er sich bestimmt nicht im Gastraum blicken lassen.

„Dann nehme ich eine große Apfelsaftschorle oder haben Sie sowas auch nicht?", sagte Henner und blickte den Mann der Chefin fragend an.

„Da haben Sie unverschämtes Glück. Gerade eben, als ich im Keller war, meinte ich, noch eine einzelne Flasche gesehen zu haben." Er lachte meckernd, als er Henners Bestellung auf den Zettel kritzelte. Bevor er davonschlurfte, sagte er noch: „Gleich kommen die Gestrauchelten. Die sind alle ein wenig, wie soll ich sagen, na ja halt anders."

„Oh Gott Henner, wo sind wir hier hingeraten?! Er selbst ist komisch genug. Was wird jetzt noch kommen?", flüsterte Milena und blickte mit einem beinahe ängstlichen Blick in Richtung Treppe.

„Soll ich mal unten nachschauen, ob da noch ein Platz frei ist?", fragte Henner besorgt. Er wollte schon aufstehen, als Milena eine Hand auf seinen Arm legte.

„Nein, ist schon gut, lass mal. Ich hoffe nur, dass wir heute noch was zum Essen bekommen", antwortete sie und ließ ihre Hand auf seinem Arm liegen.

Die Gestrauchelten

Wie auf Knopfdruck kamen sie nacheinander die Treppe hoch.

Henner und Milena konnten nicht anders: Sie bekamen den Defiliermarsch dieses merkwürdigen Ensembles von Menschen mit.

Voran schritt ein elegant gekleideter Anzugträger Anfang vierzig, der in der einen Hand einen flachen schwarzen Lederkoffer, in der anderen eine silberfarbene Thermoskanne hielt. Er verbeugte sich kurz vor Henner und Milena und schritt dann zielstrebig zu seinem Platz am Tisch. Sein Stuhl war der einzige mit Armlehnen. Direkt nach ihm kam ein völlig abgerissener Typ, ebenfalls mittleren Alters. Er trug eine fleckige braune Cordhose, ein blaukariertes Hemd, das ihm hinten und vorne aus den Hosen hing. Seine geröteten Augen und die von violetten Adern durchzogene Nase verrieten ihn sofort als Trinker. Seine fettigen, halb langen braunen Haare hingen ihm wirr in die Stirn. Nach ihm schleppte sich die erste Frau mühsam die wenigen Treppenstufen hoch. Sie war jung, höchstens Anfang zwanzig, sehr schmal, sehr hübsch, wenn da nicht diese Leichenblässe in ihrem Gesicht gewesen wäre. Ihre Kleidung wirkte nachlässig. Sie trug Jeans mit Löchern im Kniebereich und ein graues Sweatshirt mit Kapuze, welche ihren Kopf bedeckte. Vor ihrer Brust umklammerte sie mit beiden Händen einen Collegeblock, wie ihn Studenten zumindest früher häufig benutzten. Der Nächste im Bunde war wieder ein Mann. Deutlich jünger als die beiden anderen, ungefähr im Alter der möglichen Studentin. Sein Blick wirkte gehetzt, so als wäre er auf der Flucht. Er trug labberige

Jeans, dessen Gesäßteil beinahe in den Kniekehlen hing, und ebenfalls ein Kapuzensweatshirt, allerdings in schwarz. Er blickte sich mehrfach nach allen Seiten um, bevor er Platz nahm. Als Letztes kamen noch zwei Frauen die Treppe hoch. Die jüngere der beiden sah aus wie eine biedere Hausfrau: Anfang bis Mitte vierzig, die Haare zu einem Dutt gebunden, grauer Baumwollrock, Nylonstrümpfe, braune Bluse mit Blumenmuster. Ihre Mundwinkel waren nach unten gezogen, das Gesicht faltig, grau, leidend. Sie führte eine sehr alte Frau am Arm die Treppe hoch. Die Greisin, die ziemlich gebückt ging, hatte eine lederne Gesichtshaut, durchzogen mit tiefen Kratern und Furchen. Die wässrigen Augen blitzten allerdings vor Vorfreude auf den heutigen Abend.

Nachdem endlich alle Platz genommen hatten, stand der Anzugträger wieder auf. Er blickte lange in die Runde, so als würde er kontrollieren, ob sie auch vollständig wären. Dann räusperte er sich, kurz bevor er zur Begrüßung ansetzte: „Guten Abend, ich freue mich, dass wir alle da sind. Keiner hat sich das Leben genommen. Ich werte das als ein gutes Zeichen."

Henner und Milena hielten den Atem an. Beide fragten sich, ob das da drüben am Nachbartisch vielleicht Insassen einer Psychiatrie waren und einmal in der Woche unter Aufsicht des Anzugträgers Ausgang hatten.

Bevor der Chef des Stammtisches weiter redete, schlurfte der scheintote Wirt die Treppe hoch. Er trug das Tablett mit den Getränken für Henner und Milena mit zittrigen Händen vor sich her. Man konnte fast nicht zugucken dabei.

Der Anzugträger erblickte ihn und rief: „Ah, Franz, das freut mich, du lebst ja auch noch!"

Der nahm es kommentarlos hin. Er schaffte es tatsächlich, das Bier und die Apfelsaftschorle für Henner auf dessen Tisch abzustellen. Nahm seinen Bleistiftstummel vom Ohr und machte auf Milenas Deckel einen Strich und auf Henners schrieb er ‚1,80'. „Das geht hier alles die Elbe runter", flüsterte er tief gebeugt.

Hinter seinem Rücken sagte der Anzugträger gerade: „Also, wo war ich gerade stehengeblieben? Ach ja, da wir einen Neuzugang haben, bitte ich um eine Vorstellungsrunde. Wer will anfangen?"

„Das kann ich Ihnen sagen! Sie brauchen nur mal den Haufen Elend da drüben zu hören, dann verstehen Sie gleich, was ich meine. Das ist keine Theatergruppe, die hier ihre allwöchentliche Übungsstunde abhält. Nein, das sind, wie sie sich ja sinnigerweise selbst bezeichnen, Gestrauchelte. Ihr Leben oder das, was noch davon übrig ist, ist ein ständiger Tanz auf dem Vulkan, ein Ritt auf der Rasierklinge." Franz atmete schwer von der langen im Flüsterton gehaltenen Rede. Dann richtete er seinen vor Gram gebeugten Körper auf. Bevor er den Tisch verließ, sagte er noch, diesmal in normaler Lautstärke: „Das Essen kommt auch bald. Ich muss noch schnell die Bestellungen hier drüben aufnehmen, bevor die mit ihrem Ritual beginnen."

Milena nahm einen großen Schluck von ihrem Bier. Sie war durstig und gespannt, was sie hoffentlich gleich zu hören bekamen.

Henner nippte derweil nur an seiner Apfelsaftschorle. Er fragte sich, ob es bei ihm zu Hause vielleicht auch so einen Stammtisch gäbe, von dem er nichts wusste. Aber denen, welche dafür in Frage gekommen wären, nutzte ein solch seltsamer Stammtisch nichts mehr. Sie hatten sich vorher umgebracht. Henner ging im Geiste die Selbstmörder in seinem Dorf durch. Die Worre-Net-Mine überbrachte stets die unheilvolle Nachricht in ihrer sich vor Sensationsgier überschlagenden Stimme: ‚Habt ihr's schon gehört? Den verrückten Werlinger haben sie daheim in der Garage in seinem Auto gefunden, worre-net. Der hat sich die Autoabgase in sein Auto gelegt. Worre-net.‘ Oder ein paar Monate später: ‚Entschuldigung, wenn ich so früh störe, worre-net. Habt ihr's schon mitbekommen? Die Müllers Ulrike hat Rohrreiniger gesoffen, das dumme Ding. War nichts mehr zu machen, worre-net?‘

Henner sah rüber zu den ‚Gestrauchelten‘. Noch saßen sie alle da. Wer weiß, vielleicht fehlte nächste Woche schon einer davon. Franz nahm auf seine umständliche Art die Bestellungen auf. Als er endlich alles notiert hatte, schlich er die Treppe wie ein geprügelter Hund hinunter.

Der knollennasige Typ, der aussah wie jemand, der auf der Straße lebte, war aufgestanden. Er hielt sich mit beiden Händen am Tisch fest. „Gut, dann fange ich mal an. Dann habe ich es hinter mir", sagte er mit einer rauchigen Stimme. Er blickte in die Runde und begann sich vorzustellen: „Ich heiße immer noch Winfried Krämer, bin hoffnungsloser Alkoholiker, zerstöre mich und meinen Körper systematisch, hause allein in einer Bruchbude, lebe von Stütze. Habe es immerhin geschafft, meinen Saustall aufzuräumen und einen Tag in der Woche trocken zu bleiben. Ich bin froh, euch alle und mich selbst noch hier anzutreffen." Krämer ließ sich, als wäre eine schwere Last von seinen Schultern gefallen, zurück auf den Sitz fallen.

Alle anderen trommelten mit ihren Fingerknöcheln Beifall.

Vom Gastraum unten drangen heiteres Lachen und vielfältiges Stimmengewirr nach oben. Es gab auch noch Menschen, denen das Leben keine Last war.

Als Nächstes, nach einer kurzen Pause, stand die Hausfrau auf. Sie strich ein paarmal nervös über ihren Rock, als wollte sie eine Bügelfalte glatt streichen. „Ich heiße Cornelia Marnig, werde nächste Woche 46 Jahre alt. Mein Mann betrügt mich mit einer jüngeren Frau aus der Nachbarschaft. Er kommt manche Nächte gar nicht mehr nach Hause. Wenn ich ihm nicht rechtzeitig was zum Essen mache, dann verprügelt er mich. Mein ältester Sohn Michael sitzt in der JVA Leipzig wegen Vergewaltigung. Bernd, mein jüngerer Sohn, wird wegen Drogengeschäften gesucht. Er ist untergetaucht. Und meine Tochter Susi geht auf den Strich. Ich habe letzte Woche meinem Mann Katzenfutter unter das Essen gemischt. Er hat es mit großem Appetit heruntergeschlungen. Michael durfte ich das erste Mal im Knast besuchen. Er hat sich gefreut." Sie blickte erwartungsvoll in die Runde und setzte sich erst, als wieder das Fingertrommeln einsetzte.

Henner und Milena hörten gleichzeitig verstört und fasziniert zu. Das schien die Gestrauchelten in keiner Weise zu stören. Im Gegenteil, die Mitglieder des Stammtisches schien es zu freuen, wenn ihnen jemand Gehör schenkte.

Franz kam überraschenderweise bereits mit einem großen Tablett voller Getränke die Treppe hoch. Als Milena diesen vom Leben schwer gezeichneten Mann sah, wäre sie am liebsten aufgesprungen und hätte ihm das Tablett abgenommen. Die Getränke, welche er darauf transportierte, waren genauso merkwürdig wie die Leute, die sie bestellt hatten. Es standen zwei dampfende Gläser Tee, aus denen noch der Teebeutel hing, drauf. Dann ein Schnapsglas und eine Flasche Korn, ein großes Glas Tomatensaft, eine Dose Red Bull und ein großes Bier im Henkelglas. Franz stellte Letzteres vor die Greisin ab, welche sofort gierig danach griff. Den Tomatensaft hatte der Anzugträger bestellt, die Dose Red Bull stellte er vor den jungen Typ mit dem gehetzten Blick. Beim Schnapsglas nebst Schnapsflasche war klar, wo sie landete. Die beiden Gläser mit Tee, der nach Kamille roch, stellte Franz als Letztes vor der Hausfrau und der möglichen Studentin auf ihren jeweiligen Deckeln ab. Diesmal machte er nicht seine üblichen Striche und Zahlen darauf.

Der Anzugträger nickte ihm kurz zu. Er deutete auf ein Blatt Papier. Franz nickte zurück, sah kurz zu Henner und Milena an den Tisch rüber und registrierte, dass deren Gläser noch zur Hälfte gefüllt waren. Dann schleppte er sich müde die Treppe wieder runter. Henner fragte sich, ob er den heutigen Abend überleben würde.

„Wer macht weiter?", fragte der Anzugträger nach der langwierigen Unterbrechung mit den Getränken.

Der rechte Arm der jungen Frau schoss wie in der Schule in die Höhe.

Der Anzugträger erteilte ihr wie ein Lehrer das Wort.

Bevor sie aufstand, nahm sie den Teebeutel aus dem Glas und legte ihn auf den Untersetzer. „Ich heiße Miriam Feldner, bin 23 Jahre alt und habe Burn-out. Auf Deutsch: Ich bin am Arsch und kann nicht mehr.

Studiere im achten Semester Jura, kenne wegen meines extremen Ehrgeizes nichts anderes als Lernen, Auswendiglernen und noch mal Lernen. Wenn ich nichts lerne, egal für was, fühle ich mich als minderwertiger Mensch, der keinerlei Selbstdisziplin hat. Ich habe keinen Freund, weil ich keine Zeit für ihn hätte. Ich habe ständig Magenschmerzen, weil ich Angst davor habe, dass ich nicht genug gelernt habe und die Klausuren nicht schaffe. Habe Lactose- und Fructoseintoleranz. Momentan vertrage ich nur fette Leberwurstbrote, so verrückt das klingt."

Henner fragte sich erschrocken, ob auch er unter Lactose- und Fructoseintoleranz litt. Was auch immer das war. Und warum klang es verrückt, wenn jemand fette Leberwurstbrote mochte?

„In der letzten Woche bin ich einen ganzen Tag im Bett liegen geblieben", fuhr die junge Frau fort. „Ich habe keine Bücher und Gesetzestexte angerührt." Sie ließ sich erschöpft auf den Stuhl fallen.

Das übliche Getrommel folgte.

Als Nächstes fasste sich der junge Typ, der rechts neben der Studentin saß, ein Herz und sprang auf. „Ich heiße Benjamin Laudan, bin 22 Jahre alt, zur Zeit ohne festen Wohnsitz. Hause in einem alten verlassenen Wohnwagen. Wo, kann ich euch nicht sagen. Wie ihr alle wisst, bin ich nach wie vor auf der Unfallflucht. Warum? Weil ich in meiner gestohlenen Karre gerade was gesucht und nicht gefunden habe, als der Opa plötzlich wie aus dem Nichts auf der Straße stand. Konnte gerade noch rechtzeitig ausweichen. So, dass ich ihn nur leicht touchiert habe. Er hat den Unfall überlebt und so, wie ich gehört habe, hat er keine bleibenden Schäden davongetragen. Ich weiß, ich hätte anhalten und nach ihm schauen müssen. Aber, wie ihr wisst, bin ich ein Messie. Ich hätte natürlich meine Papiere, nach denen mich die Polizei als Erstes gefragt hätte, nicht gefunden. Die wollte ich erst mal suchen. Als ich dann endlich, selbstverständlich ohne Auto und leider auch ohne Papiere, zurückkam, war der Alte verschwunden. Da habe ich mir gedacht, so schlimm kann es wohl nicht gewesen sein. Später habe ich dann bis zum späten Abend nochmal meine Papiere vergeblich gesucht. Dabei habe ich doch glatt ein wenig den Wohnwagen aufgeräumt. Und wisst ihr, was ich gefunden habe? Das ratet ihr nie! Meine aufklappbare Uhr mit der Goldkette dran, die mir mein Großvater vor seinem Tod vermacht hat." Er kramte in seiner rechten, weit ausgebeulten Hosentasche herum. Es dauerte eine Weile, bis er sie ertastet hatte und auf den Tisch legte.

Wieder ertönte das Getrommel mit den Fingerknöcheln. Diesmal allerdings etwas verhaltener.

Isa kam die Treppe hochgerannt. Sie balancierte zwei große Teller mit dem bestellten Essen für Milena und Henner in ihren Händen. Ihr schmales Gesicht war vor Anstrengung gerötet. Auf ihrer Stirn stand ein dünner Schweißfilm. „Entschuldigung, dass Sie so lange warten mussten. Ich wünsche Ihnen einen guten Appetit", lispelte sie leise und stellte die Teller vor Milena und Henner ab.

„Könnte ich noch ein Bier bestellen?", fragte Milena rasch, bevor Isa wieder verschwand.

„Äh, für mich bitte ein Glas Tomatensaft", rief Henner, der mal ausprobieren wollte, wie das Getränk des Anzugträgers schmeckte.

„Ja, bringe ich sofort. Franz, also der Mann der Chefin, hat sich mal einen Moment hingelegt. Das wird ihm alles zu viel hier heute Abend. Ich hoffe, er hilft mir später wieder." Isa nahm die leeren Gläser mit. Sie blickte rüber an den Stammtisch. Sah, dass dort noch kein akuter Handlungsbedarf bestand und rannte, so schnell sie konnte, die Treppenstufen hinunter.

Henner und Milena wünschten sich gegenseitig einen guten Appetit und begannen, schweigend zu essen. Gleichzeitig hörten sie zu, was der Anzugträger, der nun aufgestanden war, über sich selbst zu berichten wusste.

„Ich heiße Helmuth Wagner, bin 43 Jahre alt, seit einem halben Jahr arbeitslos und verlasse jeden Morgen pünktlich um 7.00 Uhr mit Aktenkoffer und Thermoskanne das Haus und komme um 17.00 Uhr zurück. Meine Frau und meine beiden Kinder glauben, dass ich nach wie vor zur Arbeit gehe. Wie ihr hier alle wisst, bringe ich es nicht über das Herz, ihnen reinen Wein einzuschenken. Ich war bis Ende Dezember noch in einer höheren Position bei einer Bank, deren Namen ich nicht nennen möchte. Genauer gesagt war ich Investmentbanker. Wegen erheblicher Verluste der Bank, gerade in diesem Geschäftsfeld, und drohender Klagen hat die neue Geschäftsführung ab diesem Jahr einen drastischen Sparkurs angekündigt. Dem ich und viele andere meiner ehemaligen Kollegen zum Opfer gefallen sind. Die Abfindung, welche mir gezahlt wurde, war leider nicht so hoch wie bei den Managern, welche die Misere ursächlich zu verantworten haben. Aber sie reicht immerhin, dass ich meine Familie noch eine Weile ernähren kann. Mittlerweile, nach all den Monaten, in denen ich die meiste Zeit des Tages in verschiedenen Cafés in Leipzig verbracht habe, weiß ich gar nicht mehr so genau, ob ich in mein altes komfortables Leben zurück will. Da ich, wie ihr wisst, sehr kontaktfreudig bin, habe ich so viele interessante Menschen und deren Lebensgeschichten kennengelernt, dass ich mich dazu entschlossen habe, ein Buch, vielleicht einen Roman, zu schreiben. Zeit dazu habe ich ja genügend."

Alle am Tisch lachten.

Wagner hob die Hand und bat um Ruhe. „Ich werde das irgendwann meiner Frau sagen müssen. Ich habe Angst, wie sie reagieren wird. Bitte drückt mir die Daumen!"

Es folgte sofort ein derart lautes Fingergetrommel, dass das schwächer gewordene Stimmengewirr aus dem unteren Gastraum für einen Augenblick aussetzte.

Der Anzugträger stand mit Tränen in den Augen da und versuchte verzweifelt, den akkurat gebundenen Knoten seines Schlipses zu lösen. Als das Getrommel endlich abebbte, setzte er sich sichtlich gerührt auf seinen Platz.

Schließlich war die älteste Teilnehmerin an der Reihe. Sie blieb als Einzige dabei sitzen, was allgemein akzeptiert wurde.

„Noch eine Sekunde länger und mir wären meine morschen Finger abgebrochen", begann sie.

Die beiden anderen Frauen am Tisch lachten verhalten, die drei Männer grinsten nur.

Die uralte Dame drehte ihren kleinen Kopf wie eine Eule in die Runde. „Ich heiße Magdalene Kowalski, bin 95 Jahre alt und so gut wie tot. Was ihr hier zu sehen glaubt, ist nichts weiter als eine körperliche Hülle, die kurz vor der Pulverisierung steht. Es gibt praktisch keine Krankheit, die ich nicht habe. Klinisch, medizinisch gesehen bin ich längst abgeschrieben. Wenn ich auf die vielen Halbgötter in Weiß gehört hätte, die mir alle nach dem Leben trachteten, wäre ich schon seit mehr als zwanzig Jahren Geschichte. So schleppe ich meinen Sarkophag von Körper hier hoch, um euch zu demonstrieren, dass es sich lohnt, so lange zu leben, bis die Schaltzentrale hier oben das Licht ausknipst." Sie deutete mit einer altersfleckigen Hand auf ihren fast kahlen Schädel. Nach einer kurzen Pause ergänzte sie noch: „Und weil das noch nicht der Fall ist, habe ich mich letzte Woche an der Uni in Leipzig in Kunstgeschichte eingeschrieben." Sie blickte mit ihren wässrigen, aber hellwachen Augen in die Runde.

Einer nach dem anderen stand auf und klatsche in die Hände.

Sie genoss es eine Weile, bevor sie abwehrend ihre Hände ein paarmal schwach von oben nach unten senkte.

Henner und Milena waren, ihrem enormen Hunger geschuldet, fast fertig mit dem Essen. Beide versuchten, die soeben gehörten Lebensgeschichten zu verarbeiten. Das war starker Tobak, den sie da mitbekommen hatten. Sie blickten sich etwas ratlos und betreten an. Milena wollte gerade etwas sagen, als Isa die Treppe hochgestürmt kam. Sie stellte rasch die neuen Getränke auf die Deckel, ohne zu vergessen, dies mit einem weiteren Strich für das zweite Bier und dem Betrag für den Tomatensaft zu notieren.

Als der Anzugträger sah, dass jemand das gleiche Getränk wie er ausgewählt hatte, hob er sein halbleeres Glas in Henners Richtung und sagte: „Wohl bekomm's."

Henner hob ebenfalls sein Glas in die Höhe, sagte aber nichts.

„Ich hoffe, es hat Ihnen geschmeckt?", fragte Isa höflich nach.

„War gut, prima. Danke", antwortete Milena. Sie hob ihr Glas und trank einen Schluck. Der würzige Geschmack des Bieres sagte ihr zu. Henner nahm zur gleichen Zeit einen ersten vorsichtigen Schluck von seinem Tomatensaft. Der eigenartige Geschmack nach Tomate und Kräutern war seinem Gaumen bislang nicht untergekommen. Beim zweiten Schluck war ihm bereits klar, dass jener Saft kein Getränk für den ganzen Abend werden würde. Ein Glas war in Ordnung, mehr aber auch nicht. Es schmeckte einfach zu gesund. Da aß er lieber Tomaten im Salat oder auf einer Scheibe Brot, als dass er sie trank.

Isa fragte zwischendurch nach, ob sie nach dem Essen noch etwas bringen dürfte. Vielleicht einen Nachtisch oder einen Espresso.

Henner und Milena lehnten dankend ab und Isa verschwand wieder.

„Wer ist eigentlich besagter Neuzugang da drüben?", fragte Henner flüsternd zu Milena gebeugt.

„Habe ich auch nicht mitbekommen. Ich schätze, die alte Frau?"

„Hm, kann sein", erwiderte Henner.

Der Anzugträger war nun erneut aufgestanden. Er sah kurz auf ein beschriebenes Blatt Papier. Schließlich hob er den Kopf wieder und sagte: „Dann würde ich sagen, dass nach der, wie ich meine, ausgesprochen positiv zu bewertenden Vorstellungsrunde heute Winfried dran ist." Er schaute zu ihm hinüber.

Dieser hielt gerade das Schnapsgläschen an die Lippen, nahm die Aufforderung zur Kenntnis und leerte noch rasch das Glas. Da er, wie sonst auch, nach der üblichen Begrüßungsrunde die Hälfte der Kornflasche geleert hatte, bat er, sitzen bleiben zu dürfen. Was ihm

Helmuth Wagner mit einem strafenden Blick genehmigte.

Winfried blickte mit glasigen Augen in die Runde, bevor er anfing zu reden: „Mein Nebenkriegsschauplatz", begann er mit vom Alkohol belegter Stimme, „ist mein Nachbar oder besser gesagt die Familie meiner Nachbarn. Bei denen herrscht praktisch dauerhafte Verdunkelung. Tag und Nacht sind die Rollläden geschlossen. Die beinahe kriegerische Verschanzung lässt vermuten, dass sie demonstrativ zeigen wollen: Mit denen da draußen wollen wir nichts zu tun haben. Jüngst habe ich doch tatsächlich mal die beiden Kinder der Familie auf der Straße gesehen. Das Mädchen ist im Teenageralter, es hatte eine Gesichtsfarbe wie ein Eimer weißer Innenwandfarbe. Das andere Kind, äh, es sieht aus wie ein Junge, aber ich bin mir nicht sicher, ob es einer ist, stand einfach nur da und glotzte in den Himmel. Er scheint allem Weltlichen entrückt zu sein. Den Patriarchen der Familie habe ich leider schon länger nicht mehr in seiner klassischen Arbeitstracht, Jogginghose und gestreiftes Hemd, zu Gesicht bekommen. So, wie ich ihn einschätze, baut er an einem unterirdischen, atomwaffensicheren Bunker. Nachdem er oberirdisch nichts mehr verrammeln und verbarrikadieren kann. Möglicherweise ist mein Anwesen auch schon komplett von seiner Seite unter meinem Keller nochmals unterkellert." Winfried machte eine kurze Trinkpause. Da er nichts anderes als klaren Schnaps zu trinken schien, musste wieder ein Kurzer herhalten. „Vielleicht liegt hier ja des Rätsels Lösung wegen des immer noch ungeklärten Wasserschadens an der Grundstücksgrenze zu ihm. Also, wie gesagt, zu sehen bekomme ich meine Nachbarn nur sehr selten.

Dafür rieche ich ihre Fleischgerüche ständig. Gut, bei so schwerer körperlicher Arbeit unter Tage muss kräftiges, nahrhaftes Essen zu sich genommen werden. Dafür ist die schwergewichtige Ehefrau des Hauses zuständig. Die Gerüche, welche zu jeder Tages- und Nachtzeit um mein Haus wabern, bringen sogar meinen noch vorhandenen Geruchssinn in Aufruhr. Und das, obwohl ich mich ja überwiegend flüssig ernähre." Er lachte kurz auf und goss sich das nächste Gläschen in den Rachen. „Mich nervt die permanente Geruchsbelästigung zum einen, zum anderen erinnert sie mich an Zeiten, in denen ich mir noch selbst ordentliche Mahlzeiten zubereitet habe. Allerdings vermischen sich die vor Fett triefenden Schweinebauchgerüche meines direkten Nachbarn mit dem Dunst nach gegartem Gemüse meiner nach hinten angrenzenden Nachbarn. Welche überzeugte Vegetarier oder Veganer sind oder wie man das nennt. Jedenfalls haben sie letztens damit begonnen, ihren üppig überladenen Kräutergarten unter Glas zu stellen. Es sind wahrscheinlich reine Vorsichtsmaßnahmen, um zu verhindern, dass die tierischen Ausdünstungen in irgendeiner Form die zarten Kräuter verunreinigen. Es sieht alles nach einem handfesten Kleinkrieg zwischen den Nachbarn aus. Habe ich ehrlich gesagt nichts dagegen. Dann lässt der Patriarch der Familie vielleicht von seinem Bunkerprojekt eine Weile ab. Und mir schimmelt nicht der ganze östliche Teil des Kellers weg." Winfried unterbrach kurz seinen Vortrag. Ausnahmsweise kippte er mal keinen Kurzen. Überhaupt noch halbwegs verständlich so lange reden zu können, schaffte nur ein geübter Trinker wie er. „Ich bin gleich am Ende", sagte er schließlich und blickte in die Runde.

Keiner machte den Eindruck, dass ihm Winfrieds Nebenkriegsschauplatz egal war. Auch Henner und Milena versuchten, so viel wie möglich mitzubekommen.

„Also, wo war ich? Ach ja, die überzeugten Vegetarier können selbstverständlich nicht akzeptieren, dass sie, je nachdem, wie der Wind steht, ständig Schweinebauchwolken inhalieren müssen. Wobei ihr Gemüsedunst auch nicht gerade angenehm ist. Wie auch immer, es hat natürlich so seine Vorteile, wenn man, wie ich, den lieben langen Tag zu Hause ist. Da bekommst du so allerhand mit. Vor Kurzem habe ich jedenfalls ein paarmal unseren Bürgermeister bei beiden Familien ein- und ausgehen sehen. Muss der arme Mann jetzt auch noch als Schiedsmann auftreten?! Ich gehe mal davon aus, dass sich die Vegetarier beschwert haben. Und da sollte der Bürgermeister getreu dem Motto ‚wehret den Anfängen‘ einschreiten. Genau wie damals, als der Patriarch der Familie ernsthaft versuchte, um sein Grundstück eine mehrere Meter hohe, massive Betonmauer zu ziehen. Letztendlich könnte es mir ja alles egal sein, ich hab weiß Gott genug eigene Probleme. Aber ärgern tut es mich doch, dass mein soziopathischer Nachbar meint, er könnte sich sein eigenes Rechtssystem zusammenbasteln." Winfried stand der Schweiß auf der roten Stirn. Er versuchte, ihn mit dem Handrücken abzuwischen. Was ihm nur mäßig gelang. Dann war ein doppelter Kurzer fällig.

Die Gestrauchelten trommelten wieder mit ihren Fingerknöcheln auf den Holztisch. Als der Applaus endete, stand Wagner wieder auf.

„Winfried, ich danke dir für deinen Bericht. Man kann sich leider seine Nachbarn nicht immer aussuchen.

Aber vielleicht hört ja wenigstens die Geruchsbelästigung jetzt auf", sagte er, mit einem sorgenvollen Blick auf Winfrieds Schnapsflasche. „Gut, damit wären wir für heute am Ende angelangt. Für nächste Woche bist du dran, Miriam, wenn es dir recht ist", fuhr Wagner fort und blickte zu ihr hinüber.

Die nickte kurz bestätigend.

„Dann wäre das auch geklärt. Bitte versucht, bis zum nächsten Stammtisch am Leben zu bleiben. Ich würde jeden von euch vermissen."

Diesmal senkten und hoben alle ihre Köpfe als Zeichen der Zustimmung.

Wagner winkte Isa herbei, die auf der Treppe stand, als hätte sie darauf gewartet, gerufen zu werden. Scheinbar war unten nicht mehr viel los. Die Geräuschkulisse hatte seit geraumer Zeit deutlich an Intensität verloren. Die sportlichen Radfahrer betranken sich nicht am Abend, nachdem sie tagsüber stolze siebzig km auf dem Rad gesessen hatten. Das passte nicht in ihre Lebensphilosophie. Die paar Einheimischen schienen heute Abend überwiegend wegen der Rindsrouladen der Chefin gekommen und mittlerweile gegangen zu sein.

Isa kassierte rasch und konzentriert die Gestrauchelten ab. Die alle zusammen, ohne auch noch länger zusammenzubleiben, sofort die Gaststätte verließen. Die Greisin wurde wieder von Cornelia Marnig, der betrogenen Ehefrau, die Treppe hinunter und zum Ausgang geleitet.

Helmuth Wagner verließ als letzter mit seinem Aktenkoffer und der Thermoskanne den oberen Gastraum. Er hielt kurz am Tisch von Henner und Milena inne.

Die beiden sahen ihn mit einem fragenden Blick an.

„Ich hoffe, die Geschichten am Abgrund des Lebens, die Sie heute Abend unfreiwillig mitgehört haben, sind Ihnen nicht zu sehr an die Substanz gegangen. Wir treffen uns mittlerweile seit einem halben Jahr. Auch wenn manche es glauben: Der Osten ist noch nicht verloren. Ich wünsche Ihnen noch einen angenehmen Abend und einen schönen Aufenthalt hier bei uns." Er verabschiedete sich mit einer tiefen Verbeugung und ging dann mit raschen Schritten die Treppe zum unteren Gastraum hinunter.

Milena sah Henner an, der seine Hände knetete, weil er nicht wusste, was er von dem soeben Gehörten halten sollte.

„Ich glaube, für heute habe ich genug Geschichten von Menschen mit Problemen gehört. Ich bin müde. Komm, lass uns schlafen gehen", sagte Milena und gähnte herzhaft.

„Erst müssen wir noch bezahlen. Vielleicht haben wir ja Glück und Isa kassiert uns ab. Ansonsten kann es noch eine Weile dauern, bis wir ins Bett kommen", erwiderte Henner und fing an zu lachen.

Sie saßen in dem leeren oberen Gastraum und warteten, ob Isa nochmals auftauchte. Das war nicht der Fall. Henner ging schließlich nach unten, um nachzusehen, ob da noch jemand war. Nach einer Weile kam er zurück.

„Du ich glaube, da ist niemand mehr. Die haben sich schlafen gelegt." Henner stand etwas ratlos auf der Treppe.

„Gut, dann gehen wir. Bezahlen können wir sicher morgen früh." Milena stand auf, gähnte erneut und ging nach unten in den Gastraum. Im Vorbeigehen griff sie nach seiner Hand. Gemeinsam machten sie sich auf zum ehemaligen Hühnerstall.

Bevor sie sich hundemüde ins Bett legten, sagte Milena noch zu Henner: „Wir fahren morgen los, ja? Ich habe Schnauze voll von hier."

„Ja. Übrigens ... du kannst wirklich bei mir bleiben. Länger, meine ich. Also ganz, ganz lang ... Ist ja genug Platz. Ich würde mich sehr freuen darüber." Henners Kopf glühte, als er endlich ausgesprochen hatte, was ihm die ganze Zeit schon auf dem Herzen lag.

Milena gab Henner einen Kuss auf die Wange und hauchte ihm ins Ohr: „Ja, gerne."

Wenn Henner nicht so todmüde gewesen wäre, hätte er vor lauter Freude am liebsten laut geschrien. Stattdessen legte er vorsichtig beide Arme um Milenas warmen Körper.

Sie genoss die zärtliche Berührung. Und wusste, dass sie ihre Entscheidung nicht bereuen würde.

Es geht zurück in den Westen

Am nächsten Morgen wurde Henner von einem krähenden Hahn geweckt. Milena lag nicht mehr neben ihm. Aus dem Bad hörte er das Rauschen der Dusche. Er verschränkte die Arme hinter dem Kopf und wartete, bis Milena aus dem Bad kam. Sie war nur in ein großes Badehandtuch gewickelt.

„Guten Morgen, hast du gut geschlafen?", fragte sie Henner und schälte sich ungezwungen aus dem Badetuch.

„Äh, ja sehr gut, bis der Hahn eben anfing zu krähen." Der Anblick von Milenas nacktem Körper brachte ihn wieder ganz aus der Fassung.

„So, nach dem Frühstück geht es ab nach Hause. Bist du dabei?"

„Unbedingt", antwortete Henner und verschwand im Bad.

Das Frühstück war überraschend opulent. Es fehlte an nichts. Von Franz war noch nichts zu sehen. Sie ließen sich beide das herzhafte Frühstück mit frischen Körnerbrötchen, dick belegt mit Schinkenwurst und Goudaschnittkäse, dazu Eierpfannkuchen und Speck schmecken.

Henner trank drei Tassen starken, frisch aufgebrühten Kaffee dazu.

Rund herum satt und zufrieden bezahlten sie anschließend ihre Übernachtung und das gestrige Essen.

Die Chefin entschuldigte sich für ihre für Außenstehende ungewohnten Stammgäste. Und wünschte noch eine angenehme Heimreise.

Milena lotste Henner wie gewohnt und so waren sie recht schnell auf der Autobahn Richtung Heimat. Sie umfuhren Leipzig, wo der Verkehr recht heftig war, zumindest aus Henners Sicht. Er musste sich konzentrieren. Ihm standen Schweißperlen auf der Stirn, welche Milena ihm zärtlich mit einem kleinen Handtuch abwischte. Zwischendurch fragte sie ihn, ob alles in Ordnung sei. Er nickte nur. Bat sie um etwas zu trinken. Milena reichte ihm eine offene Wasserflasche, aus der er einen großen Schluck nahm.

„Ich frage mich, wo die Leute bei dem schönen Wetter alle hin wollen", unterbrach Henner kurz vor dem Autobahnkreuz Hermsdorf das lange Schweigen.

„Weiß nicht, aber wir sind ja auch unterwegs", antwortete Milena. Sie saß mit angezogenen Knien auf dem mittleren Sitz. Ihre Sandalen hatte sie abgestreift. Die nackten Füße standen auf dem Armaturenbrett.

„Jetzt musst du gleich auf die A4, dann geht es endlich zu dir nach Hause."

Henner blickte kurz zu ihr rüber und sagte: „Du glaubst gar nicht, wie ich mich darauf freue."

Milena legte kurz ihre Hand auf seinen Arm. „Ich auch."

Henner schaute wieder zurück auf die Straße. In seiner Nasengegend kribbelte es verdächtig.

Der Verkehr hatte nachgelassen. Die Landschaft wurde hügeliger, war nicht mehr so flach. Weite, abgeerntete Felder mit in Folie eingeschweißten Rundballen wechselten sich mit mehr oder weniger grünen Wiesen ab. In der Ferne tauchten immer mal wieder kleinere Waldgebiete auf und verschwanden wieder.

Als sie Gotha passierten, fiel Henner auf, dass sie besser noch mal tanken sollten.

Milena schaute auf ihr Smartphone. „Meinst du, er schafft es noch bis Raststätte Herleshausen? Sind aber mindestens 50 km. Liegt kurz hinter Eisenach. Oder sonst kommt vorher Hörselgau oder wie das heißt."

„Herleshausen, habe ich schon mal gehört. War das nicht früher mal ein Grenzübergang zur DDR?", sinnierte Henner.

„Kann sein, weiß nicht."

„Ich denke, Herleshausen schaffen wir", erklärte Henner.

„Wollen wir da auch kurze Rast machen? Muss auch mal auf Toilette", fragte Milena. Sie nahm bereits ihre nackten Füße vom Armaturenbrett und suchte im Fußraum nach ihren Schuhen.

„Ja, ist in Ordnung. Vielleicht bekommen wir ja noch einen Kaffee", antwortete Henner. Er klappte die Sichtblende wegen der blendenden Sonne herunter.

Nach einer halben Stunde erreichten sie schließlich die Autobahnraststätte Herleshausen.

Henner fuhr an eine der freien Zapfsäulen der Tankstelle. Er stieg aus und schloss den Tankdeckel am Unimog auf.

Milena war bereits ausgestiegen. „Soll ich Kaffee mitbringen oder wollen wir ihn im Restaurant trinken?", fragte sie, während Henner den Tankstutzen festhielt.

„Vielleicht besser im Restaurant oder draußen auf der Terrasse, wenn noch ein Platz frei ist. Muss auch noch mal. Ich komme dahin, wenn ich den Unimog geparkt habe."

„Ist gut, bis gleich." Auf dem Weg zur Toilette telefonierte Milena noch einmal mit ihrer Schwester Maria. Die beiden hatten vereinbart, regelmäßig in Kontakt zu bleiben, um sich auf dem Laufenden zu halten. Neuigkeiten hatte Maria nicht, war aber heilfroh, dass es ihrer Schwester gut zu gehen schien.

Henner konnte sich immer noch nicht sattsehen an Milenas Körper. Beinahe wäre ihm der Tank übergelaufen.

Als er zum Zahlen ging, staunte er nicht schlecht, was es in dem riesigen Verkaufsraum der Tankstelle alles zu kaufen gab. Die waren hier ja bald besser sortiert als bei ihm zu Hause im Edeka, dachte er, als er die Rechnung in bar beglich.

Dann suchte er einen freien Parkplatz für das Gespann, dort wo die Busse parkten.

Milena winkte ihm schon von Weitem von der Terrasse aus zu. Sie saß an einem runden Plastiktisch, der von einem braunen Sonnenschirm geschützt wurde. Vor ihr standen zwei Becher Kaffee und zwei Teller mit je einem Stück Obstkuchen.

„Das sieht gut aus", stellte Henner fest, bevor er sich setzte. Dass heutzutage fast alles aus Bechern getrunken wurde, daran würde er sich nur schwer gewöhnen können. Dafür schmeckte der heiße Kaffee allerdings erstaunlich gut.

„Lass es dir schmecken", sagte Milena und nahm ein Stück von dem Obstkuchen auf ihre Gabel.

„Du dir auch."

Auf der Raststätte war es laut: von den an- und abfahrenden Autos, von der nahen Autobahn und den vielen Menschen rund um sie herum. Es stank nach Abgasen der Autos. Doch das störte sie nicht weiter. Es war mittlerweile später Nachmittag. Wenn es gut lief, würden sie in zweieinhalb Stunden zu Hause sein.

Bo

Gerade als Henner seinen letzten Schluck Kaffee aus dem Becher schlürfte, stand plötzlich ein arabisch aussehender Mann neben ihm.

„Entschuldigung, wenn ich störe, ich will nicht aufdringlich sein. Ich habe Ihr Kennzeichen beim Reinfahren gesehen. Sie fahren nicht zufällig Richtung Gießen? Das wäre nämlich eigentlich praktisch für mich."

Henner schaute den bärtigen Mann, dessen Glatze eine ungesunde rote Farbe hatte, an. Offensichtlich war er gemeint, denn der Mann würdigte Milena keines Blickes. Sie hingegen lächelte ihn in ihrer gewohnt freundlichen Art an.

„Warum wollen Sie das wissen?", fragte Henner misstrauisch.

„Ich habe dort Freunde, bei denen ich eigentlich und praktisch bleiben kann. Ich bin gerade auf der Durchreise. Ich heiße übrigens ... ach, Sie können einfach Bo zu mir sagen." Er streckte Henner eine langgliedrige, braungebrannte Hand hin, die der nur zögerlich annahm.

Milena stocherte mit einem langen Löffel in ihrem Kaffee herum. Sie nahm es gelassen, dass ihr keine Beachtung geschenkt wurde. Wie sie ihren neuen Lebensgefährten kannte, war dessen Helfersyndrom bereits aktiviert. Die gut zwei Stunden bis nach Gießen würde sie zur Not auch noch mit dem Mann überstehen.

Henner blickte Milena fragend an. Sie nickte ihm als Zeichen ihrer Einwilligung kurz zu.

Bo nahm eine schwere graue Segeltuchtasche von der Schulter und stellte sie auf den Boden.

„Sie haben Glück, wir fahren praktisch über Gießen. Das ist eigentlich kein großer Umweg für uns. Sie können mit uns fahren. Ich heiße Henner und das ist Milena, meine Freundin."

Milena musste lachen über Henners bewusste oder unbewusste Imitation der Wörter ‚praktisch' und ‚eigentlich'.

„Oh, vielen Dank." Bo verbeugte sich tief und ergriff mit beiden Händen Henners rechten Unterarm. „Das ist eigentlich sehr praktisch für mich", ergänzte er, bevor er Henners Arm losließ.

Milena konnte nicht anders, auch wenn sie für den Fremden Luft zu sein schien, musste sie sich in das Gespräch einschalten: „Wo kommen Sie denn her?"

Die Antwort erhielt Henner: „Ich habe in Gießen Medizin studiert. Ist eigentlich schon eine Weile her. War dann lange in meiner ursprünglichen Heimat, in der leider Krieg herrscht, bis eine Bombe auf das Haus meiner Familie fiel. Frau, Kinder, Vater, Mutter und ein Bruder tot. Ich war praktisch gerade in einem kleinen Dorf zwanzig Kilometer entfernt auf Hausbesuch. Danach konnte ich eigentlich dort nicht mehr bleiben, war sowieso gefährlich für mich. Wollte praktisch nur noch weg." Bos Augen, die unter schwarzen Brauen lagen, hatten sich mit Tränen gefüllt.

Henner spürte, wie seine Nase anfing zu kribbeln. Er kannte das Gefühl, die Mutter zu verlieren, nur allzu gut.

Milena hatte eigentlich wissen wollen, woher er gerade jetzt kam, wenn er auf der Durchreise war. Aber sie wollte nicht nachhaken. Auch sie war von dem erschütternden Bericht des ihr wildfremden Menschen ergriffen. Sie nestelte verlegen, so als suche sie etwas, in ihrer Handtasche herum.

Nach einem kaum zu ertragenden, betretenen Schweigen räusperte sich Henner. „Eigentlich könnten wir starten."

„Da ist praktisch nichts gegen einzuwenden", ergänzte Milena und presste heftig die Lippen aufeinander. Auch wenn es sicher nicht der richtige Zeitpunkt war: Die Nachäfferei von Bos Standardwörtern gefiel ihr immer besser.

Bo wischte sich mit dem Handrücken die Tränen aus den Augen, griff nach der schweren Tasche auf dem

Boden und trat einen Schritt zurück, um Henner und Milena vorbei zu lassen.

Am Unimog mit Wohnanhänger angelangt, bat Henner um Bos Tasche. Er versicherte ihm, dass sie im Wohnwagen gut aufgehoben wäre. Er selbst solle es sich schon mal auf dem mittleren Beifahrersitz des Unimogs gemütlich machen. Das wäre sehr praktisch.

Milena legte sofort ihr Veto ein. Sie bestand darauf, neben Henner zu sitzen. Ohne eine Antwort abzuwarten, stieg sie die beiden Stahlstufen hoch und setzte sich auf den mittleren Sitz im Führerhaus.

Als Henner nach vorne kam, sah er, dass Bo noch nicht eingestiegen war. Zuerst dachte er, dass er vielleicht beleidigt war, dass er praktisch nicht neben ihm sitzen durfte. Doch als sich Bo standhaft weigerte einzusteigen, bat er ihn, den Fensterplatz zu nehmen. Es sei eigentlich ohnehin der bessere Platz. Da sitze er nicht direkt über dem Motorblock.

Bo blickte verständnislos aus der Wäsche.

Milena schien die kleine Szene zu amüsieren. Sie grinste die beiden abwechselnd an.

„Komm schon, Bo, steig ein jetzt. Milena ist es eigentlich gewohnt, neben mir zu sitzen. Das ist praktisch, weil wir uns dann während der Fahrt besser unterhalten können", versuchte Henner es ein letztes Mal.

„Kann ich hinten im Wohnwagen sitzen?", fragte Bo nun.

„Nein, das ist nicht erlaubt. Wenn wir angehalten werden, bezahle ich Strafe", antwortete Henner entschieden.

„Oh, das ist praktisch kein Problem. Ich habe Geld genug dabei, kann die Strafe bezahlen."

„Nein, das geht nicht. Wenn ich einen Unfall baue und dir passiert etwas, dann bezahlt keine Versicherung", sagte Henner und wusste bereits, dass Bo es nicht verstehen würde.

„Warum willst du eigentlich einen Unfall bauen?" Bos rote Glatze glänzte wie eine Speckschwarte in der tief stehenden Nachmittagssonne.

„Ich will in Gottes Namen keinen Unfall bauen. Der kann nur praktisch ständig passieren. Ich weiß nicht, wie es in deiner Heimat auf den Straßen ist. Aber auf deutschen Autobahnen fährst du eigentlich nie und praktisch schon gar nicht stundenlang alleine herum." Den letzten Satz bereute Henner, kaum dass er ihn ausgesprochen hatte. Er wollte sich schon entschuldigen, als Bo losging, um seine Tasche aus dem Wohnwagen zu holen.

Henner ging ihm nach. „Sag mal, warum willst du eigentlich nicht vorne neben Milena sitzen?", fragte er ihn endlich direkt. Was er die ganze Zeit schon hätte tun sollen.

„Geht nicht. Ist Frau. Ich kann eigentlich nur vorne sitzen, wenn deine Frau hinten sitzt im kleinen Haus auf Rädern. Wäre doch praktisch, oder?", antwortete Bo mit einem breiten Grinsen im bärtigen Gesicht.

Jetzt reichte es Henner. Er öffnete die Tür des Wohnwagens, holte Bos Tasche heraus und stellte sie ihm vor die Füße.

„Entweder du akzeptierst es, neben Milena zu sitzen, oder du musst dir praktisch eine andere Mitfahrgelegenheit suchen. Du bist hier in Deutschland, da haben Frauen die gleichen Rechte wie Männer. Das ist nicht nur praktisch, sondern mehr als vernünftig, da es um die Würde der Frauen geht. Verstehst du das?" Henner bohrte seinen rechten Zeigefinger in Brusthöhe in Bos verschwitztes T-Shirt.

Der nahm beide Hände nach oben und wich erschrocken über Henners plötzliche Aggressivität zurück.

Bevor er etwas erwidern konnte, setzte Henner noch einen oben drauf: „Wenn du hier bei uns bleiben willst, dann musst du dich nicht eigentlich, sondern praktisch in jeder Lebenslage anpassen."

„Und wenn ich mich ganz flach auf den Boden lege oder ganz klein mache, dann kann praktisch nichts passieren. Glaube mir bitte, das kenne ich eigentlich von meiner langen Flucht aus meiner Heimat genug." Bo rieb sich mit einer Hand den Schweiß von der nackten Stirn und sah Henner wie ein kleines bettelndes Kind an, das seine Mutter fragte, ob es noch eine Weile im Sandkasten spielen durfte.

„Können wir jetzt bitte endlich fahren? Ich fange langsam an, zu schmelzen wie Eis in der Sonne hier im Unimog", hörte Henner Milena von vorne genervt rufen.

Henner warf ebenfalls genervt die Arme in die Luft, was Milena aber natürlich nicht sehen konnte. Dabei war die langsam lästig werdende Angelegenheit mit dem uneinsichtigen Bo aus seiner Sicht praktisch entschieden. Er würde ihn hier einfach mitten auf dem lauten und nach Diesel stinkenden, beschissenen Autobahnparkplatz stehen lassen. Sollte er doch sehen, wie er weiter kam. Doch so einfach, das wusste er, kam er aus der Nummer nicht raus. „Ich komme sofort", rief er Milena zu, bevor er sich an Bo wandte: „Mein letztes Wort. Wohnwagen während der Fahrt ist praktisch tabu. Und da du offenbar nicht neben einer Frau sitzen willst oder darfst, ist die Sache eigentlich klar. Du kannst nicht mit uns fahren. Tut mir leid für dich."

Henner streckte Bo, der mit gesenktem, glänzenden Haupt vor ihm stand, als würde er im nächsten Moment von einem Exekutivkommando hingerichtet, seine Hand hin.

Bo beachtete Henners letzte Geste nicht.

Der wollte gerade zurück zu Milena und nach vorne zum Unimog gehen, als Bo aus seiner scheinbaren Demutshaltung erwachte und Henner am Arm festhielt.

„Hast du eigentlich was dagegen, wenn ich den Unimog fahre? Kann ich, glaube mir. Ich habe jede Menge Krankentransporte mit noch viel größeren russischen LKWs gemacht. Dann kannst du neben mir und deiner Frau sitzen und ihr könnt euch ganz praktisch unterhalten. Das Problem wäre eigentlich für uns alle gelöst. Was meinst du?" Bo griff bereits wieder nach seiner Tasche, um sie erneut in den Wohnwagen zu stellen.

Henner wusste für einen Moment nicht, ob er nun endgültig die Fassung verlieren würde. So unglaublich kompliziert und anstrengend stellte er sich das Leben in den arabischen Ländern, in denen er noch nie war und in die er auch sicher nie reisen würde, vor. Da wurde bestimmt um alles und nichts gefeilscht und diskutiert. So lange, bis einer den anderen um die Ecke brachte oder endlich einsichtig wurde und nachgab. Doch dann fiel ihm plötzlich Bos Familientragödie ein. Der Mann war von einem Moment auf den anderen alleine auf der Welt. Hatte vielleicht nur noch die paar Freunde, die ihm helfen wollten. Und er maßte sich an, seinen Unmut wegen dem nervigen Gefeilsche Bos über das weitaus größere Schicksal dieses armen Mannes zu stellen? Wenn es denn tatsächlich stimmte. Und die ganze Geschichte nicht gelogen war, um Mitleid zu erheischen. Henner kratzte sich kurz am Kopf. Viel Zeit zum Nachdenken blieb ihm nicht. „Hast du überhaupt einen Führerschein für so ein Gefährt?", fragte er und deutete auf den Unimog.

Bo griff beherzt in die hintere rechte Hosentasche. Er zog einen zerknitterten, mehrfach gefalteten Lappen von Papier heraus und wedelte damit vor Henners Nase herum. „Hier kannst du gucken. Ich darf in meiner Heimat praktisch alles fahren, was vier Räder hat außer Panzer, glaube ich. Weiß ich aber nicht genau, weil fährt ja eigentlich mit Ketten."

Henner griff angewidert mit spitzem Daumen und Zeigefinger der rechten Hand nach dem schmierigen Lappen. Außer einem Wirrwarr aus verschieden farbigen Stempeln und der Schrift, die er nicht lesen konnte, erkannte er nur Bo auf dem Foto. Das musste allerdings genauso wie der angebliche Führerschein schon einige Jahre auf dem Buckel haben. Denn Bo besaß darauf noch sein arg gekraustes schwarzes Haupthaar und sein Bart war gefühlt einen halben Meter länger, als er ihn jetzt trug. Sollte dieses Foto einem deutschen Polizisten in die Hände fallen, wäre die gemeinsame Fahrt ganz schnell zu Ende. Und was danach alles passieren konnte, das wollte Henner sich lieber nicht vorstellen.

Henner reichte Bo den Führerschein, der aussah, wie ein in Motoröl getauchtes Tuch, zurück. Er schüttelte den Kopf dabei. „Das tut mir leid, das kann ich nicht riskieren. Wenn wir unterwegs in eine Fahrzeugkontrolle kommen, haben wir praktisch ein großes Problem", entschuldigte sich Henner leise. Er spürte, wie ihn die Geschichte mit Bo langsam überforderte. Er wollte doch eigentlich nur noch so schnell wie möglich mit Milena nach Hause. Stattdessen diskutierte er mit einem wildfremden Menschen darüber, warum dies oder jenes nach deutschem Recht nicht ging.

„Warum? Ich verspreche dir, ich fahre auch praktisch vorschriftsmäßig", fing Bo wieder an, wie auf einem Basar zu feilschen. Für ihn schien es das Normalste der Welt zu sein.

Für Henner war es nur noch kräftezehrend. Erschöpft von Bos ständig neuen Überredungsversuchen stand er unschlüssig mit hängenden Schultern in der prallen Nachmittagssonne und starrte beinahe neidisch den vorbeirauschenden Autos nach. Er musste eine endgültige Entscheidung treffen, bevor ein nicht wiedergutzumachendes Unglück passierte. Warum war er bloß immer so gutmütig und treuherzig?! Wäre er zu Hause geblieben, hätte er Bo, der nach Gießen wollte, nie kennengelernt.

„Ich lass dich nicht den Unimog fahren. Das ist mir zu riskant. Basta. Das ist mein letztes Wort. Hast du mich verstanden?" Henner war wieder einen Schritt auf

Bo zugegangen. Diesmal allerdings ohne bohrenden Zeigefinger auf dessen Brust.

„Okay gut, dann mein allerletztes Angebot: Deine Frau fährt Unimog. Du kannst ganz praktisch neben ihr in der Mitte sitzen und ich bequem am Fenster. Das wäre doch eigentlich die beste Lösung oder?"

„Nein und nochmals nein", schrie Henner mit hochrotem Kopf.

„Warum? Hat sie keinen Führerschein?"

„Doch, aber sie kann den Unimog nicht fahren."

„Warum?", bohrte Bo nach.

„Weil ein Unimog nicht einfach zu fahren ist. Du musst dich auskennen mit der Schaltung, ist kompliziert", antwortete Henner nicht mehr schreiend, aber mit immer noch sehr lauter Stimme.

„Du kannst ihr doch helfen mit Schaltung, wenn sie fährt und lenkt."

„Nein, das kann ich zwar, mache ich aber nicht. Denn Milena bedeutet mir sehr viel. Was du natürlich nicht verstehen kannst oder willst. Ich würde mir mein Leben lang Vorwürfe machen, wenn ihr deswegen bei einem Unfall etwas passieren würde. Verstehst du das? Ich liebe diese Frau nämlich so wie sie ist, ohne Schleier." Henner wischte sich mit einer Hand fahrig den Schweiß von der Stirn.

Zu seiner großen Überraschung blieb Bo still. Entweder überlegte er fieberhaft, ob es doch noch eine allerletzte Variante geben konnte, um mitgenommen zu werden, oder er gab endlich auf.

Die beiden abgekämpften Männer sahen sich einen Moment lang schweigend an.

„Und wenn du deine Frau fragst, ob sie einen Schleier trägt, dann wäre das für mich kein Problem neben ihr zu sitzen. Egal ob in der Mitte oder außen am Fenster." Bo wischte sich mit einem Taschentuch den Schweiß von seinem nackten Schädel.

Henner sagte ganz leise, aber ganz bestimmt: „Bevor ich hier und jetzt handgreiflich werden muss, nimmst du jetzt deine Tasche, gehst zurück zur Raststätte und fragst jemand anderen, ob du bei ihm mitfahren darfst. Es ist alles gesagt. Geh jetzt bitte."

Bo erkannte in Henners Blick, dass er ein Mann war, der Gewalt verabscheute, der aber keinen Augenblick zögern würde, sie einzusetzen, wenn es um seine Frau ging. Er griff vorsichtig mit einer Hand nach seiner Tasche, hob sie mit einem Ruck auf seine Schulter und trat langsam, ohne noch etwas zu erwidern, den Rückzug an.

Henner wartete, bis er in der Raststätte verschwunden war. Erst dann ging er mit raschen Schritten zum Unimog und stieg ein.

Milena drehte sich zu ihm und schenkte ihm ein Lächeln, das alles, was er gerade erlebt hatte, vergessen ließ.

„Entschuldige, dass du so lange warten musstest. War nicht ganz einfach mit dem Mann", sagte er und startete den Motor.

Milena schmunzelte. Und schwieg.

Zurück in der Heimat

Als sie bereits Bad Hersfeld passiert hatten, ergriff Henner wieder das Wort. „Du, Milena, eigentlich fände ich es ganz praktisch, wenn wir nachher daheim beim Döner-Grill noch was für den Abend holen."

„Das ist ei… eine gute Idee", antwortete sie und fing an zu lachen.

„Bitte, lass uns damit aufhören, sonst muss ich jedes Mal an Bo denken." Henner sah zu Milena hinüber und musste selbst grinsen.

„Das ist praktisch machbar", kam prompt die Antwort.

Der Diesel des Unimogs blockerte etwas lauter als sonst, wenn er wieder einen der zahlreichen Hügel erklomm. Da wurde schon mal der eine oder andere LKW-Fahrer auf der rechten Spur ungeduldig. Henner ließ sich so kurz vor zu Hause nicht mehr drängeln. Im Fond roch es nach Staub und leicht nach Motoröl. Aber das störte jetzt nicht mehr.

Milenas nackte Füße lagen auf der Ablage hinter der Frontscheibe. Sie klimperte auf ihrem Smartphone herum. „Henner, was meinst du? Wollen wir ein Wiedersehensfest geben?"

„Äh, ich weiß nicht …", Henner kratzte sich unschlüssig am Kinn.

„Nach der Beisetzung natürlich", beeilte Milena sich zu sagen. „Weißt du, wenn wir alle bald einladen, dann können sich Leute gar nicht, wie sagst du?, Mäuler zerreißen über uns." Milena nahm die Füße von der Ablage.

Henner schwieg eine Weile. Er musste darüber nachdenken, ob er wirklich Worre-Net-Mine und Co. Auge in Auge Rede und Antwort stehen wollte. Andererseits, wenn alle Karten offen lagen, kühlte die Gerüchteküche vielleicht schnell ab. „Gut, du hast mich überzeugt. Wir legen daheim einen Termin fest und ich kümmere mich später um die Einladung der Gäste.

Dafür sagst du mir, was wir zum Essen anbieten", entschied Henner und lächelte Milena kurz an.

„Oh, das ist kein Problem. Und du wirst sehen, die meisten Leute, die du einlädst, werden dich fragen, ob sie was mitbringen sollen. Ist auf dem Land doch so, oder?"

Henner nickte kurz.

„Du musst nur notieren, wer was mitbringt. Wir wollen nicht zehnmal grüne Salate auf dem Tisch stehen haben und sonst nichts außer Würstchen", lachte sie.

„Das hört sich gerade so an, als wenn du eine Wirtin wärst", frotzelte Henner.

„Oh, das wäre gar keine schlechte Idee! Ein Partyservice! Ich muss sehen, was die Zukunft bringt. Auf jeden Fall keine Pflege mehr von alten bösen Männern oder Frauen", antwortete Milena leise und blickte unter sich.

Henner sah, wie ihre Wangen sich leicht röteten. Er wusste nicht, ob es vor Scham wegen ihrer Geldunterschlagung oder einfach nur wegen der Hitze im Unimog geschah.

Milena nestelte eine Weile in ihrer Handtasche herum. Fand einen Labello, mit dem sie ihre trockenen Lippen einstrich. „Planung wird schon gut gehen", sagte sie schließlich. „Gibt bestimmt tolle Party, so mit den ganzen Leuten vom Dorf. Meine Schwester möchte ich auch gerne einladen."

Henner nickte. „Klar."

„Aber wenn wir kommen nach Hause, wir müssen erst mal ausschlafen. War ein langer, heißer Tag heute." Sie legte sanft ihren Kopf auf Henners Schulter.

„Und was machen wir mit Mo? Ich hatte ihm versprochen, dass wir uns melden, wenn wir zu Hause sind", fragte Henner. Die Vorfreude auf das gemeinsame Ausschlafen, egal wo und wie, war gerade verlockender als das Wiedersehen mit Mo.

„Oh, du hast recht, habe ich ganz vergessen. Ich glaube, er ist bestimmt nicht böse, wenn du ihm sagst, dass wir zu müde sind. Wir können uns morgen, am Freitag, treffen."

„Mach ich, sobald wir unser Gefährt auf dem Hof stehen haben", sagte Henner. Für einen Augenblick musste er an seine Mutter denken. Der hätte das geplante Gartenfest bestimmt gefallen. Vor allem, weil sie, was die Vorbereitungen anging, ganz in ihrem Element gewesen wäre. Schade, dass sie das Ereignis nicht mehr würde miterleben können, dachte Henner, ohne dass sich das gewohnte Kribbeln in der Nase einstellte. Dass er vermutlich noch heute Nacht mit Milena daheim im Bett schlafen würde, verdrängte alle sonstigen Gedanken.

Als sie schließlich und endlich in sein Heimatdorf einbogen, klopfte doch tatsächlich Henners Herz ein wenig schneller.

Milena spürte seine Aufregung. Sie legte eine Hand auf seinen Arm. „Komm, lass uns noch rasch die zwei Döner holen."

Milena musste ein paar Minuten warten, bis die beiden Portionen zum Mitnehmen fertig in Alufolie eingepackt waren. Während Henner geduldig im Unimog wartete, fragte er sich, wie ein Schuljunge, der vierzehn Tage mit seinen Eltern in Urlaub gewesen war, was in der Zwischenzeit passiert sein mochte.

Als Milena mit einem Plastikbeutel in den Unimog stieg, breitete sich sofort ein würziger Duft aus.

Henner lief das Wasser im Mund zusammen. Schnell startete er den Motor.

Als Henner in die Straße zu seinem Haus einbog, fiel ihm sofort das Baugerüst auf, das am Haus der Worre-Net-Mine stand. Es reichte bis hoch zum Schieferdach. Mensch, hier hat sich ja richtig was getan, als ich weg war, dachte er. Es war noch angenehm warm, wurde aber langsam dunkel. Henner parkte den Unimog nebst Wohnanhänger vor der Scheune. Da sie beide großen Hunger hatten, aßen sie ihre Döner bei geöffneten Türen noch im Unimog.

Bevor Henner schließlich satt und zufrieden ausstieg, blickte er eine Weile auf den Schuppen, wo alles seinen Anfang genommen hatte. „So, da wären wir also wieder."

„Ist doch schön für dich, wieder zu Hause zu sein, nicht wahr?", ergänzte Milena, die jetzt ebenfalls ausstieg. Sie streckte, sobald sie im Hof stand, ihren Körper einmal nach vorne und hinten kräftig durch. „Muss noch kurz, wie sagt man bei euch, lästigen Anruf machen. Du weißt schon."

Henner hörte, wie Milena mit gereizter Stimme sagte: „Okay, morgen um fünf, bei meinem Freund. Du weißt ja, wo er wohnt."

Sie drückte schließlich das Gespräch weg und wischte mit dem Handrücken über die Stirn. „Puh, geschafft."

„Ich muss auch noch rasch Mo Bescheid geben. Komme gleich nach." Henner verschwand mit seinem Handy in Richtung Garten.

Milena schmunzelte, als sie es sah. Scheinbar hatte er sich mit seinem Mobiltelefon angefreundet. Schließlich hätte er auch das Festnetz im Haus benutzen können.

Henner wählte Mos Nummer. Er ließ es fünf- oder sechsmal klingen. Gerade, als er das Handy vom Ohr nehmen wollte, hörte er die vertraute Stimme Mos. Im Hintergrund ertönte lautes Stimmengewirr und die obligatorische Heavy-Metal-Musik. Alles wie immer, dachte Henner.

Er hörte Mo nach hinten schreien: „Du Hosenlatz, du hast doch keine Ahnung von nichts. Glaubst wohl, weil deine Freundin bei der Polizei putzt, könntest du hier mitquatschen?!" Und nach einer kurzen Pause: „So, jetzt geht's, bin mal zum Urinal gegangen. Da ist es nicht so laut. Musste ohnehin mal eine Stange Wasser in die Ecke stellen", hörte er Mos ruppige Stimme.

„Hallo Mo, ich bin es, der Henner. Wir sind wieder daheim."

„Mensch, dass ich das noch erleben darf! Ich glaub es ja nicht! Komm auf einen Traubensaft vorbei. Bring Milena mit. Die hast du doch wieder dabei, oder?"

„Ja, habe ich und weißt du was? Ich glaube, sie bleibt auch bei mir", rief Henner, mehr als dass er sprach, in sein Handy. Ohne dass er etwas dafür konnte, hatte er sich bereits Mos Lautstärke angepasst.

„Das ist ja ein Ding! Das müssen wir sofort feiern. Habt bestimmt eine Menge zu berichten von eurem Ritt in den Osten", schrie Mo aufrichtig begeistert.

„Nee, lass mal, wir sind beide hundemüde von der langen Fahrt. Müssen erst mal ausschlafen. Wir treffen uns morgen."

„Okay, kann ich verstehen. Endlich mal wieder in einem richtigen Bett schlafen. Und vielleicht sogar nicht mal alleine? Da würde ich auch glatt einen gekühlten Traubensaft für stehen lassen." Mo prustete los.

Henner hörte, wie jemand rief: „Was ist denn los, Mo? Hast du ne Ladehemmung oder was treibst du so lange am Pissoir?"

„Haltet doch mal eure blöden Schnauzen da hinten. Ich rede gerade mit Henner. Der ist soeben zurück aus der großen weiten Welt gekommen", rief Mo zurück.

„Mo, bitte sei mir nicht böse. Wir sehen uns morgen, versprochen", beendete Henner das Gespräch und stellte erst jetzt fest, dass der Rasen im Garten akkurat gemäht war. Das konnte nur Mo gewesen sein.

Henner ging zurück in den Hof, holte noch seine Tasche aus dem Wohnwagen und betrat sein Elternhaus mit dem Gefühl, als wäre er ewig weggewesen. Ihm kam der Kurztrip mit Milena wie eine Weltreise vor. Er hörte sie oben, vermutlich im Bad, rumhantieren. Ihn jedoch drängte es nach unten in den Keller. Er musste unbedingt überprüfen, ob all seine kleinen und großen Kunstwerke noch an Ort und Stelle standen. Im Kellerabgang roch es muffig. Nach so einer Mischung aus abgestandener, stickiger Luft und altem Gerümpel. Das würde Milena auch riechen, wenn sie ihre schmutzige Wäsche zur Waschmaschine brachte. Er überlegte, wie er den unangenehmen Geruch beseitigen konnte. Auf jeden Fall müsste mal so richtig durchgelüftet werden, beschloss er und stieg die Kellertreppe wieder hoch. Er öffnete die Haustür und die hintere Tür, die auf den Hof führte. Unten im Keller öffnete er noch die Fenster in der Waschküche und im Heizraum. Vielleicht verflüchtigte sich damit das Gröbste. Ihm fiel ein, dass er Sven zum Fest einladen sollte, wenn es so weit war. Er glaubte aber nicht wirklich daran, dass der junge Kunststudent Lust hätte, zu einer Feier einer Zufallsbekanntschaft zu kommen.

Vorsichtig öffnete er die Tür zu seinem Reich, das er so sehr vermisst hatte. Ein leichter Geruch nach verrostetem Eisen schlug ihm entgegen. Im Raum war es angenehm kühl und still. Mit einem raschen Rundumblick vergewisserte er sich, dass alle fertigen Objekte an ihrem alten Platz standen und alle angefangenen Projekte darauf warteten, von seinen Händen zu Kunstwerken bearbeitet zu werden. Zufrieden strich er einen Hauch von Staub von seinem letzten Gebilde. Leise schloss er draußen wieder die Tür hinter sich und machte sich auf den Weg nach oben.

„Henner, wo steckst du?", hörte er Milena rufen.

„Ich bin hier unten, komme sofort!", rief er zurück.

„Kannst du kommen nach oben in dein Schlafzimmer?"

„Ja." Er konnte sich denken, was Milena von ihm wollte. In ‚dein' Schlafzimmer hatte sie gesagt. Dort war nur ein einzelnes Bett. Es würde eine sehr enge Angelegenheit werden.

Als er mit mulmigem Gefühl nach oben kam, lag Milena bereits bis zum Hals unter einer gestreiften Bettdecke.

„Bin so müde, komm, lass uns schlafen. Wir brauchen viel Kraft für morgigen Tag", gähnte Milena.

Henner verschwand erst mal im Badezimmer. Er zog sich rasch aus, legte Jeans, T-Shirt und Strümpfe ordentlich über den Badewannenrand und warf einen Blick nach unten. Sollte er auch die Unterhose ausziehen? Unschlüssig, ob er es wagen konnte, sich nackt neben Milena zu legen oder nicht, putzte er sich erst mal die Zähne. Zur Dusche, die mehr als fällig war, fehlte ihm die Kraft. Er beließ es bei einer schnellen Katzenwäsche mit einem Waschlappen unter den

Armen und einem kurzen Wischer unten- und hintenrum. Ich muss trotz allem auf alles vorbereitet sein, wer weiß, was mich heute Nacht oder morgen früh erwartet, dachte er, als er den Waschlappen sorgfältig mit Seife und Wasser auswusch und ebenfalls über den Rand der Badewanne legte. Wenn Milena tatsächlich auf Dauer bei ihm bleiben sollte, musste er in Sachen Körperhygiene noch eine deutliche Schippe drauflegen. Bevor er das Badezimmer verließ, fiel ihm noch ein, dass er vergessen hatte, seine Füße zu waschen. Er nahm den bereits sauberen Waschlappen wieder in die Hände und winkelte das linke Bein an. In der Bewegung, die dem Handwaschbecken galt, hielt er inne. Was, wenn Milena ihn dabei erwischen würde, wenn er seine stinkenden Füße im Waschbecken wusch? Er stellte das Bein wieder auf den Boden und ging zur Dusche. Stellte den Mischer an und brauste nacheinander beide Füße ab. Zum Einseifen musste er sich tief bücken, was ihm schwerfiel. Da hätte ich mich auch gleich ganz duschen können, dachte er, als er mit dem eingeseiften Waschlappen zwischen seinen Zehen hin und her fummelte. Das kalte Wasser belebte ihn von unten nach oben. Fast hätte seine Müdigkeit seinen erschöpften Körper verlassen. Aber nur fast. Als er das Bad endlich in Unterhosen verließ, wollte er nur noch eines: schlafen.

Zu seiner Überraschung war Milena noch wach. Sie lag auf der Seite und beobachtete ihn.

„Aha, Unterhosen noch an. Hast du noch geduscht?", fragte sie ihn mit einem listigen Unterton in ihrer Stimme.

Da Henner die erste gemeinsame Nacht zu Hause nicht gleich mit einer Lüge beginnen wollte, antwortete er wahrheitsgemäß: „Na ja, so was in der Art halt."

„Hast du Mo angerufen?"

Henner kam sich plötzlich vor, als wäre er mit Milena schon seit zwanzig Jahren verheiratet. Wie ein altes eingespieltes Ehepaar, das vor dem Schlafen noch rasch das Wichtigste für den nächsten Tag durchsprach.

„Ja, habe ich", antwortete er und legte sich vorsichtig, so als wenn er nichts schmutzig machen wollte, unter die nach Waschpulver riechende Oberdecke.

„Das ist gut. Weiß er Bescheid, dass die Tochter des Alten kommt?"

„Nein. Das hab ich ihm noch nicht gesagt", fiel Henner ein. Er war einfach zu ausgelaugt gewesen.

„Es wäre gut, wenn er beim Gespräch dabei ist." Milena drehte sich auf die andere Seite, so dass sie mit dem Rücken zu Henner lag.

Der nickte still ihrem Hinterkopf zu. Das sollte dann wohl heißen, dass heute Nacht nichts mehr laufen würde.

„Nur kuscheln. Für das andere, du weißt schon, haben wir noch genug Zeit", hörte er sie flüstern.

Sie tastete mit der linken Hand nach ihm.

Henner fragte sich langsam, für was er überhaupt noch sein Denkzentrum aktivierte, wenn Milena ohnehin immer wusste, was ihm gerade durch den Kopf ging. Dafür, dass sie erst seit ein paar Wochen zusammen waren, fand er ihre Gabe schon beinahe beängstigend. Was sollte das erst werden, wenn es Milena tatsächlich längerfristig mit ihm aushielte?! Dann konnte er getrost sein Gehirn schon zu Lebzeiten als Organ spenden. Er schmiegte sich trotz aller visionären

Gedanken, über die er selbst verdutzt war, eng an den herrlich weichen, bettwarmen Körper Milenas. Da ihm das morgige Treffen mit der Furie durch den Kopf ging, brauchte er bis auf weiteres nicht zu befürchten, dass er eine Erektion zur Unzeit bekam.

„Es wird alles gut, du wirst sehen", hauchte Milena mit letzter Kraft.

Da sie damit Henner schlagartig von der Last des eigenen Denkens befreite, fiel der rasch in einen tiefen Schlaf.

Sie schliefen so lange, bis sie irgendwo in der Nachbarschaft von einer Rüttelmaschine geweckt wurden.

Milena schwang sich mit einem Ruck aus dem Bett.

„Morgen, hast du gut geschlafen? Ich geh duschen. Dann du, ja?", hörte Henner ihre vor Tatendrang bebende Stimme.

„Mmh", murmelte er noch reichlich verschlafen. Er blickte auf den uralten Wecker, der auf dem Nachtschränkchen stand. Es war gerade mal acht Uhr. Länger wurde im Dorf, wo die eine Hälfte aus Hobbyhandwerkern und die andere Hälfte aus Hobbygärtnern bestand, keine Schonfrist eingeräumt. Da musste man sich halt früher ins Bett legen. Was die Allermeisten auch Abend für Abend taten, egal ob unter der Woche oder am Wochenende. Irgendwo war tagsüber immer jemand mit schwerem Gerät dabei, im und ums Haus infernalischen Krach zu machen. Heute war es halt mit einem Rüttler. Wahrscheinlich wurde gerade mal wieder eine Terrasse neu gestaltet, weil die Farbe der Waschkiesplatten nicht mehr zu den neuen Gartenmöbeln passte. Aber was regte er sich denn plötzlich über Tatsachen auf, die ihn jahrelang nicht im

274

Geringsten gestört hatten?! Im Gegenteil, sobald es hell genug gewesen war, hatte er oft genug selbst, auf Weisung von Mutter, ohrenbetäubenden Lärm veranstaltet. Noch in seinen Gedanken versunken, merkte er, wie sich irgendwo von ganz hinten ein anderer Gedanke in den Vordergrund drängte. Es war so einer von der Kategorie ,Ob sie vielleicht mal einfach was vergisst?!'.

Da hatte er sich aber gewaltig getäuscht.

„Du duschst auch", hörte er Milena rufen.

Es störte ihn, nein es ärgerte ihn, dass sie ihm sagen musste, was er zu tun hatte und was nicht. Mit Mutter war das normal, da gab es nichts dran zu rütteln.

Wie auf Kommando, als würde selbst so eine saublöde Rüttelmaschine seine Gedanken lesen können, bretterte das Höllengerät nach einer kurzen Pause erneut mit höchst bedenklichen Dezibel durch sein Schlafzimmer.

Die wenigen Wochen mit Milena hatten ihn zweifelsfrei verändert. Er war an ihrer Seite und mit ihrer Hilfe zu einem beinahe selbstständigen Menschen gereift. Na ja, zumindest ansatzweise. Er musste sich nur einreden, dass Milena es nur gut mit ihm meinte. Dann würde das zukünftige Zusammenleben schon irgendwie störungsfrei funktionieren.

Henner stand auf und schloss das Schlafzimmerfenster. Von hier oben konnte er einen Blick auf das Küchenfenster der Worre-Net-Mine werfen. Die war bestimmt längst im Dorf unterwegs und verbreitete die Nachricht ihrer gestrigen Ankunft wie ein Bodenfeuer in einem knochentrockenen Kiefernwald. Henner musste unwillkürlich lachen über seinen gelungenen Vergleich. Bei ihr wurde so was immer noch zu Fuß und nicht wie heutzutage üblich per WhatsApp erledigt. Milena hatte ihm am See bei Torgau mal erklärt und gezeigt, wie das funktionierte. Er stellte sich gerade vor, wie die Worre-Net-Mine versuchte, auf ihrem Handy, welches sie von ihrer Tochter geschenkt bekommen hatte, eine WhatsApp zu versenden. So wie er die alte Dorftratsche kannte, würde die das Gerät, wenn überhaupt, nur dazu benutzen, einen Notruf abzusetzen. Naja, eigentlich bin oder war ich ja auch nicht viel besser, fiel ihm dann ein.

Milena kam mit nichts außer einem weißen Slip und einem gleichfarbigen BH sowie nassen Haaren ins Schlafzimmer zurück. „Du kannst. Dusche ist frei", sagte sie und beugte sich nach vorn, um ihre Haarpracht mit einem Handtuch abtrocknen zu können.

Henner wagte es erst gar nicht, irgendeine unnütze Diskussion darüber zu beginnen, dass Milena ihm nicht immer alles sagen musste. Er nickte nur kurz und zwängte sich an ihr vorbei Richtung Badezimmer. Zu seiner Überraschung lagen keine frischen Sachen fein säuberlich auf dem Badewannenrand. Das hätte es bei Mutter nicht gegeben, dachte er. Stattdessen war der Rand leer. Seine dreckigen Klamotten allerdings waren verschwunden. Er hob den Deckel des Wäschekorbes aus Rattan an, um sich zu vergewissern, wo sie abgeblieben waren. Er roch sie, noch bevor er sie sah. Es war klar, dass er sich ab jetzt selbst um seine Wäsche zu kümmern hatte. Milena würde in dieser Hinsicht ganz bestimmt nicht seine Mutter ersetzen.

Nach der kalten Dusche zog sich Henner rasch einen Blaumann und ein kariertes Hemd, das er im Kleiderschrank seines Zimmers gefunden hatte, an. Die neuen Sachen waren entweder schmutzig oder noch unten im Wohnwagen. Milena würde sein heimisches Outfit vielleicht für heute dulden. Er hörte, wie sie unten in der Küche herumfuhrwerkte. Als er die Treppe hinab stieg, roch er bereits frischen Kaffeeduft. Wenn da jetzt noch ein Leberwurstbrot auf meinem Teller liegt, dann startet der Tag perfekt, dachte er, als er durch den Flur zur Küche ging.

Ganz so perfekt, wie er es sich vorgestellt hatte, wurde es dann doch nicht.

„Gibt jetzt leider nur ein halbes Baguette von gestern. Ist schon ein wenig trocken. Aber geht noch mit Brombeermarmelade drauf von deiner Mama." Milena, die dabei war, einen Einkaufszettel zu schreiben, blickte nur kurz auf.

Henner verzog das Gesicht. Er holte sich eine Tasse aus dem Küchenschrank und schüttete Kaffee aus der Kanne hinein.

„Ich weiß, ist nicht das, was du dir erhofft hast. Aber Henner, ich bin nicht deine Mama. Wenn du mit Frühstück fertig bist, kannst du einkaufen fahren. Ich kümmere mich um Wäsche und mache Wohnwagen sauber." Sie strich ihm sanft über den Arm, als er neben ihr Platz nahm.

„Geht in Ordnung", bemühte er sich, freundlich zu sagen. Er strich die Brombeermarmelade ohne Butter auf eine bereits aufgeschnittene Baguettehälfte. Nicht gerade sein Lieblingsfrühstück, aber bei Edeka gab es ja eine Wursttheke mit warmen Sachen. Da würde er das Passende finden.

„Ach ja, kannst du bitte Mo fragen, ob er ein bisschen vor fünf Uhr kommen kann? Wegen Tochter vom Alten." Milena sah ihn fragend an.

Da blitzte sie wieder auf, diese Gedankenübernahme für ihn. Tatsächlich hatte Henner schon wieder vergessen, Mo über den Besuch zu informieren. Wie vorausschauend Milena war! Henner biss in das furztrockene Brot, das so zäh war wie ein Stück luftgetrocknetes Antilopenfleisch. Wer hatte noch mal gesagt: ‚Die Gedanken sind frei.'? Das konnte auf ihn wohl nicht zutreffen. Er durfte sich da jetzt aber nicht unnötig reinsteigern, sonst hätten sie gleich am ersten Tag zu Hause den ersten richtigen Streit miteinander.

Scheinbar sprach Henners Gesicht Bände. Oder Milena konnte schon wieder seine Gedanken lesen: „Ich weiß, dass du alleine denken kannst, bist ja schließlich nicht blöd. Bin nur plötzlich nervös wegen Termin mit der schrecklichen Frau heute Nachmittag. Wird bestimmt nicht einfach. Ich kann nicht mit dir diskutieren, verstehst du das?"

Henner stand auf und nahm sie erleichtert in die Arme. Er drückte sie ganz fest an sich.

„Bitte sei nicht böse, aber Blaumann geht auch nur noch heute und morgen oder bei richtiger Arbeit, ja?" Sie zog Henner zu sich herunter und gab ihm einen Kuss auf den mit Brombeermarmelade verschmierten Mund.

„Ich weiß, ich putze mir vorher nochmal die Zähne und wasche mir das Gesicht, bevor ich losfahre zu Mo und zum Edeka", antwortete Henner. Er leckte mit seiner Zunge einen roten Klecks von ihren Lippen ab.

In diesem Moment klingelte es an der Haustür. Henner und Milena schauten sich fragend an. Schließlich ging Henner zur Tür und öffnete.

„Ei Bub, da bist du wieder!" Es war die Worre-Net-Mine, die davor stand. Sie klatschte voller Freude in die Hände.

„Äh, ja", stammelte Henner und bemerkte, dass es eigentlich ein Wunder war, dass die allwissende Nachbarin jetzt erst auftauchte.

Sie reckte sich, um einen Blick ins Haus zu werfen. „Bist du allein, Bub?", wollte sie wissen.

Na klar, daher wehte der Wind.

„Nein, ich bin nicht allein. Aber seid mir nicht böse, ich habe es ganz eilig", versuchte Henner, die neugierige Frau abzuschütteln. Milena mit ihr alleine zu lassen, ging aber auch nicht. Daher sagte er: „Ich habe das Gerüst gesehen." Dabei zog er die Tür von außen zu und setzte sich in Bewegung, so dass die Worre-Net-Mine gezwungen war, ihm zu folgen.

Wieder schlug sie die Hände zusammen. „Ei ich will doch das Haus verputzen lassen! Auf meine alten Tage! Stell dir das vor! Aber jetzt warte ich schon die ganze Zeit auf die Handwerker! Man kann sich auf gar nichts mehr verlassen, worre-net!"

Sie öffnete den Mund, um weiter zu lamentieren, aber Henner unterbrach sie: „Ei darf ich morgen mal vorbei kommen und gucken? Jetzt muss ich, wie gesagt, weg."

„Ei freilich, Bub! Du darfst immer bei mich kommen, worre-net! Ich bin ja immer daheim!"

Wenn du nicht gerade irgendwo herumschnüffelst, dachte Henner und verabschiedete sich schnell mit einer Handbewegung. Damit hatte er sich die Chance genommen, wieder zurück ins Haus zu gehen, um sich die Zähne zu putzen. Aber die aufdringliche Nachbarin loszuwerden, war jetzt wichtiger. Er machte sich also direkt auf zu Mo und zum Edeka.

Harte Verhandlungen

Mo kam pünktlich um 16.30 Uhr auf den Hof gefahren. Als Erstes warf er einen flüchtigen Blick auf den Unimog. Um den würde er sich irgendwann nächste Woche kümmern. Dann betrat er Henners Haus. Er fand ihn rücklings mit offenem Mund schnarchend auf der Eckbank liegend. Mo zückte sein Handy und schoss breit grinsend ein Bild. Wo Milena bloß steckte, fragte er sich. Den Sechser-Zug Licher Pils, den er noch unter einem Arm geklemmt hielt, stellte er auf den Küchentisch. Er fummelte eine Flasche aus der Verpackung und öffnete sie, wie üblich mit einem Einwegfeuerzeug.

Henner schlief immer noch tief und fest.

Muss ein sehr anstrengender Nachmittag für ihn gewesen sein, dachte Mo. Er steckte sich eine Marlboro an und blickte auf den friedlich schlafenden Henner. Nach dem ersten tiefen Zug schaute er auf seine Uhr. In einer knappen halben Stunde würde die Furie auftauchen. Da musste sein Kumpel aber deutlich wacher sein als jetzt. Irgendwie sah Henner anders aus als gewohnt. Mo brauchte einen Moment, um herauszufinden, woran es lag. Natürlich, fiel ihm dann auf: Er hatte sich die Nasen- und Ohrenhaare ordentlich entfernt und war perfekt rasiert. Mo grinste. Sanft blies er ihm den Rauch seiner Zigarette über den Brustkorb in Richtung Gesicht.

Henners Schnarchton, der bislang wie ein gleichmäßiges Sägen klang, ging in eine Art Fehlzündung mit Aussetzern über. Er endete in einem Hustenanfall, der ihn wach werden ließ. Henner schlug verwirrt von dem Geruch, den er kannte, die Augen auf.

„Na, hast wohl einen harten Tag hinter dir?", bemerkte Mo und fing an zu lachen.

„Äh, wie viel Uhr ist es?", fragte Henner und richtete sich rasch auf.

„Bleib ganz ruhig, ist noch genug Zeit, bis die Schlampe kommt. Wo steckt eigentlich Milena?"

„Ist draußen im Garten und sonnt sich", antwortete Henner. Er stand auf und zapfte sich ein Glas Wasser aus der Leitung, welches er in einem langen Zug leer trank.

„Und? Läuft alles nach Plan?", fragte Mo nach.

„Ja, ja", murmelte Henner geistesabwesend. Zum wiederholten Mal an diesem Tag fing sein Herz an, schneller zu klopfen. Das durfte auf Dauer nicht so weitergehen.

Mo griff gerade nach der nächsten Flasche Licher, als Milena mit leicht gerötetem Gesicht die Küche betrat.

„Hallo Mo, schön, dass du da bist!"

Die beiden drückten sich herzlich.

„Reichst du mir auch rasch eine Flasche? Muss mir noch schnell Mut antrinken", sagte sie und fuhr sich nervös durch ihre Haare. Sie wirkte müde und gleichzeitig angespannt.

Mo reichte ihr die Flasche Licher, welche sie beinahe in einem Zug leerte.

„Ah, das tat gut. Wenn wir das mit der Tochter heil überstanden haben, dann trinken wir noch ein Bier zusammen. Versprochen?"

„Jawohl."

Genau in diesem Moment klingelte es an der Haustür.

Henner verließ, dicht gefolgt von Milena, die Küche, um die Tochter des Alten notgedrungen herein zu begleiten.

Mo stand mit verschränkten Armen wie ein Security-Mann im Hintergrund in der Küche, als diese eintrat.

„Ach, da ist ja die Unterstützung!" Die Frau lachte spöttisch. „Ihr seid zu dritt. Ich bin allein. Ihr scheint ja mächtig Schiss zu haben!"

Mo sagte nichts. Verzog keine Miene.

„Setz dich", bot Milena an.

Die Frau, die tatsächlich ohne Begleitung gekommen war, folgte der Aufforderung.

Milena war unendlich erleichtert. Insgeheim hatte sie befürchtet, dass die Frau mit Bartek im Schlepptau auftauchen würde. Andererseits: Warum sollte sie ihn in finanzielle Angelegenheiten einweihen, ihn auf den Gedanken bringen, es sei für ihn etwas zu holen?

Für einen Moment fühlte sich Henner peinlich berührt. Was für einen Eindruck machte es, wenn sie zu dritt einer Frau, die alleine gekommen war, gegenüber traten? Als ob sie sich selbst für so schwach hielten! Dann aber ging ihm auf: Vielleicht hatte sie einen Grund, alleine zu kommen? Vielleicht gab es niemandem, dem sie vertraute? Sie hatte vielleicht wirklich so viel Dreck am Stecken, dass sie es sich nicht leisten konnte, jemanden ins Vertrauen zu ziehen. Diese Vorstellung gefiel ihm. Er zog sich einen Stuhl neben die Fensterbank und nahm dort Platz. Direkt neben Milena wollte er sich nicht setzen. Zwei gegen einen, das sah nicht gut aus.

Milena setzte sich der Frau gegenüber an den Tisch. „Trinkst du Wasser? Oder einen Schnaps?"

Die Frau schnaubte verächtlich. „Mach hier keinen auf feine Gastgeberin. Ich habe nicht vor, lange zu bleiben. Und betrunken machen lasse ich mich auch nicht."

Milena nickte. „Das hatte ich nicht vor. Kommen wir zur Sache. Du hast einen Zettel gefunden."

Ihr Gegenüber nickte.

„Und?"

„Was und?"

„Lass sehen."

Die Frau lachte. „Das hättest du wohl gerne! Ich habe die Beweise. Und wenn ich damit zum Rechtsanwalt gehe, bist du fertig."

Milena blieb cool. „Kann es sein, dass du mich, wie sagt man?, übers Ohr hauen willst?"

„Warum sollte ich auf die Idee kommen, einen Zettel zu erfinden?"

Milena zuckte mit den Schultern. „Weil dir nichts Besseres einfällt vielleicht?"

Die Tochter des Alten lachte.

„Oder weil du einfach nicht ehrlich bist?"

„Pass auf, was du sagst!"

„Ich spreche aus Erfahrung."

Die Frau schwieg für einen Moment. Dann fragte sie: „Warum hast du mich angerufen? Welchen Vorschlag hast du?"

Milena setzte eine versöhnliche, aber ernste Miene auf. „Zeig mir den Zettel. Ich habe dir versprochen, ich will die Sache von Tisch haben. Für immer."

Als die Frau zögerte und sich offensichtlich fragte, ob sich eine weitere Diskussion lohnte, fügte Milena hinzu: „Also, ich denke, du hast Zettel kopiert. Wir", sie deutete auf Henner und Mo, „können dir also nicht Original abnehmen."

Kurz zuckte das rechte Auge der Furie. Sie hatte es tatsächlich nicht bedacht, eine Kopie anzufertigen.

„Ihr werdet es nicht glauben, aber ich habe das Original dabei. Aber richtig, eine Kopie habe ich zu Hause", log sie.

„Zeig!"

Der Zettel wanderte über den Tisch zu Milena.

Henner machte einen langen Hals.

Mo blickte, die Arme immer noch verschränkt, geradeaus und tat, als ginge ihn das alles gar nichts an.

Milena las den Zettel durch und nickte vor sich hin. „2.500 Euro im Klokasten. Okay, die habe ich. Das gebe ich zu."

Die Frau verzog keine Miene.

Milena fuhr fort: „1.500 Euro unter der Badewanne. Stimmt. 2.000 Euro in altem Gummistiefel habe ich auch. Nochmal 2.000 Euro in Blumenkasten auf Balkon." Sie nickte. „Und 1.000 Euro in Vogelhaus." Milena schaute auf und bemühte sich um einen zerknirschten Gesichtsausdruck. „Richtig, das muss ich wohl zugeben."

„Dann mal her mit der Kohle", forderte die Frau.

Milena schüttelte den Kopf. „So geht es nicht. Ich erkläre dir. Ich will faire Teile."

„Was meinst du mit ‚faire Teile'?" Sie äffte Milenas Zungenschlag nach.

„Du Hälfte, ich Hälfte."

Die Frau lachte laut auf. „Deshalb hast du mich herbestellt? Mir gehört das Geld. Also her damit oder ich gehe zur Polizei! Oder wollt ihr mich um die Ecke bringen? Das könnt ihr vergessen, ich habe jemandem gesagt, dass ich hier bin."

Henner seufzte, sagte aber nichts.

Milena führte souverän das Gespräch weiter: „Das kannst du tun, aber dann zeige ich dich an, dass du dich nicht ordentlich um meine Beschäftigung gekümmert hast."

„Mein Vater sollte sich kümmern. Was habe ich damit zu tun?"

Milena legte den Kopf schief und hob die rechte Augenbraue. „Jeder kann bestätigen, dass dein Vater verwirrt war. Du hattest, wie sagt man?, Vollmacht? Betreuung?"

„Laber nicht rum. Her mit der Kohle oder ich gehe zur Polizei."

„Hälfte."

„Alles."

Milena seufzte und wollte gerade resignierend aufstehen, da kam Leben in Mo. Das heißt, Leben kann man es nicht nennen. Er rührte sich keinen Zentimeter, blieb mit verschränkten Armen stehen. Noch nicht einmal den Blick richtete er auf die grässliche Frau. „Hatte ich ganz vergessen: Ich soll dir schöne Grüße ausrichten von Schneiders Joachim."

Die Tochter änderte blitzschnell ihre Gesichtsfarbe. Erst wurde sie weiß, nach ein paar Sekunden wandelte sich die Farbe in ein sattes Rot. Wie bei einem Chamäleon.

Henner und Milena schauten verblüfft zu Mo hinüber, doch der blieb fortan stumm.

Nachdem sie sich wieder gefasst hatte, wiederholte Milena: „Hälfte."

Als die Frau sich nicht sofort rührte, stand Milena auf und griff zu ihrer Handtasche. Sie holte ein abgegriffenes, längliches Portemonnaie hervor, so wie es Kellnerinnen oft besaßen.

„Also", seufzte sie: „2.500 + 1.500 + 2.000 + 2.000 + 1.000 sind 9.000 Euro. Geteilt durch zwei ist 4.500 Euro." Sie begann, das Geld abzuzählen und schob die Scheine über den Tisch.

Die Tochter griff zu und wollte aufstehen.

„Halt", sagte Milena. „Das schreiben wir auf."

Die Frau lachte. „Als ob der Wisch was beweisen würde!"

„Stimmt. Aber zur Erinnerung." Milena kritzelte in doppelter Ausführung ein paar Worte auf zwei Stücke Papier, die auf dem Küchentisch lagen und für Notizen gedacht waren.

Beide unterschrieben.

Die Frau schnappte sich ihr Blatt, stand auf und ging wortlos zur Tür.

„Weiß Bartek, dass ich hier bin?", rief Milena hinterher.

„Von mir nicht", brummte die Tochter, ohne sich noch einmal umzudrehen.

Ob das wohl stimmte? Die drei sahen ihr durch das Küchenfenster nach. Sie blieben stumm, bis diese in ihr Auto gestiegen und davon gefahren war.

Jetzt wäre es höchste Zeit, in einer stillen Minute Henner mehr über Bartek zu erzählen, ging Milena gerade durch den Kopf, als sie durch ihn aus ihren Gedanken gerissen wurde.

„So viel Geld!", jammerte er. „Aber Hauptsache, wir sind sie los."

Milena hatte eine andere Frage: „Mo, wer ist dieser Mann?"

„Schneiders Joachim?"

Milena nickte.

Mo nahm am Küchentisch Platz.

Henner folgte seinem Beispiel. Doch zuvor ging er zum Kühlschrank und holte sich seinen Traubensaft hervor.

Milena wartete schweigend auf Mos Antwort.

„Ihr habt eure Hausaufgaben nicht gemacht, was?", erwiderte der.

Als die beiden anderen ihn nur anstarrten, aber nichts sagten, fuhr er fort: „Aber ich. Habt ihr nicht mal recherchiert?"

Henner und Milena schüttelten den Kopf.

„Einfach mal in der Vergangenheit rum suchen. So geht das. Ich wusste doch: Irgendwoher kenne ich die. Dann fiel es mir ein: Sie hat mal in einem Pflegeheim gearbeitet. Ich sage nicht in welchem. Auf jeden Fall kenne ich jemanden aus der Buchhaltung. Damals ging das Gerücht um, und soweit ich weiß, war was dran, war sogar viel dran, dass unsere Kandidatin sich an den Bewohnern bereichert hat. Man hat die Sache dann stillschweigend geregelt. Offiziell hat sie gekündigt. Zu einer Anzeige kam es nicht. Klar, das Heim wollte keine Schlagzeilen."

„Und wer ist Schneiders Joachim?", wollte jetzt auch Henner wissen.

„Das war der Geschäftsführer."

„Und den kennst du?"

„Nö. Ich weiß nur, wie er heißt."

Ein paar Minuten lang herrschte Stille.

Dann begann Milena zu jubeln. „Du bist der Größte, Mo!" Sie verpasste ihm, bevor er sich wehren konnte, einen dicken Schmatzer auf die Stirn und schnappte sich ein weiteres Licher. „Prost!"

„Tja, die blöde Kuh sind wir los, aber du bist auch Geld los, Milena", bemerkte Henner.

Milena fing an zu kichern. „Unterschätze Milena nicht, lieber Henner!" Dann lachte sie lauthals. „Ich habe noch mehr ..." Sie machte eine Kunstpause und schaute einen nach dem anderen schelmisch an: „Ich wollte Zettel sehen, aber nicht als Beweis. Ich wollte wissen, was auf Zettel steht. Der Alte war schon verwirrt. Und hat viel vergessen. Also: Es gab noch 2.000 Euro in alte Bibel in Regal. 1.400 Euro in Einmachglas. Und! Tätätäää: 8.000 Euro in altem, wie sagt man, da wo Schornstein raus kommt? Ich dachte, ein Vogel wäre rein gefallen und wollte gucken." Sie schlug sich auf die Oberschenkel.

Henner blieb der Mund offen stehen.

Mo begann langsam zu grinsen. Wie in Zeitlupe bewegten sich seine Mundwinkel aufwärts. Dann hob er seine Flasche Bier: „Auf unsere Milena!"

„Darauf trinken wir", lachte sie und verschwand kurz aus der Küche, um gleich darauf mit einer Flasche Selbstgebranntem und zwei Gläsern zurückzukommen. Sie schenkte beide Gläser randvoll, reichte eines davon Mo und sagte dann: „Prost, auf uns."

Henner hob sein Glas Traubensaft in die Höhe und trank es in einem Schluck leer.

Milena schüttelte sich kurz, als sie getrunken hatte.

Mo zog den Mund spitz. „Hui, wo hast du denn das Teufelswasser aufgetrieben? Da ziehen sich einem ja glatt die Gesichtsmuskeln wie bei einer Nervenlähmung zusammen!", schüttelte er sich. Um dann hinzuzufügen: „Henner schau mal nach, ob ich wieder normal aussehe."

„Alles in Ordnung", bestätigte der.

„Den solltet ihr eigentlich erst zu vorgerückter Stunde ins Rennen werfen", meinte Mo.

„Wir wollen ein großes Fest für alle machen", sinnierte Milena. „Nach der Beisetzung", fügte sie noch schnell hinzu.

„Na, bravo!", freute sich Mo und kramte eine Marlboro aus der Packung. „Dann kannst du quasi auf einen Schlag das ganze Dorf kennenlernen."

„Genau. Ohne die blöde Tochter vom Alten ist ja jetzt genug Platz in meinem Kopf." Milena schenkte noch einmal großzügig nach.